Les héritiers du fleuve

Tome 1

1887~1893

LOUISE TREMBLAY-D'ESSIAMBRE

Les héritiers du fleuve

Tome 1

1887~1893

www.quebecloisirs.com
UNE ÉDITION DU CLUB QUÉBEC LOISIRS INC.
Avec l'autorisation de Guy Saint-Jean Éditeur Inc.

© Guy Saint-Jean Éditeur inc. 2013
Dépôt Légal --- Bibliothèque et Archives nationales du Québec, 2014
ISBN Q.L. 978-2-89666-283-8
Publié précédemment sous ISBN 978-2-89455-671-9

Imprimé au Canada

*À Catherine, ma belle, ma merveilleuse Catherine,
ma fille et mon amie, avec tout mon amour
de maman. J'ai hâte que tu reviennes dans l'Est,
ma grande, je m'ennuie !*

« Tout le talent d'écrire ne consiste
après tout que dans le choix des mots. »

FLAUBERT

« L'histoire est le roman qui a été ;
le roman est de l'histoire qui aurait pu être. »

EDMOND DE GONCOURT

À ma fenêtre, on dirait bien que c'est le premier matin de l'automne. La brise qui soulève mes rideaux est plus fraîche que celle d'hier, le soleil qui vient de se lever est bien franc et le ciel a cette limpidité unique et translucide qui n'appartient qu'à la fin de septembre ou à octobre. Je pourrais dire *enfin* puisque j'aime cette saison de l'entre-deux où tout n'est que couleurs vibrantes et brise odorante, d'autant plus qu'on n'a rien à regretter : l'été a été beau, chaud et interminable cette année. Pourtant, en écoutant la radio, tout à l'heure, j'ai été heureuse d'apprendre qu'un autre souffle de chaleur était prévu pour demain et après-demain. Alors, je vais dire tant mieux si les saisons s'entre-croisent allègrement, car pour une rare fois, je n'ai pas vraiment profité du soleil !

En effet, tout en travaillant à la suite de *La dernière saison,* j'ai changé de décor durant l'été. Déménagement et boîtes à remplir, ménage et frottage, installation et tout le tralala…

Mon bureau en a profité pour rétrécir comme une peau de chagrin et je ne sais toujours pas si cette nouvelle réalité me réjouit.

En fait, soyons honnêtes jusqu'au bout: je suis loin d'être certaine d'avoir fait le bon choix en changeant de maison. Voilà, c'est avoué!

Que voulez-vous, je suis une impulsive! Quelques outardes à cacarder sur un plan d'eau, en plein hiver, et elles m'avaient déjà séduite. Mon impétuosité naturelle a fait le reste; le mari et la fille ont suivi sans se faire tirer l'oreille. Pour une fois, j'aurais peut-être aimé un brin d'obstination! Mais non! Alors, me voici, ce matin, installée ici, alors que j'aurais dû, probablement, rester là-bas…

Je retiens un long soupir de découragement.

Tant pis, on verra à l'usage. Une maison, ça se revend, n'est-ce pas? Je me donne quelques mois pour prendre une décision éclairée avec le mari qui, lui aussi, entretient certains doutes.

Malgré cela, je le répète: tant pis! Pour l'instant, j'ai d'autres chats à fouetter et je n'ai pas le temps de m'apitoyer sur mon sort.

Je suis donc dans mon bureau. Même si la pièce est plutôt petite, même si j'ai la désagréable sensation qu'elle se referme sur moi dès que j'y entre, ça n'a pas empêché de nouveaux personnages de m'y rejoindre. Quand je suis arrivée, peu après l'aube, j'avais de la visite dans mon antre d'écriture. Soulagement! J'avais peur que l'inspiration me boude puisque moi, je boude la maison.

Je vous les présente, ces nouvelles venues.

Elles s'appellent Emma, Victoire et Alexandrine. Trois femmes, trois amies, presque parentes comme on l'était souvent dans une certaine mesure à cette époque, elles n'attendaient que moi.

Clocher du village, chemins de pierraille, marchand général... École de rang, potager, four à pain... Anguilles fumées, jambon salé et caveau à légumes...

À première vue, c'est là l'essentiel de leur discours parce que c'est là l'essentiel de leur vie, qui est surtout domestique, journalière et bien remplie.

Victoire, Alexandrine et Emma...

La jeune trentaine, peut-être un peu plus, peut-être un peu moins, elles vivent à cette époque où la femme n'a ni droits ni âme. Ou si peu. Épouse d'un tel ou fille de cet autre, la femme n'est que l'ombre de celui qui l'a engendrée et un peu plus tard, elle deviendra l'ombre de celui qui l'a choisie pour compagne.

Alors, il y aura aussi Albert, Clovis et Matthieu, les maris, tout comme il y avait eu avant eux Évariste, Ovide et François, les pères... Ils sont pêcheur, cultivateur et marin, mais ils sont aussi forgeron, marchand général et bûcheron... Trente-six métiers, trente-six misères, nécessité fait loi, car il y a de nombreuses bouches à nourrir.

Le voyez-vous comme moi, ce Québec de l'époque ? Il s'étale sous mes yeux comme une nappe sur la table.

Il y a surtout des villages, chacun avec son clocher et son curé omnipotent. Il y a des forêts et des pâturages, des champs de blé et des carrés d'avoine, des lopins de citrouilles et des rangs de poireaux. Il y a aussi quelques villes pour piquer le paysage, comme le fil de couleur vive pique la courtepointe immaculée.

Ces villes, elles s'appellent Montréal, Trois-Rivières et Québec.

Par contre, à la ville comme à la campagne, je vois toute une nation qui bat au vent sur les cordes à linge, et je sens, s'emmêlant à l'odeur de lessive, le levain du pain et le chou de la soupe, l'encaustique de la cire et la gomme de sapin du liniment. Si là-bas, j'entends la cloche des tramways hippomobiles et les cris des charretiers, ici, j'entends les cornes de brume, les vaches qui meuglent et le vent qui siffle aux arbres.

Et des Grands Lacs à l'Atlantique, en passant par le golfe et la Gaspésie, il y a ce fleuve, le Saint-Laurent, ce long ruban indigo parsemé de goélettes, de barques et d'îles. Le Saint-Laurent, ce lien capricieux de vagues et de récifs, de marées et de courants, sinuant entre la ville et la campagne, menant de la campagne à la ville, réunissant les villages entre eux.

Rive nord, rive sud…

Emma au sud, car qui prend mari prend pays ; Alexandrine et Victoire au nord, les deux pieds bien ancrés dans leur terroir et village.

J'ai envie de mieux les connaître, de partager leur vie, de découvrir ce pays qui fut le nôtre avant d'être celui d'aujourd'hui, et pour ce faire, il n'y a qu'elles pour me le raconter.

Je tends l'oreille pour saisir des bribes de conversation, car les trois femmes qui sont devant moi ne parlent pas très fort. Pourtant, malgré cette modération — ou cette crainte, je ne saurais encore le dire —, elles seront l'épine dorsale de ce pays en train de naître. Cela, je le sais par instinct.

Alors, pour apprendre mon pays, pour savoir d'où je viens avant de décider fermement où je veux aller, il ne me reste plus qu'une chose à faire : je vais m'installer pour les écouter. Je vous invite donc à vous asseoir avec moi. Même si la pièce est petite, j'ai réussi à y glisser un fauteuil. Il est pour vous. Je pressens que l'histoire qu'elles vont nous raconter a tout ce qu'il faut pour être intéressante, pour ne pas dire passionnante.

Vous êtes prêt ? Alors, on y va !

PREMIÈRE PARTIE

Automne 1887 ~ Printemps 1889

CHAPITRE 1

Du côté de Charlevoix, fin septembre 1887

Les mains tendues vers le ciel, les reins cambrés, Alexandrine s'étira longuement pour chasser les dernières traces de sommeil, bâillant sans vergogne la bouche grande ouverte puisqu'il n'y avait aucun témoin. Puis, après avoir fait rouler la tête sur ses épaules, les yeux mi-clos, elle mit une main en visière pour se protéger les yeux des premiers rayons qui frôlaient la ligne d'horizon et de l'autre main, elle retint la longue mèche blonde que le vent s'entêtait à rabattre sur son visage. Ainsi, bien campée sur ses jambes, elle tenta de repérer le bateau de Clovis. Son Clovis, son homme, celui qui, d'une voix éraillée, émouvante, l'appelle Alex dans l'intimité de leur chambre.

Un frisson parcourut l'échine d'Alexandrine, ajoutant une certaine lourdeur au creux de ses reins, comme un doux souvenir.

Hier, avant le sommeil, Clovis l'avait encore une fois appelée Alex...

Alexandrine secoua la tête pour faire mourir l'image interdite tout en claquant la langue contre son palais, petit tic qu'elle répète à l'envi quand elle est contrariée, et elle ramena son attention sur l'eau qui s'étirait à l'infini devant elle.

Impossible de distinguer les mâts du bateau de Clovis parmi la multitude des petits bouchons flottant sur l'immensité du fleuve. À croire que tous les pêcheurs de la Côte-du-Sud étaient venus faire un tour dans leur région, car ici, dans Charlevoix, les pêcheurs étaient plutôt rares même si le poisson, lui, était abondant. Oh! Il y en avait bien quelques-uns, au village, qui avaient fait de la pêche un métier saisonnier. Alors, en été, ils revenaient quotidiennement avec anguilles et morues, saumon et esturgeon, mais ce poisson était surtout destiné à la consommation des gens de la paroisse. Quelques autres, par contre, comme Ignace Simard, son oncle, et Léonce Boudreau, s'éloignaient de la région pour réussir à gagner leur vie comme pêcheurs et leurs poissons étaient destinés aux gens de la ville. Clovis, lui, même s'il avait fait de l'eau une religion, s'adonnait au cabotage. Le fleuve était le boulevard, son boulevard, celui qu'il empruntait pour transporter marchandise et passagers de mai à octobre. Ceci faisait dire à Alexandrine qu'en été, elle était une veuve de la mer et qu'en hiver, elle se transformait en veuve des chantiers. En effet, sauf quand Clovis aidait à la construction d'un bateau, dès novembre, il montait bûcher dans l'arrière-pays pour ne revenir qu'au printemps.

À cette pensée, Alexandrine échappa un long soupir avant de revenir aux petits bateaux qui dansaient sur les flots.

Hier, après le souper, Clovis avait annoncé que ce matin, il irait à la pêche avant de traverser vers l'Anse-aux-Morilles.

— Si t'as le temps de faire sécher pis de saler un peu de morue, ça ferait changement durant l'hiver, avait-il déclaré en bourrant une belle pipe en écume qu'il fumait tous les soirs sur la galerie.

Surprise, Alexandrine avait tourné un regard interrogateur vers son mari. Pourquoi se souciait-il de leur menu durant l'hiver ? Avait-il pris une décision qu'elle ignorait encore ?

— Pas de trouble, Clovis, avait-elle assuré tout de même. M'en vas trouver du temps pour ça. C'est vrai qu'un peu de poisson de temps en temps, durant l'hiver, c'est pas méchant. Pis le vendredi, ça change agréablement de la soupe au chou ou de l'omelette.

— C'est ben beau de même. Comme t'es d'adon, j'vas partir de nuit pour aller pêcher avant de traverser vers l'Anse-aux-Morilles. Faut que j'aille quérir Matthieu qui veut se rendre à Québec. Une question de négociation pour la vente de son surplus d'avoine, d'après ce que j'ai compris. Comme j'ai affaire à la ville pour livrer les patates d'Octave Simoneau, on va s'y rendre ensemble.

C'est ainsi qu'avant l'aube, tous les propriétaires de bateaux, ou presque, étaient sortis en mer, profitant des dernières semaines de la saison pour engranger qui un peu plus d'argent, qui suffisamment de poissons séchés ou salés pour changer l'ordinaire de l'hiver. Ces dernières sorties en mer étaient importantes pour tous ceux qui habitaient Pointe-à-la-Truite, car le moindre sou valait son pesant d'or et toutes les provisions étaient les bienvenues.

— D'autant plus, ma belle, avait déclaré Clovis avant de retourner dans la maison, que tu vas avoir une bouche de plus à nourrir !

Le sourire d'Alexandrine avait été immédiat. Elle devinait aisément ce qui allait suivre et rien au monde n'aurait pu lui faire autant plaisir.

— J'ai pris ma décision pis je monterai pas aux chantiers cette année, avait conclu Clovis en fermant la porte sur lui.

Voilà l'annonce qu'Alexandrine espérait depuis quelques semaines. Dans le courant de l'été, Clovis avait laissé entendre qu'il avait une décision importante à prendre, et c'est hier, après le souper, que le verdict était tombé : après une longue réflexion qui avait duré toute la belle saison, Clovis avait décidé de passer l'hiver au village.

À cette pensée, Alexandrine étira à nouveau un large sourire de plaisir. Cette année, le rude hiver le serait un peu moins, et ainsi, ces longs mois de froid et de vent lui sembleraient moins pénibles.

Sur ce, Alexandrine reporta son attention sur les bateaux.

D'ici, sur la falaise, quand on regardait vers l'est, on pouvait facilement s'imaginer être au bord de la mer. L'eau des vaguelettes à la plage, près du quai en construction, avait même un faible goût de sel. Alors, dans la famille, quand Clovis partait sur son bateau, comme son père l'avait fait avant lui, on disait que les hommes partaient en mer. Chez les Tremblay, c'est ce que l'on disait, oui, depuis des générations. Mais c'était partout pareil dans les maisons du village et celles des rangs. Tout le monde, ici, disait « la mer ». Même monsieur le curé, même l'institutrice. Alors, ça devait être vrai, non ? Seule Emma Bouchard disait « le fleuve » parce qu'elle avait connu la Gaspésie et que là-bas, paraîtrait-il, c'était vraiment l'océan. Mais Emma n'habitait plus dans la région. Elle était maintenant du sud, établie dans un village curieusement appelé l'Anse-aux-Morilles, dont on ne voyait, quand le temps le permettait, quand il était clair comme en ce moment, dont on ne voyait donc que le clocher de l'église piquant le ciel juste au-dessus des Appalaches.

Alexandrine posa un dernier regard sur les flots maintenant émaillés de gouttes de lumière, soupira de déception de n'avoir pu repérer le bateau de son homme, puis elle fit demi-tour. À l'église du village, à ses pieds, juste en bas de la falaise, les cloches sonnaient l'appel pour la messe du matin. Il était temps de lever les enfants pour l'école.

Plongeant une main au fond de la poche de son tablier pour y récupérer les longues pinces de corne qui servaient à retenir l'échafaudage savant de ses cheveux qu'elle portait haut sur le dessus de la tête, l'unique concession qu'elle faisait à la mode — celle qu'elle pouvait contempler dans les publicités du journal que Clovis lui ramenait parfois de la ville —, Alexandrine accéléra le pas pour regagner la maison dont la cheminée de tôle crachait paresseusement un filet de fumée blanchâtre.

À l'étage, il y avait deux chambres : celle des filles et celle des garçons. Cinq enfants se les partageaient. Pour le moment. À trente-deux ans, Alexandrine espérait bien ajouter quelques têtes à sa famille, des petites têtes blondes comme celle de Clovis et la sienne.

Elle entra en premier lieu dans la chambre des garçons, celle qui donnait sur l'eau.

— Comme ça, ils vont apprendre à aimer la mer depuis le berceau ! Ils vont apprendre à ne pas en avoir peur et tranquillement, ils vont se faire à l'idée qu'un jour, ils viendront travailler ou pêcher avec moi, avait dit Clovis à la naissance de Joseph, leur aîné.

Alexandrine avait trouvé l'idée excellente, d'autant plus que cette chambre faisait face à l'est. Tous les hivers, la pièce avait à se battre contre les tempêtes alors que le vent, entêté et rusé, profitait du moindre interstice pour s'inviter à l'intérieur.

Et comme les garçons étaient plus costauds, de santé plus forte…

Par contre — allez donc comprendre pourquoi ! —, ils étaient toujours plus lents à s'éveiller, plus lents à se lever, plus lents à manger. C'est ainsi qu'Alexandrine avait pris l'habitude de commencer par la chambre des garçons quand venait le temps de réveiller la maisonnée.

— Allez, debout là-dedans ! C'est l'heure de se préparer pour l'école.

D'un geste énergique, elle ouvrit le vieux drap qui

faisait office de tentures, tendu sur un fil de fer entre les montants de la fenêtre.

Joseph tira sur la couverture pour la ramener sous son menton et Paul grogna dans son sommeil. D'une main toujours aussi vigoureuse, la jeune femme rabattit la couverture de laine grisâtre et piquante qui recouvrait les épaules de ses fils et la ramena au pied du lit.

— Pas de paresse à matin, vous deux !

Recroquevillés en chien de fusil, les deux gamins grognèrent une seconde fois pour la forme. Ils savaient bien qu'ils n'auraient pas le choix : dans moins d'une minute, ils devraient sauter en bas de leur lit.

— C'est lundi, poursuivit Alexandrine en attrapant les deux chandails et les pantalons laissés à l'abandon sur une chaise la veille au soir.

Un rapide regard et elle jugea qu'ils feraient l'affaire pour une autre journée malgré une ou deux petites taches ici et là. Elle les secoua pour défaire quelques plis et les posa sur le lit.

— Mademoiselle Cadrin vous attend à l'école pour huit heures, poursuivit-elle. Avant le déjeuner, notre vache Betsy a besoin de toi, Joseph. Pour la traite. Pis toi, Paul, t'as les poules à nourrir avant de partir. Oublie surtout pas, sinon on n'aura pas d'œufs !

Cette menace, Alexandrine la répétait tous les matins sans s'apercevoir qu'ainsi elle irritait le jeune Paul.

— Ça fait qu'il faut se dépêcher, conclut-elle en se dirigeant vers la porte.

N'entendant aucun bruit dans son dos, Alexandrine tourna la tête vers le lit.

— Allons! Debout, les garçons! Je veux pas avoir à me répéter.

Sur ce, elle passa dans l'autre pièce de l'étage où les trois filles commençaient à s'étirer. Depuis la chambre des garçons, la voix forte de leur mère les avait déjà tirées du sommeil.

Autre chambre, routine identique.

Le vieux drap à la fenêtre était déjà repoussé contre le cadre de la fenêtre et la clarté blafarde de l'ouest envahissait la pièce. Alexandrine s'approcha du lit pour retirer la couverture.

— La journée va être belle, déclara-t-elle en souriant gentiment à son aînée, qui s'étirait longuement. Pis même un peu chaude pour la saison! Ça fait que je te donne la permission de mettre ta robe du dimanche pour aller à l'école, Anna. Elle est plus confortable que l'autre. Mais fais-y ben attention. J'ai pas le temps de t'en coudre une autre. De toute façon, où c'est que je prendrais du tissu?

— Moi aussi veux mettre ma robe dimanche. Est toute douce!

Dans le grand lit, coincée entre ses deux sœurs, la petite Marguerite, qui venait tout juste de fêter ses deux ans, jeta un regard rempli d'espoir vers sa mère.

— Hé non! Pas de robe douce pour toi, Marguerite. Tu t'en souviens pas? On change la paillasse des lits aujourd'hui. Ton père nous a laissé plein de foin tout frais coupé au coin de l'appentis juste pour ça. Toi, moi pis Rose, on a pas mal d'ouvrage devant nous si on veut que ça sente bon dans nos chambres à soir!

Allez, oublie ta belle robe pis saute ici, toi !

Alexandrine tendit les bras vers sa plus jeune pour la descendre avec elle à la cuisine.

— Pas besoin de faire les lits, Rose, lança-t-elle par-dessus son épaule en sortant de la pièce. T'as juste à ramasser le drap pis la couverte pour les descendre en bas. Toi, Anna, tu feras la même chose du bord des garçons. J'ai déjà faite une pile avec celles de mon lit, juste à côté de la cuve. Vous aurez juste à mettre les vôtres par-dessus, précisa-t-elle tout en descendant l'escalier. M'en vas les laver un peu plus tard…

Comme elle venait d'entendre la porte de la penderie qui s'ouvrait en grinçant, Alexandrine s'arrêta brusquement sur la dernière marche et tendit l'oreille avant d'ajouter, en haussant le ton :

— Pis toi non plus, Rose, tu mets pas ta robe blanche, tu m'as bien compris ? Astheure, grouillez-vous, moi, je m'attelle au déjeuner !

Avec sa petite Marguerite à cheval sur sa hanche, d'un pas léger, Alexandrine posa le pied sur la planche grinçante au bas de l'escalier qui donnait juste à côté du gros poêle à bois. Elle avait le gruau à préparer et le pain à faire griller avant de le servir comme ses enfants l'aimaient bien, garni de confiture aux framboises. Elle en confectionnait plusieurs pots en juillet.

Bien qu'elle fût debout depuis plus d'une heure, pour Alexandrine, la journée venait véritablement de commencer avec le réveil des enfants et aujourd'hui, elle serait bien remplie.

Au même moment, en bas de la falaise, en plein

cœur du village, Victoire amorçait un premier bâille-
ment, long, bruyant et paresseux. Il y en aurait plusieurs du même acabit avant qu'elle se décide enfin à se
lever. Sans enfants, elle pouvait se permettre, à l'occasion, de traîner au lit sans essuyer trop de remarques
désobligeantes.

C'était là un des agréments de cette union que
d'aucuns, à mots couverts, qualifiaient de bien surpre-
nante, aujourd'hui encore, après tant d'années.

Pourtant, Victoire, elle, aimait bien la vie qu'elle
menait.

Dans les mois qui avaient suivi son mariage avec
Albert Lajoie, un veuf qui avait déjà mené au cimetière
deux épouses avant elle, Victoire avait vécu dans la
soie. Le pauvre homme se disait que s'il se montrait un
peu plus attentionné avec sa femme qu'avec les précé-
dentes, il finirait peut-être par avoir quelques enfants.

En effet, à ce moment-là, alors qu'il venait de fêter
ses quarante-trois ans, Albert Lajoie était toujours
sans héritier. Forgeron et maréchal-ferrant bien établi
dans la paroisse, il se désolait de n'avoir personne à qui
céder son bien quand viendrait l'heure de passer l'arme
à gauche.

C'est d'ailleurs pour cette raison qu'il avait accepté
de courtiser Victoire même en plein deuil, même si
cette femme était beaucoup plus jeune que lui et
même, surtout, si elle était bien en chair, les cuisses
fortes et les joues rebondies, alors qu'à ses yeux, ces
rondeurs que l'on disait garantes de santé florissante
n'avaient rien de bien attirant. Le pauvre Albert voyait

difficilement les charmes de cette grosse fille qui le comblait de petites attentions.

À vrai dire, cet homme-là avait toujours préféré les femmes plutôt filiformes, au corps gracile et délicat, comme celui d'une enfant.

Par contre, comme ses deux précédents mariages s'étaient soldés par un échec et qu'en faisant le deuil de deux premières épouses, il avait dû faire le deuil d'une famille en même temps, le pauvre homme avait effectué un virage à cent quatre-vingts degrés et il avait réussi à se convaincre que l'important se jouait à un autre niveau et qu'après tout, le devoir conjugal pouvait se faire les yeux fermés.

En effet, chétive et délicate, Valencienne, l'amour de sa jeunesse, celle qu'il avait courtisée durant de nombreuses années avant qu'elle accepte enfin de l'épouser, n'avait pas survécu très longtemps à leur mariage. À peine quelques mois. L'année suivante, Georgina, tout aussi malingre, succédait à Valencienne devant les fourneaux d'Albert Lajoie. Malheureusement, cette deuxième épouse avait été emportée par une mauvaise grippe, mais cette fois-ci au bout de dix longues années de tentatives infructueuses pour fonder une famille. Le curé avait alors avancé, en confession, toussotant derrière son poing, que c'était peut-être parce qu'Albert prenait trop de plaisir à la chose. À cause de cette inclinaison fort peu catholique, le Bon Dieu le punissait en lui refusant une progéniture. Peu enclin aux longues réflexions philosophiques, Albert avait alors donné raison au curé. Après tout, pourquoi pas ? D'où cette décision de conter fleurette à Victoire, qui n'était pas particulièrement jolie, du moins selon les critères tout à fait personnels d'Albert. Le plaisir du samedi étant de moindre qualité, le Bon Dieu finirait bien par l'écouter !

Quant à Victoire, si elle avait provoqué les avances d'Albert qui, si on calcule serré, aurait pu être son père, c'est qu'elle voyait ses vingt-cinq ans approcher à grands pas. Pas question pour elle de coiffer Sainte-Catherine et d'être la risée de ses nombreux frères. Albert étant disponible, elle jura sur la tombe de la pauvre Georgina qu'elle en ferait son affaire.

Trois mois de sucre à la crème fondant, de soupe aux légumes bien goûteuse et de visites à la forge pour mille et une raisons, toutes plus inutiles les unes que les autres, vinrent à bout des réticences et des résistances d'Albert qui, sous ces assauts répétés, jugea que le deuil avait assez duré. S'ensuivirent alors deux mois de fréquentations assidues sous le regard acéré d'Ernestine, la mère de Victoire, fréquentations qui menèrent tout droit au printemps à un mariage célébré en toute discrétion selon les volontés d'Albert. Après tout, il connaissait le tabac puisqu'il en était à une troisième union. Les réceptions et tout le falbala, ce n'était plus de son âge.

Par la suite, ce furent probablement les mois les plus heureux qu'il fût donné de vivre à Victoire.

Albert était aux petits oignons avec elle.

— On n'attire pas les mouches avec du vinaigre, répétait le curé en confession. Si tu veux que ta

Victoire soit dans de bonnes dispositions et dans les grâces du Seigneur, faut savoir y faire!

Comme si lui, curé de son état, y connaissait quelque chose! Mais puisque la réflexion d'Albert n'allait pas jusque-là, on le sait déjà, il mit les conseils du curé en application et dorlota sa jeune épouse comme il n'avait jamais traité les deux premières « madames » Lajoie.

Confiseries et carrés de dentelle achetés chez Jules Laprise, marchand général à Pointe-à-la-Truite, se succédèrent alors sous le toit d'Albert Lajoie. Puis, un peu plus tard, ombrelle et soieries furent importées de la ville et ramenées par Clovis quand l'occasion se présentait. Il les prenait à la compagnie Paquet, magasin qui avait pignon sur rue dans Saint-Roch, à Québec, et qui allait en croissant depuis quelques années déjà. Victoire aurait bien aimé visiter ce magasin elle-même étant donné les descriptions emballantes que Clovis en faisait. Toutes ces petites gâteries furent suivies de près par quelques romans et autres livres autorisés par l'évêché puisque Victoire aimait la lecture. Albert les faisait venir de la librairie Garneau, commerce situé encore une fois à Québec. En effet, Victoire avait avoué à son mari, et ce, dès les premiers jours de leur mariage, que c'est « totalement désespérée » qu'elle avait quitté l'école à douze ans pour aider sa mère.

Alors, n'écoutant que son bon sens, comme il rêvait toujours d'une famille bien à lui, Albert ne lésina aucunement sur la dépense.

Malheureusement, rien n'y fit.

Au bout de plusieurs mois et de quelques neuvaines, le pauvre homme se rendit à l'évidence : Victoire non plus n'était pas dans les bonnes grâces du Seigneur. Donc, défiant ses attentes les plus légitimes, elle n'était pas la femme qui allait lui donner un héritier.

Du jour au lendemain, le temps des gâteries fut alors chose du passé. Pourquoi dépenser du bon et bel argent gagné à la sueur de son front — et dans le cas d'un forgeron, ce n'était pas qu'une figure de style — pour des colifichets insignifiants et surtout inutiles ? Levé tôt et couché tard, Albert ne croisa plus Victoire qu'au moment des repas et, devoir conjugal oblige, il la rejoignait sous les couvertures le samedi soir.

Victoire pleura brièvement sa déconvenue dans le giron maternel avant de se voir montrer d'un doigt autoritaire le toit conjugal, celui dont on apercevait justement la cheminée derrière le boisé de sapins, en bas de la côte au bout du rang.

— Quand on prend mari, ma pauvre enfant, c'est pour le meilleur et pour le pire. C'est surtout pour toute la vie. Je t'avais prévenue ! C'est toujours ben pas de ma faute à moé si t'as connu le meilleur en premier. Astheure, chenaille chez vous, ma fille, c'est là qu'est ta place, auprès d'Albert. Auprès de ton mari.

C'est ce que fit Victoire en fille soumise comme le voulaient les convenances.

N'empêche que la jeune femme n'était pas heureuse pour autant. Après des mois d'attentions et d'empressement, c'était plutôt décevant, toutes ces longues semaines seule avec elle-même.

Ce fut à ce moment-là, tout en marchant pour retourner chez elle, que Victoire se rappela l'un des derniers cadeaux d'Albert, le seul d'ailleurs qui l'eut fait sourciller.

— Un livre de recettes ? Pourquoi un livre de recettes ? T'aimes pas ma cuisine, Albert ?

Perplexe, oscillant entre la curiosité et l'indignation, Victoire avait longuement regardé le gros volume en toile cirée dont on disait qu'il venait de France. Puis, elle avait levé un regard sombre vers son mari. « Quand même, avait-elle pensé, de quoi se plaint-il ? »

Le mari, ayant rapidement compris la méprise, était justement en train de se justifier.

— Pantoute, Victoire, pantoute ! C'est juste que t'aimes lire, c'est toi-même qui l'as dit quand on s'est connus. Pis t'aimes cuisiner. Je me suis dit que ça serait peut-être une bonne idée de combiner les deux… C'est pas une bonne idée ?

— Ouais… Peut-être…

Un long *peut-être* hésitant qui était resté sans écho durant plusieurs mois.

Jusqu'au jour, en fait, où comprenant que l'époque des cadeaux était bel et bien révolue, Victoire avait pleuré tous les malheurs de sa courte existence sur l'épaule d'une mère fort peu compatissante qui l'avait retournée chez elle illico presto ! D'où cette profonde réflexion qui avait alors accompagné ses pas de retour vers la maison qu'elle partageait avec Albert.

En effet, n'était-ce pas son sucre à la crème, ses pets de sœur et sa soupe aux légumes qui avaient fait pencher la balance de son côté ? N'était-ce pas en prenant son futur mari par l'estomac qu'elle avait gagné son cœur ?

Elle allait ramener le balancier de la même façon, parole de Victoire !

Elle avait donc repris le livre de recettes venu de France qu'elle avait caché sous une pile de draps en même temps qu'elle y avait remisé son dépit.

Une première lecture l'avait laissée décontenancée.

Mais qu'est-ce que c'était que ces mesures inconnues ? Rien ne ressemblait à rien, sinon qu'une pincée de sel devait bien rester une pincée de sel, que les mesures soient anglaises ou françaises !

Dès le lendemain, elle fut de retour à la maison familiale où sa mère, encore elle, gardait précieusement un vieux recueil écrit de la main de sa grand-mère, originaire de Bretagne, une certaine Ludivine Charlier, décédée en couches lors de la naissance de son premier enfant. Ce bébé resté orphelin se trouvant être justement la mère d'Ernestine, cette dernière avait ainsi hérité du recueil dont personne ne voulait puisque personne ne le comprenait. Ou, dans certains cas, on ne savait tout simplement pas lire, ou encore les mesures que l'on tentait d'ajuster selon une certaine logique devenaient vite désespérantes.

Ernestine, elle, s'en était plutôt amusée. Au fil des années, à bâtons rompus, quand le temps le lui permettait, elle avait tenté de traduire ce que personne n'avait compris jusqu'à maintenant. D'essais en erreurs puis, parfois et de plus en plus souvent, en surprises agréables, elle avait fini par convertir en mesures anglaises, donc compréhensibles, les recettes de cette obscure grand-mère dont plus personne ne se souvenait.

Et ce fut ainsi que Victoire et ses frères avaient eu la chance de connaître les crêpes bretonnes, fines comme du papier, le coq au vin, sans vin, mais délicieux, et les galettes au beurre qui fondaient dans la bouche.

Inutile de dire que lorsque Victoire s'était présentée chez sa mère avec le gros livre donné par son mari, l'accueil avait été nettement plus favorable que la fois précédente, Ernestine étant heureuse de voir que sa fille était revenue à son bon sens habituel, à savoir, être une épouse attentionnée, comme il se doit.

Ernestine était surtout enchantée de pouvoir enfin partager son savoir.

— Viens t'assire avec moé, ma fille, m'en vas toute t'expliquer ça !

Le lendemain, férue de ses nouvelles connaissances, Victoire s'attaquait à un bœuf en croûte qui, au final, avait l'allure plutôt quelconque d'un banal pâté à la viande. Qu'à cela ne tienne, devant l'étincelle qu'elle avait cru apercevoir dans l'œil d'Albert, et ce, dès la première bouchée, Victoire avait décidé de persévérer.

Rapidement, cependant, les desserts avaient eu sa préférence. Meringues au sucre, macarons, renversés au caramel, gâteaux fins et brioches moelleuses devinrent des incontournables de leur table, au grand plaisir d'Albert qui, curieusement, commença, à la même époque, à considérer les courbes de son épouse avec un regard plus indulgent.

Et comme Albert travaillait dans le public, les chevaux de tout le village ayant besoin de fers aux pattes, la réputation de Victoire fit rapidement le tour de la paroisse, puis du comté. Les quelques notables et bourgeois de la place, parce qu'il y en avait tout de même quelques-uns, du curé au notaire en passant par le médecin et le maître de poste, devinrent eux aussi des habitués des délicieux desserts de Victoire, desserts qu'ils lui commandaient régulièrement.

Ce fut ainsi que l'harmonie revint sous le toit des Lajoie.

À défaut d'admirer son épouse pour les nombreux enfants que normalement elle aurait dû lui donner au fil des années, Albert l'admirait maintenant, et tout autant que si elle avait été mère, pour les nombreux desserts qui avaient arrondi son tour de taille, lui aussi.

C'est pourquoi ce matin, comme on était lundi et qu'il n'y avait aucune commande à remplir, sinon celle d'Albert qui avait laissé entendre qu'une tarte aux pommes serait fort appréciée le soir venu, Victoire en profitait pour faire la grasse matinée, d'autant plus qu'elle se sentait l'estomac barbouillé.

Le petit lard partagé avec son mari avant de monter se coucher hier soir devait être le principal responsable de cette indigestion.

Incommodée, Victoire se retourna sur le côté dans l'espoir de faire cesser cette vague nausée.

Mal lui en prit, ce fut encore pire.

Le temps de revenir sur le dos et un violent haut-le-cœur la fit se lever précipitamment. Pas question de se rendre en bas jusqu'à la toute nouvelle salle d'aisance que son mari avait fait installer durant l'été dans un petit cabanon connexe à la maison. La pauvre fille se précipita vers la commode et penchée au-dessus de la cuvette de porcelaine qu'elle y laissait en permanence, Victoire remit le peu qui lui restait dans l'estomac.

Pantelante, tremblante, elle regagna son lit.

Comment une si petite indigestion pouvait-elle la laisser aussi rompue? Victoire avait l'impression d'avoir été rouée de coups.

En quelques minutes à peine, sans réponse probante à sa question, Victoire se rendormit et elle dormit ainsi d'un sommeil de plomb jusqu'au moment où le tintement des cloches de midi entra à pleine volée dans sa chambre. Et encore! Ce fut péniblement, l'esprit embrumé comme un matin de novembre sur la baie, qu'elle se tira du lit, jugeant qu'un peu d'action et une tasse de thé devraient lui remettre les esprits en place.

Et bien qu'elle ait toujours l'estomac vacillant, elle avait une tarte aux pommes à cuisiner pour son mari. Chose promise, chose due!

Ce fut ainsi qu'une heure plus tard, Alexandrine retrouva son amie: encore en robe de nuit, les deux bras enfarinés jusqu'aux coudes, Victoire était en train de rouler la pâte.

— Veux-tu ben me dire, toi…

Un bref coup frappé à la porte et Alexandrine était entrée de pied ferme dans la cuisine sans attendre de réponse. Emmêlées à ses jupes, Rose et Marguerite suivaient de près.

Alexandrine et Victoire se connaissaient depuis toujours. Vagues cousines du côté paternel, du sang Bouchard coulait dans leurs veines, tout comme dans celles du mari d'Emma, d'ailleurs, cette autre indissociable de leur trio d'enfance aujourd'hui expatriée sur la Côte-du-Sud. Elles avaient, toutes les trois, sensiblement le même âge. Les trois femmes avaient partagé leurs jeux d'enfants et la cueillette des petites fraises des champs quand les parents se visitaient, de même qu'elles avaient, toutes les trois, fréquenté l'école du village à la même époque, assises côte à côte. Elles avaient quitté cette même école en juin 1867 pour aider leurs mères respectives, dans les cas de Victoire et Alexandrine, et parce qu'elle était malade, dans le cas d'Emma. La pauvre avait attrapé la scarlatine de Josette Leroux, une cousine habitant la ville de Québec et qui était venue les visiter, elle et sa famille. Une scarlatine dont Emma avait failli mourir, d'ailleurs. Quand elle fut guérie, après la quarantaine imposée à toute la famille par le docteur Gignac, Emma avait catégoriquement refusé de retourner en classe puisque ses amies n'y étaient plus. De ce jour, à l'exception de Victoire qui parfois se plaignait de ne pas avoir étudié assez longtemps, on n'entendit plus jamais parler de l'école de mademoiselle Cadrin entre elles. Il y avait plus important à dire et à faire. Quelques années plus tard, le mariage d'Alexandrine devint le principal sujet de conversation, suivi de peu par celui d'Emma et enfin par celui de Victoire, à des années de là. Pourtant, malgré la vie qui les avait emportées chacune de leur côté, malgré les journées bien remplies et les occasions nettement moins fréquentes de se rencontrer, l'amitié entre elles n'avait jamais faibli.

Aux yeux d'Alexandrine, cela justifiait amplement une indéniable familiarité entre elles.

D'où cette question directe dès son entrée intempestive dans la cuisine.

— Veux-tu ben me dire, toi ? T'as l'air d'un vieux torchon oublié sur la corde à linge.

— M'en vas t'en faire, moi, un vieux torchon ! J'ai été malade, c'est toute !

— Malade ? Comment ça ? T'es jamais malade, toi. Jamais. Même pas un p'tit rhume durant l'hiver.

— Je sais bien. Mais là, j'ai été malade. Ça doit être le porc frais que j'ai mangé hier soir avec Albert. Juste avant de me coucher. Il était peut-être pas aussi frais que je le pensais. J'aurais pas dû me laisser tenter parce que j'avais pas vraiment faim. Comme l'a dit monsieur le curé l'autre dimanche durant son sermon : « On est toujours puni par où on a péché. » J'ai faite ma gourmande, hier soir, ben tant pis pour moi. À matin, j'ai été punie.

Alexandrine leva les yeux au plafond en haussant les épaules. Pour une fille instruite comme Victoire, elle qui avait la chance et le temps, encore aujourd'hui, de lire des romans, elle avait parfois de drôles de réflexions.

— Tu y crois, toi, à toutes ces affaires-là ? demanda-t-elle sur un ton surpris.

— Quelles affaires ? Les sermons du curé ? C'est sûr que j'y crois !

De toute évidence, Victoire était réellement offusquée de voir qu'on mettait sa foi en doute.

— Voyons donc, Alexandrine ! C'est pas n'importe qui qui l'a dit, c'est monsieur le curé en personne. C'est sûr que c'est vrai. Il a pas le droit de mentir, lui, c'est un curé !

— Un curé, un curé... Qu'est-ce qu'il a de plus qu'un autre, notre curé ? Faut pas oublier que c'est d'abord un homme comme ton mari ou ben le mien.

— Minute, Alexandrine !

Était-ce les paroles de son amie ou son récent malaise qui l'affectait à ce point ? Tout en parlant, Victoire essuyait la sueur qui coulait sur son front.

— C'est quasiment un blasphème, ce que tu viens de dire là, murmura-t-elle en jetant un regard inquiet sur les deux petites filles qui, totalement indifférentes aux propos des adultes, jouaient présentement avec sa grosse chatte grise.

Rassurée, Victoire enchaîna.

— Un prêtre, c'est justement pas un homme comme les autres. Il a été consacré par le saint chrême. Aurais-tu oublié ton p'tit catéchisme ?

— Non, j'ai rien oublié en toute, confirma Alexandrine sur le même ton de messe basse, mais ça change rien au fait, par exemple, que je suis pas sûre pantoute que ce que nous dit le curé, c'est toujours aussi vrai qu'il veut bien le laisser entendre...

Puis, haussant la voix, elle ajouta :

— Mais pour astheure, c'est pas ça l'important, c'est toi, ma pauvre fille ! T'as pas l'air de filer pantoute.

Victoire poussa un long soupir de lassitude. Elle avait de la farine jusqu'aux sourcils et elle repoussait aux deux secondes une mèche de cheveux récalcitrante qui refusait de rester coincée derrière son oreille, s'entêtant à retomber sur ses yeux. Sous la farine, on voyait bien qu'elle était blême, presque verdâtre.

— Non, je file pas. T'as bien raison. Même si j'ai vomi en me réveillant, ce matin, le mal de cœur veut pas s'en aller. D'habitude, quand je fais une indigestion, c'est le contraire qui se produit. Ça prend pas goût de tinette que je recommence à avoir faim. Pas mal faim, en plusse. Tu me connais !

Sourcils froncés, Alexandrine fixa son amie durant une courte seconde avant de demander en rebaissant le ton et tout en esquissant un large sourire :

— Tu serais pas en famille, toi là ?

— Moi ? En famille ?

Victoire chercha les deux petites avec des yeux inquiets. Ce n'était pas une conversation à tenir devant des enfants. Voyant que les deux gamines étaient toujours aussi occupées auprès du chat, elle confia dans un souffle :

— Ça se peut pas. C'est le docteur lui-même qui me l'a dit, l'autre jour, quand il est venu pour Albert qui avait bien mal à une dent. Après toutes ces années-là, faut que j'arrête d'espérer. Je suis probablement pas capable d'avoir des enfants, c'est tout. Comme les deux premières femmes d'Albert. Le docteur a même dit que c'était peut-être parce que j'étais trop grosse.

— Trop grosse ? Eh ben…

Alexandrine n'osa rétorquer qu'à ce compte-là, la moitié de la paroisse n'aurait jamais dû voir le jour ! Victoire était peut-être un brin ronde, c'était un fait que personne n'aurait pu contester, mais elle n'était quand même pas énorme !

Se pouvait-il que le médecin, lui aussi, puisse se tromper ? Comme le curé ? Alexandrine n'osa le demander.

— Si le docteur le dit, ajouta-t-elle plutôt, avec cependant une certaine dose de scepticisme dans la voix.

Elle savait le sujet délicat et ne voulait surtout pas peiner son amie.

— Comme tu dis, ton indigestion, ça doit être le p'tit porc frais, conclut-elle enfin. T'as ben raison. Pis dans un cas comme celui-là, m'en vas te conseiller ce que ma mère prescrirait: donne-toi une petite heure encore à boire un peu d'eau tiède ou du thé de temps en temps, pis si ça passe toujours pas, mange un peu. Rien de lourd, par exemple ! Du blanc-mange ou bien de la soupane, ça devrait faire l'affaire. Des fois, c'est juste le fait d'avoir l'estomac vide qui donne mal au cœur… Astheure, faut que je m'en aille. Si je suis descendue au village, c'est pour aller accueillir mon Clovis pis voir les résultats de sa pêche. Les filles, même si elles sont encore ben p'tites à deux pis quatre ans, elles m'ont vraiment bien aidée pour remplir nos paillasses. Pis le vent, lui, était juste comme il fallait pour sécher rapidement les couvertes. Les cloches avaient pas encore sonné l'angélus que j'avais déjà fini de refaire mes lits.

Du regard, Alexandrine chercha ses filles.

— Rose, Marguerite, venez par ici! On s'en va.

Puis se tournant vers Victoire, la jeune femme ajouta, toute souriante :

— J'espère que la pêche a été bonne pis qu'on va pouvoir fumer ou saler ben du poisson parce qu'on va être plus nombreux à table cet hiver. Je te l'avais-tu dit? Cette année, mon mari montera pas aux chantiers, pis il passera pas tout son temps à faire des radouages sur sa goélette ou celle de Noël Bouchard. Non! Cette année, mon Clovis a décidé de rajouter une rallonge à la maison. Moi avec, finalement, j'vas l'avoir, ma cuisine d'été!

CHAPITRE 2

Sur la Côte-du-Sud, quelques semaines plus tard

Une main appuyée sur le long manche de sa fourche, les deux pieds coincés entre les mottes de terre noire, Matthieu s'épongea le front avec un vieux mouchoir à la propreté douteuse. Pour un début d'octobre, la chaleur était exceptionnelle. En fait, tout l'été avait été exceptionnel, fait de journées ensoleillées et de nuits pluvieuses. Il avait fait si beau depuis le mois de mai qu'en ce moment, Matthieu s'apprêtait à récolter un deuxième champ d'avoine, celui qu'il avait osé semer après les foins de juin. Ça ne s'était jamais vu, faire des semis de céréales alors que juillet se pointait déjà le bout du nez et des récoltes quand le mois d'octobre était aussi avancé. Mais cela en avait valu la peine et pour une fois, l'hiver leur semblerait moins rigoureux puisque la nourriture serait abondante et variée.

Devant lui, au bout du champ, en bas de la falaise, le fleuve s'étalait à perte de vue. Un cours d'eau qui, vu d'ici, allait s'élargissant, comme un entonnoir à l'envers, jusqu'à devenir la mer. Matthieu le savait, car, à l'automne de son mariage, il avait longé la côte jusqu'à la Gaspésie avec Emma. De-ci, de-là, à partir de son promontoire, Matthieu pouvait apercevoir quelques îles inhabitées, parfois assez grandes mais la plupart du temps minuscules. Il y en avait ainsi tout le long de cet interminable cours d'eau. Cela aussi, ils avaient pu le constater lors de leur voyage de noces.

Matthieu aimait bien s'arrêter de travailler pour un moment afin de contempler le fleuve. Une façon de rendre grâce à Dieu, comme il le disait parfois. S'il détournait les yeux, par temps clair comme aujourd'hui, il pouvait même apercevoir l'autre rive, là où il avait grandi.

Le jeune homme esquissa un sourire nostalgique.

Pointe-à-la-Truite.

D'ici, ce village pourtant passablement peuplé se résumait à quelques points blancs contre le vert sombre de la falaise. Un peu plus haut, il y avait quelques autres points de différentes couleurs qui contrastaient joliment avec le reflet bleuté de l'arrondi des montagnes de l'arrière-pays.

Un beau village, à n'en pas douter, mais avec bien peu de terres cultivables aux alentours, et c'est ce que Matthieu avait toujours eu comme ambition à partir du jour où il avait admis qu'il ne pourrait consacrer sa vie à Dieu: avoir un lopin bien à lui, quelques animaux pour combler l'essentiel d'une famille et cultiver la terre pour gagner sa croûte.

Quand il avait appris qu'une ferme était à vendre sur la Côte-du-Sud à la suite du décès d'un vieil homme qui n'avait pas laissé d'héritier et dont la femme, tout aussi âgée que lui, ne pouvait prendre la relève, Matthieu n'avait pas hésité : le soir même, il avait demandé à Clovis, le mari de sa petite-cousine Alexandrine, s'il pouvait le traverser sur l'autre rive.

— Quand ça t'adonnera, comme de raison, parce que j'ai pas ben ben d'argent à te donner pour cette traversée-là.

— Ben voyons donc ! Entre cousins…

Ça avait convenu dès le lendemain et Matthieu était alors parti durant trois longues journées. À Pointe-à-la-Truite, son absence avait suscité toutes sortes de spéculations et avait alimenté bon nombre de conversations. Puis Matthieu était revenu au village, le regard fier et le pas assuré. Tout était réglé, et on n'attendait plus que lui pour faire les foins sur la ferme de l'autre côté du fleuve. Son retour à la maison de ses parents ne dura donc que le temps de préparer un baluchon avec ses vêtements, d'embrasser son père et sa mère et de demander à Emma, sa promise, si elle acceptait de l'accompagner de l'autre côté du fleuve.

— À défaut de pouvoir devenir curé parce que j'avais pas l'argent pour les études pis que j'étais pas tellement bon à l'école, j'ai toujours voulu travailler la terre, tu le sais. Là-bas, avait-il expliqué le bras tendu vers l'horizon, la terre est bonne et les pâturages sont gras. Une terre bénie de Dieu ! Je crois qu'on pourrait y avoir une bonne vie. C'est pour ça que j'ai ben envie de m'y établir.

— C'est ben beau tout ça, Matthieu, mais avec quoi est-ce que tu vas la payer, cette ferme-là ?

— Avec mon travail, Emma, avec mon travail. Pis avec l'aide de Dieu. Pis aussi avec ton travail, comme de raison, si tu veux bien m'y accompagner.

Emma avait accepté, bien entendu. Ses parents, bien que déçus de voir partir leur fille aînée, acceptèrent cette union, et il fut décidé que le mariage serait célébré du côté nord du fleuve, là où habitaient leurs familles. Quant au voyage de noces, puisqu'Emma y tenait fermement, il se ferait du côté sud après qu'ils auraient regagné la ferme que Matthieu avait choisie.

— Le temps de faire les foins, quelques semis, pis je reviens pour le mariage. Promis, Emma !

Il partit le cœur léger. Même s'il ne serait jamais curé, la vie s'annonçait belle. Loin des siens, peut-être, mais qu'importe puisqu'ainsi, la belle Emma serait toute à lui. En effet, depuis qu'il la fréquentait, Matthieu détestait le regard des autres hommes sur sa promise.

Ainsi fut dit, ainsi fut fait ! Au beau milieu du mois de juillet de cette année-là, à peine quelques mois après le mariage de son amie Alexandrine, Emma Lavoie convolait en justes noces avec Matthieu Bouchard, suite à quoi elle quitta père et mère pour s'établir sur la rive sud, sur la Côte-du-Sud, comme on le disait à cette époque-là.

Le lendemain de son mariage, Emma découvrait une vieille maison faite de planches grisonnantes faute de soins. Elle était toujours habitée par la vieille dame propriétaire. Une vieille dame fort gentille, d'ailleurs, toute ridée et menue. Emma l'appela spontanément

«Mamie» tant les deux femmes sympathisèrent rapidement. Cette femme ne quitterait la maison qu'au moment où le dernier sou dû pour l'achat serait enfin payé par Matthieu; cela faisait partie de l'entente. À moins, bien entendu, que le Bon Dieu en décide autrement et rappelle à Lui la vieille dame, lequel cas Matthieu deviendrait propriétaire plus rapidement. Un testament, écrit en bonne et due forme devant notaire, en faisait foi. Tant pis pour les neveux et nièces qui pouvaient avoir un œil intéressé sur la ferme, ils n'avaient qu'à se manifester avant.

À la fin d'octobre de la même année, au retour de leur périple en Gaspésie, dans une lettre transportée par Clovis qui venait d'entreprendre son dernier voyage de la saison, Emma apprenait à ses parents qu'elle «attendait du nouveau» pour le printemps suivant.

En priant le Ciel que ça soye un garçon qui pourrait aider Matthieu. Parce que de l'ouvrage, ici, il y en a à la pelletée!

La lettre avait été lue à Georgette et Ovide Lavoie par Prudence, la sœur d'Emma, puisque leurs parents ne savaient lire ni l'un ni l'autre.

Le Ciel avait écouté Emma, sans aucun doute, car en six ans à peine, la famille comptait déjà quatre garçons.

Lionel, Marius, Gérard et Louis.

Quatre beaux garçons en bonne santé qui devraient aider leur père dans quelques années.

Puis suivirent quatre filles, en quatre ans tout juste, puisqu'il y eut les jumelles Clotilde et Matilde, nées en

1885, venues pour compléter le quatuor formé aussi par Gilberte et Marie. Les quatre filles étaient toutes aussi fortes et rayonnantes de santé que leurs frères. Depuis, côté maternités, c'était le calme plat, sans qu'Emma sache vraiment pourquoi.

Sans qu'Emma s'en plaigne, loin de là.

Pour elle, les maternités étaient un mal nécessaire pour avoir une belle famille. Et depuis la naissance des jumelles, Emma considérait que sa famille était parfaite! N'empêche que le fait qu'elle ne donnait plus la vie chaque année avait incité le curé Bédard, un jeunot longiligne et squelettique venu de la ville l'an dernier, à insinuer, lors d'une récente confession, que de bons chrétiens n'avaient pas le droit d'empêcher la famille. Par la même occasion, il avait laissé planer les affres de l'enfer au-dessus de leurs têtes, à Matthieu et à elle. Emma n'en avait pas perdu le sommeil pour autant. La jeune femme savait bien qu'il n'en était rien. Ils n'empêchaient pas la famille, son mari et elle: ils se couchaient épuisés tous les soirs, voilà tout. Surtout en cette période de l'année où ils devaient finir les récoltes. Ce qu'elle n'aurait jamais osé dire, cependant, la belle Emma, c'est que cette absence de maternité faisait tout à fait son affaire. Ce genre de réflexion ne se partageait qu'avec une mère et quelques amies proches, et comme Emma était plutôt seule, de ce côté du fleuve…

Par contre, comme l'été avait été particulièrement faste cette année, les champs et le potager débordaient, l'ouvrage aussi. L'un justifiant l'autre, Emma et Matthieu se couchaient complètement fourbus. Alors, tant pis pour les insinuations du curé : Emma avait l'esprit tranquille et pour l'instant, elle ne sentait pas le besoin d'épancher ses considérations sur sa vie personnelle et intime dans l'oreille compatissante d'une quelconque amie.

En septembre dernier, Matthieu s'était rendu à Québec où il avait vendu, avec un profit intéressant, la majeure partie de son avoine. C'était un plaisir renouvelé, ce petit voyage annuel en compagnie de Clovis, voyage où Matthieu profitait de l'occasion pour se recueillir à la basilique.

— Une ben belle église, déclarait-il invariablement dès son retour. Une église qui donne envie de prier, Emma. Une église où on se sent plus proche du Bon Dieu. Depuis que le pape en a fait une cathédrale, on dirait qu'il y a une odeur de sainteté dans cette église-là !

— Ah ouais ? Une odeur de sainteté ?

Bien qu'elle sache que Matthieu ne prêtait pas à rire quand il parlait de religion, Emma ne pouvait s'empêcher une petite pointe de moquerie quand elle le voyait aussi sérieux, aussi convaincu.

— Ris pas, Emma !

Le ton était sévère.

— Si tu te moques trop, le Bon Dieu va finir par se tanner pis il va te punir ! Un jour, quand les enfants auront grandi, tu viendras avec moi pis tu vas comprendre ce que je veux dire.

En attendant que cette promesse se réalise, ce dont elle doutait un peu, Emma s'occupait de sa famille et du potager, jour après jour, tandis que Matthieu, lui, voyait aux champs et au bétail. Comme tous leurs voisins.

Ainsi, en ce mois d'octobre 1887, outre le potager qui débordait toujours de légumes, il restait encore un étroit lopin à dépouiller, celui que Matthieu avait semé à la fin de juin. Cette dernière récolte devrait suffire à combler les besoins de sa famille. C'est ce que Matthieu était en train de constater en ce moment: de cette dernière récolte, il tirerait suffisamment d'avoine pour les besoins d'une famille comme la sienne. L'inquiétude d'Emma, quand elle avait vu que son mari avait presque tout vendu à la ville, l'avait contaminé sans raison véritable. Il faut admettre, cependant, qu'avec huit enfants, en plus d'Emma et de la vieille dame à qui avait appartenu la terre, Matthieu sentait la responsabilité lui peser lourd sur les épaules. Onze bouches à nourrir, avec des garçons qui avaient déjà fort bon appétit, c'était beaucoup pour un seul homme. Par contre, le Ciel avait probablement entendu ses prières, car ce second carré d'avoine avait poussé en abondance et voilà qu'il était prêt à être récolté. Demain, dès que le soleil aurait asséché la terre, Barnabé Lacroix, son voisin le plus proche, viendrait avec sa moissonneuse-lieuse, une nouvelle acquisition qui, une fois attelée à sa vieille jument, rendait de fiers services chez les cultivateurs de l'Anse-aux-Morilles.

En effet, pour quelques pièces bien sonnantes, Barnabé offrait ses services et sa machine le temps d'une récolte. Ainsi, demain en fin de journée, l'avoine

de Matthieu serait déjà coupée et engerbée. Ne resterait plus, dans quelque temps, qu'à réunir la famille et
quelques amis pour mettre la batteuse à profit et ainsi
séparer les grains de la paille. L'instrument, là aussi
une nouvelle acquisition sur le rang, faite par Matthieu
cette fois-ci et qu'Emma appelait en riant le nouveau
jouet de son mari, était nettement plus rapide que le
fléau. En contrepartie, la batteuse exigeait la présence
de nombreuses personnes pour réunir les gerbes, les
introduire dans la machine, ensacher les grains et
recueillir le foin, ce qui agaçait Matthieu. Il n'aimait
pas vraiment se mêler aux autres, les fréquenter. S'il
fallait qu'un homme, un voisin, ose poser des yeux
concupiscents sur sa femme… Malgré les années qui
passaient, Matthieu était toujours aussi possessif. Il se
disait que c'était ça, l'amour, le grand amour ! Mais il
fallait bien manger, n'est-ce pas ? Voilà qui justifiait
bien l'achat de cette nouvelle machine qui lui facilite-
rait la tâche.

— Du foin pour les bêtes et des grains pour les
hommes, murmura Matthieu en levant les yeux au ciel.
Dieu sait bien faire les choses. Merci, Seigneur !

Le jeune homme au visage tanné par le vent et le
soleil jeta un dernier regard tout autour de lui, satisfait
de ce qu'il voyait. Ces champs qui s'étalaient presque
à perte de vue, cette maison qui se dressait fièrement
tout là-bas au bout de la terre et ces bâtiments fraîchement chaulés seraient bientôt entièrement à lui. Dans
un peu plus de trois ans, il aurait fini de payer sa dette
et dans l'immédiat, enfin, dès le mois prochain, la

saison des moissons serait bel et bien finie.

Pour une fois, l'année aurait été bonne, très bonne.

Matthieu en soupira d'aise.

Durant les quelques mois qui suivraient, il n'aurait plus qu'à s'occuper des animaux. Ainsi, il aurait enfin le temps de voir aux multiples réparations à faire sur la grange et la maison.

Somme toute, presque des vacances !

Au même moment, de son côté, Emma s'affairait au potager. Ses gestes brusques dénotaient son impatience. Ou plutôt sa colère, celle qu'elle n'arrivait toujours pas à endiguer.

C'est que ce matin au déjeuner, elle s'était encore une fois heurtée à son fils aîné qui avait osé la défier ouvertement alors qu'elle lui demandait de rester à la maison pour l'aider à vider le potager.

— J'haïs ça avoir les mains sales, vous le savez ben.

— Et alors ? Tu penses que j'aime ça, moi, avoir de la terre jusque sous les ongles ? Tu penses que c'est une partie de plaisir pour moi de passer la moitié de la journée pliée en deux à arracher des poireaux pis des carottes ?

— J'ai pas dit ça, avait répliqué le jeune garçon du tac au tac tout en haussant le ton. C'est vous qui...

— Sois poli, Lionel ! Jusqu'à nouvel ordre, je suis toujours ta mère pis je tolèrerai pas que tu lèves le ton quand tu me parles. Pis tu lèveras pas le nez non plus sur ce que je te demande de faire, mon garçon. Ici, c'est ton père pis moi qui mènent, ou encore Mamie, à l'occasion, mais sûrement pas toi. On est une famille, une famille unie, à ce qu'il me semble. C'est juste normal de s'entraider un peu. Mains sales ou pas !

— Pourquoi Marius reste pas, lui, d'abord ? avait alors proféré Lionel, entêté. Si on est une famille unie, comme vous dites, me semble que ça serait juste normal pour lui aussi de…

— Ben, c'est là que tu te trompes, mon garçon !

Le ton avait monté d'une réplique à l'autre et Emma avait senti, à ce moment-là, que la patience était en train de lui échapper. Lionel n'avait pas son pareil pour la faire sortir de ses gonds. Assise dans un coin de la cuisine, Mamie observait la scène sans dire un mot.

— Justement, Marius a accepté de rester pour m'aider. Y' est même déjà rendu au jardin. Avec lui, c'est réglé depuis hier soir, tu sauras. Pis en plusse, il m'a promis de rester aussi longtemps que j'vas avoir besoin de lui. Contrairement à toi, il s'est pas faite tirer l'oreille, lui !

— On sait ben… Le beau Marius, y' est toujours plus fin que toutes nous autres pis vous…

La voix de Lionel était lénifiante, agaçante. Emma avait alors encore monté le ton.

— Je t'arrête tout de suite avant que tu te mettes à dire des bêtises, Lionel Bouchard. On est toujours ben pas pour reprocher à ton frère d'être gentil pis serviable, voyons donc ! On dirait que t'es jaloux de lui. Ça a pas d'allure de parler de son frère comme tu le fais. Astheure, mon homme, si t'as fini de manger, tu montes te changer pis tu commences à arracher les patates. Les quatre longs rangs qui sont au nord du jardin, je les ai gardés juste pour toi. Parce que t'es le plus vieux. Parce que je veux pas qu'une seule patate soit oubliée. M'as-tu ben compris, Lionel ? L'hiver s'en vient pis on va avoir besoin de tout ce qu'on peut récolter de bon pour le mettre dans le caveau. Inquiète-toi pas, tu resteras pas tout seul ben ben longtemps. M'en vas aller vous rejoindre, ton frère pis toi, aussitôt que les petites vont être habillées pis que la table va être desservie. À première vue, comme ça, j'ai l'impression qu'on en a pour toute la journée. Avec la chaleur qu'on a connue cette année, le jardin a jamais si ben produit ! Envoye, que c'est que t'attends ? Grouille-toi !

Lionel avait alors longuement soutenu le regard de sa mère. Puis, bien lentement, toujours sans quitter sa mère des yeux, il avait lentement repoussé sa chaise et il s'était levé de table. Il était grand, Lionel, presque aussi grand que son père, et même si Emma ne l'aurait jamais avoué publiquement, il l'intimidait malgré qu'il n'ait que treize ans. C'était donc elle qui avait détourné les yeux en premier, ce qu'elle n'aurait jamais dû faire. Lionel en avait alors profité pour esquisser l'ébauche d'un sourire victorieux et au lieu d'emprunter l'escalier pour monter à sa chambre et se changer, tel que demandé par sa mère, il avait tourné ses pas vers la porte qu'il avait ouverte sans la moindre hésitation. L'instant d'après, à la fois triste et choquée, Emma le voyait remonter l'allée en terre battue qui menait jusqu'au rang qu'il suivrait sur plus d'un mille pour se rendre à l'école située à la croisée du rang trois et du chemin Saint-Magellan.

— Il a encore gagné!

La voix de crécelle de Mamie avait fait sursauter Emma qui avait poussé un long soupir avant de rétorquer:

— Qu'est-ce que vous auriez voulu que je dise de plus? Me semble que c'était clair, non?

— Ah! Pour être clair, chère, c'était ben clair. Tes mots disaient ben ce qu'ils devaient dire. C'est ton attitude qui l'était moins.

— Mon attitude? Qu'est-ce qu'elle avait, mon attitude?

— T'as détourné les yeux, chère, t'as détourné les yeux! T'aurais pas dû. C'est à c'te moment-là que le beau Lionel a pris le dessus dans votre conversation. Si t'étais restée de glace, comme il se doit pour une mère, y' aurait fini par plier l'échine, pis au moment d'astheure, pendant qu'on en discute, y' serait déjà en haut en train de se changer. Du moins, c'est ce que j'en pense. J'ai petête ben pas eu d'enfants à moi, mais j'ai toujours su regarder pis écouter autour de moi.

Emma, sentant que Mamie avait tout à fait raison, s'était contentée de hocher la tête pour approuver ses propos puis elle s'était retournée.

Les poings sur les hanches, le cou tendu pour regarder par la fenêtre au-dessus de l'évier qui avait tout d'une cuve tellement il était large et profond, Emma avait alors poussé un second soupir où s'entremêlaient irritation et désappointement.

— Veux-tu ben me dire d'où ça lui vient, ce mauvais caractère-là? avait-elle marmonné pour elle-même.

Et de qui Lionel avait-il hérité cette inclinaison à la paresse? Sûrement pas de Matthieu ou d'elle-même, alors que tous les deux, ils s'échinaient de l'aube au crépuscule sans jamais se plaindre vraiment.

Emma s'était penchée un peu plus au-dessus de l'évier pour suivre Lionel des yeux.

Elle savait déjà que son aîné n'accélérerait pas le rythme pour rejoindre ses frères et sœurs, partis un peu avant lui. Il ne le faisait jamais. D'où elle était, Emma voyait encore leurs silhouettes danser sur la ligne d'horizon, et c'est ainsi que la famille Bouchard arriverait à l'école au bout du rang: après le premier groupe suivrait l'aîné de la famille.

Gérard, Louis, Marie et Gilberte étaient ceux que Matthieu et elle surnommaient «les grands» avec une certaine affection, un certain soulagement aussi puisqu'ils allaient enfin à l'école. Chose certaine, ils étaient joyeux, taquins et bruyants, alors que Lionel, lui, avait toujours été solitaire et silencieux.

Expirant une dernière fois sa colère, Emma s'était éloignée de la fenêtre pour finalement évacuer son trop-plein d'impatience sur le dos des jumelles qui avaient observé la scène sans oser intervenir.

— Qu'est-ce que vous avez à me regarder de même, vous deux? Ouste, sortez de table! Allez dans votre chambre, j'vas monter vous rejoindre dans deux minutes. Pis toi, Matilde, sors du linge pour vous deux. Du vieux linge, parce qu'on va passer toute la journée dans le jardin.

— Laisse, chère!

Mamie était déjà en train de se relever péniblement de sa chaise berçante, là où elle passait le plus clair de son temps à ruminer ses vieux péchés, comme elle le disait elle-même en riant.

— J'vas m'occuper des jumelles. Je pense que tu risques de les prendre à rebrousse-poil, pis a' méritent pas ça, les pauvres petites. Pis j'vas faire la vaisselle aussi. Va, va dehors, chère, va t'éventer les esprits. Ça va te faire du bien. M'en vas aller te rejoindre dans le jardin avec les jumelles dans une couple de menutes.

Ce fut ainsi que quelque temps après, Emma regagna le potager qu'elle se mit à vider au petit bonheur la chance, à gestes saccadés, l'esprit tourné vers l'école peinte en rouge qui se blottissait dans un bosquet de sapins tout au bout de ce long rang qu'elle-même habitait avec Matthieu et leur famille. Nul doute que la plupart de ses enfants étaient déjà rendus. Ils marchaient toujours d'un bon pas, se chamaillant ou se poursuivant, courant et riant. Avec eux, c'était souvent à qui arriverait en premier pour avoir le plaisir d'offrir la pomme qu'ils n'oubliaient jamais d'apporter à mademoiselle Lucienne Goulet, une vieille fille à moitié édentée qui enseignait depuis toujours ou presque à l'école du rang trois de l'Anse-aux-Morilles.

Quant à Lionel…

Lui, c'était plutôt en solitaire qu'il préférait se rendre à l'école. Il prétendait réviser mentalement ses leçons tout en marchant. C'est pour cela que les cris de la marmaille Bouchard l'incommodaient.

— Vous êtes toujours ben pas pour me reprocher de

vouloir avoir des bonnes notes, non ?

Effectivement, l'intention était louable. Emma ne pouvait le contredire. N'empêche qu'elle était loin d'être certaine que la raison invoquée soit la bonne et c'était là une des causes de dispute entre Matthieu et elle. Alors que son mari se félicitait d'avoir un fils studieux, Emma aurait préféré avoir un fils travaillant.

— Mais c'est du travail, étudier !

— Tant que tu voudras, mais c'est pas ça qui va nous aider à mettre du pain sur la table, par exemple. Pas pour astheure, en tous les cas. Tu peux pas m'obstiner là-dessus.

— C'est vrai, admettait alors Matthieu, tout hésitant, avant de reprendre avec un peu plus de flamme : « N'empêche qu'avoir un médecin ou ben un avocat dans la famille, ça serait… »

— Veux-tu ben m'arrêter ça tout de suite, Matthieu Bouchard ! Pour avoir un médecin, comme tu dis, faudrait avoir les moyens de ses ambitions. Comme toi, tiens, quand tu dis que t'aurais aimé ça devenir curé.

— Mais moi, en plus, j'avais pas des bonnes notes, à l'école, tandis que notre Lionel, lui…

— Woh là !

D'un geste de la main, Emma interrompait invariablement son mari quand ils en arrivaient à ce point de la discussion.

— Je t'arrête avant que tu continues, Matthieu ! Y a pas juste les notes qui ont de l'importance. Y a aussi que ça coûte cher sans bon sens, ces cours-là, pis tu le sais. C'est pas avec ce que rapporte la terre qu'on va avoir ces moyens-là un jour. D'autant plus que notre ferme est même pas finie de payer. C'est ça qui est important pour toi: payer au plus vite la ferme qui appartient encore à Mamie. Quand ce sera faite, on verra... Pour les plus jeunes, tiens! Peut-être bien qu'à ce moment-là, on pourra penser à avoir un curé ou un docteur dans la famille. Peut-être...

Tout en parlant, Emma hochait la tête, le regard vague et un demi-sourire sur les lèvres, comme si elle se trouvait devant une vision particulièrement invitante, séduisante. Puis, brusquement, son regard s'assombrissait et c'était à ce moment-là qu'elle posait les yeux sur Matthieu.

— Mais encore là, reprenait-elle, c'est loin d'être certain. Ça fait qu'astheure, quand je demande à Lionel de nous aider, trouves-y pas des excuses. Faut qu'y' fasse sa part, lui avec. Après tout, Lionel mange comme tous nous autres, pis des fois, pas mal plus.

Habituellement, cette discussion régulière s'arrêtait sur cet argument d'une évidence criante, Matthieu ne trouvant aucune réplique assez convaincante pour le réfuter. Ce soir, par contre, Emma avait bien l'intention d'aller plus loin dans son argumentation, car ce n'était plus une question de juste part. Lionel lui avait délibérément tenu tête avant de lui désobéir de façon éhontée. Devant Mamie et les petites, en plus! La faute était nettement plus grave et Emma espérait que cette fois-ci, Matthieu se rangerait enfin derrière elle. Voilà ce qu'elle ruminait tout en arrachant les dernières carottes du jardin: ce soir, au coucher, elle aurait une longue conversation avec son mari et Lionel serait au cœur de cette discussion.

Pourvu que les mots lui viennent aussi spontanément qu'en ce moment, auquel cas Matthieu devrait accepter son point de vue et la soutenir.

Une bonne punition, de celles qui font mal au cœur et au corps, une punition qu'on n'oublie pas, serait tout à fait justifiée !

CHAPITRE 3

Du côté de la grande ville, Montréal, décembre 1887,
à quelques jours des fêtes de fin d'année

Tous les samedis, James O'Connor sortait un sou de sa poche pour payer *La Patrie,* ce journal qu'un gamin bien en voix vendait à la criée au coin de la rue où il habitait. Un sou pour se perfectionner dans la langue de Molière et apprendre à mieux connaître les gens de cette ville qui l'avait accueilli, ce n'était pas trop cher payer. Du moins, c'est ce qu'avait toujours jugé James O'Connor, même du temps où il était moins fortuné.

Il était arrivé au Canada en 1862 alors qu'il n'avait que cinq ans. Parti d'Irlande à la fin du mois de juin de la même année, James avait vu son père et son frère mourir durant la traversée. En guise de funérailles, leurs corps enveloppés d'un drap grisâtre avaient été confiés à la mer, glissés par-dessus bord tandis qu'un aumônier psalmodiait une vague prière et que lui, agrippé à la main de sa mère, tentait de contenir ses larmes silencieuses et son horreur quand il avait entendu le « plouf » fait par les corps qui tombaient dans l'eau.

On lui avait déjà dit qu'un homme doit savoir cacher ses peines : il en faisait alors la douloureuse expérience.

Pour cette même raison, il était resté stoïque et droit quand sa mère, Mary Drummond O'Connor, avait été enterrée au cimetière de Grosse-Île durant la quarantaine qui leur avait été imposée. Le choléra l'avait emportée à son tour, tout comme son mari et son fils aîné. James se souvient très bien, encore aujourd'hui, qu'il avait alors prié de toute la ferveur de ses cinq ans pour que Dieu vienne le chercher lui aussi.

En vain.

Il ne devait pas être un aussi gentil garçon que sa mère l'avait toujours prétendu puisque Dieu n'avait pas répondu à sa demande.

À la fin du mois suivant son arrivée en sol canadien, le petit James, désormais orphelin, avait été transféré et admis à l'hôpital de la Marine, à Québec, pour une évaluation de son état de santé. Déclaré hors de danger et non contagieux, James avait alors été confié aux Sœurs du Bon-Pasteur, fondatrices de l'Asile Sainte-Madeleine, à Québec.

Ce passage à l'asile, où étaient accueillis des femmes en difficulté et des orphelins, restait, encore aujourd'hui, un des rares moments heureux de sa vie. Entouré de douceur et obligé à une certaine discipline, même en français, le petit James avait profité de ce séjour prolongé, et bien qu'il n'ait pas su utiliser ce moment privilégié pour délaisser complètement l'anglais et passer au français avec l'aisance qu'on aurait souhaitée, il avait quand même appris à faire confiance aux gens qui l'entouraient. L'occasion lui avait permis d'emmagasiner certains rudiments d'une nouvelle langue, tant à l'écrit qu'à l'oral.

Malheureusement, même si certains pouvaient croire que c'était pour le mieux, James avait été adopté par une famille de cultivateurs de Saint-Michel-de-Bellechasse alors qu'il venait tout juste d'avoir sept ans. Il n'eut d'autre choix que de quitter l'Asile Sainte-Madeleine, le cœur en lambeau, mais cachant toujours ses larmes.

Une famille déjà nombreuse surveillait son arrivée à la fenêtre d'une vaste maison au bois vermoulu.

Une nouvelle vie commença alors pour James O'Connor, puisque c'était là son nom et que, malgré l'adoption, il le garderait.

James n'avait jamais été vraiment heureux à Saint-Michel-de-Bellechasse.

Levé tôt et couché tard, le jeune garçon devait aider aux travaux de la ferme, alors que les enfants du couple Bélanger, eux, allaient à l'école du village. Lui qui avait si péniblement appris à lire en français s'était mis à en oublier les règles les plus simples, et si l'oreille gardait une certaine accoutumance aux mots et aux intonations du français, le parler, lui, s'était fait de plus en plus rare.

James s'ennuyait de sa langue maternelle, de sa famille et de l'Irlande dont certains paysages lui revenaient parfois en rêve. De ses parents, par contre, il n'avait gardé aucun souvenir sinon le reflet un peu vague du doux sourire de sa mère.

Dès qu'il avait eu seize ans, comme rien ne l'avait vraiment attaché à sa famille d'adoption, James avait pris la plus importante décision de sa courte vie: il avait quitté la campagne de la Côte-du-Sud et gagné Montréal tant bien que mal, quêtant des passages en charrette ou en calèche, marchant la plupart du temps.

La ville l'avait ensorcelé.

Étourdi par tant de bruits nouveaux, par tant de gens qui s'interpellaient jusque dans la rue, il avait prêté l'oreille aux voix. D'un mot à l'autre, presque par instinct, ses pas l'avaient mené de plus en plus loin. Il s'était finalement installé dans le sud-ouest de la ville, là où s'étaient établis de nombreux Irlandais.

Se promener dans les rues et entendre parler anglais était un pur délice. Le jeune homme avait l'impression d'être enfin de retour chez lui.

Baragouinant à la fois un mauvais français et un vieux restant d'anglais, grand comme son père l'avait été avant lui et aguerri par les durs travaux de la ferme, James avait rapidement trouvé un emploi: sans hésitation, on l'avait embauché comme débardeur au port de Montréal. Son drôle de bilinguisme avait probablement joué en sa faveur.

Moins bien payé que les Canadiens d'origine, mais soyons honnêtes, toutefois un peu mieux que les Indiens, James avait accepté les conditions d'emploi sans sourciller: six jours d'ouvrage par semaine, de l'aube au crépuscule, le dimanche étant consacré au Seigneur.

Le jeune homme avait pu ainsi se louer une chambre meublée dans une pension où l'on offrait deux repas par jour, *breakfast and dinner,* comme il était inscrit sur une affichette punaisée à la porte de la salle à manger. Il pouvait aussi se payer le journal du samedi, qu'il lisait le lendemain matin après la messe. Son maigre salaire, à peine sept dollars par semaine, permettait tout de même, comme il n'avait aucune obligation, de s'offrir à l'occasion un passage en tramway quand la température était maussade. Un rail passait justement au coin de la rue où il habitait et ainsi, pour cinq sous, il se rendait jusqu'au port, à l'abri des intempéries, trimbalé dans une voiture tirée par un cheval.

Dès le premier matin d'ouvrage, ce genre de routine lui avait tout à fait convenu, d'autant plus qu'à vivre aussi chichement, il avait ainsi trouvé le moyen d'économiser quelques sous chaque semaine, et au fil des années, la cagnotte cachée sous son matelas s'était mise à grossir de façon intéressante.

Quand il avait eu une vingtaine d'années, il avait fréquenté brièvement une jeune fille de bonne famille, comme le faisaient la plupart des garçons de son âge. Très sincèrement, il avait enfin cru que son avenir était tout tracé : dans quelques années, quand il jugerait son magot suffisant, James O'Connor se marierait avec la belle Jane et ensemble, ils auraient une famille dont il serait fier. Tous les deux, Jane et lui, ils en parlaient régulièrement, les yeux dans les yeux. La cagnotte cachée sous son lit trouverait alors bon usage.

Malheureusement, son statut d'orphelin avait mis un terme à tous ces beaux espoirs : Jane O'Sullivan, fille de Jack O'Sullivan, notaire, n'épouserait pas un sans-le-sou qui venait d'on ne savait où. C'était irrévocable. Quand le grand Jack décidait quelque chose, valait mieux ne pas le contredire. La porte avait alors été montrée à James d'un index autoritaire.

— Et qu'on ne te revoie plus !

Ce jour-là, la mort dans l'âme, James avait décrété qu'on ne l'y reprendrait plus. Sa fierté et son cœur en avaient trop souffert.

C'est ainsi que les années s'étaient écoulées.

Cela faisait maintenant quatorze ans que James vivait à Montréal. Il passait désormais du français à l'anglais avec une aisance enviable et il n'avait jamais manqué une seule journée d'ouvrage, sauf que maintenant, promu chef d'équipe, il bénéficiait d'une journée de repos supplémentaire, le samedi. Il pouvait ainsi lire le journal dès son achat. C'est ce qu'il faisait assis sur un banc de bois, installé le long de l'avenue, dès que la température le permettait, hiver comme été.

Somme toute, la vie de James O'Connor aurait pu être agréable. Il aimait son travail même s'il était exigeant ; il se plaisait dans le quartier où il habitait, les occasions de parler anglais se faisant régulières ; il appréciait sa logeuse, une Irlandaise tout comme lui, arrivée sur le tard au Québec et qui lui racontait abondamment ce pays qui avait été le sien. Oui, bien des choses dans la vie de James O'Connor le remplissaient d'aise.

En fait, il ne manquait que l'essentiel : une femme aimante et des enfants qui auraient couru partout. Des enfants aux mèches de cheveux colorées par les éclats de lumière du soleil. Des enfants aux joues parsemées de taches de son, tout comme lui. Des enfants qui auraient donné un sens à tout le reste, à ce travail éreintant et à cette cagnotte qui allait toujours grossissant. Oui, c'est ce qui manquait le plus à James : une famille bien à lui, à défaut d'avoir vraiment connu celle qui aurait dû être la sienne.

Le jeune homme y pensait souvent, parfois en travaillant, parfois en s'endormant, et il y pensait d'autant plus ce matin que Montréal se préparait à célébrer les fêtes de fin d'année. Pour un Irlandais de souche comme James, malgré le peu de souvenirs qu'il gardait de ses parents et de la vie avec eux, qui dit fête pense réunion familiale.

Quoi de plus triste, en effet, qu'un Noël célébré dans la solitude ?

Assis sur son banc de parc aux planches craquant de froid, tourmenté par un poignant vague à l'âme, James échappa un long soupir qui monta au-dessus de lui en un petit nuage de vapeur.

Les projets faits à deux, pour l'année qui commencerait bientôt, auraient eu tellement plus de poids et d'importance que tous ceux qu'il se contentait d'ébaucher, s'interdisant d'aller plus loin parce qu'il vivait seul et qu'il se doutait bien que jamais ils ne se réaliseraient.

L'existence aurait certainement eu plus d'agrément si elle avait été vécue à deux, à six, à neuf !

James en oubliait d'ouvrir son journal.

Il jeta les yeux un peu partout autour de lui, envieux

et triste. La légèreté des voix qui s'apostrophaient d'un coin de rue à l'autre, d'une famille à l'autre, faisait mal comme une peine d'amour.

James n'arrivait pas à se mettre au diapason de l'humeur pleine d'entrain qui s'était emparée de Montréal.

Depuis quelques jours, la ville, se souciant fort peu des états d'âme de James O'Connor, avait revêtu ses atours de fête. Des couronnes de pin et de sapin odorant enjolivaient les réverbères, et des guirlandes de même nature, d'un beau vert profond, endimanchées de baies rouges et de grosses boucles de ruban, soulignaient le balcon de plusieurs maisons. Parfois, derrière une vitre, on pouvait deviner un arbre bien décoré, et le soir venu, les bougies qu'on y allumerait égaieraient toute la rue! À sa pension aussi, il y avait bien un sapin, mais il était minuscule, posé sur une table dans un coin du salon, et la patronne interdisait formellement qu'on y mette des bougies même quand elle s'absentait pour visiter quelques amies ou la maigre parenté qui était la sienne, ici, à Montréal. La pauvre femme avait une sainte peur du feu, ayant elle-même échappé de peu aux flammes qui avaient ravagé sa maison alors qu'elle n'avait que six ans. James comprenait sa hantise, bien sûr, mais n'empêche qu'il aurait préféré avoir un sapin illuminé, au même titre qu'il aurait été heureux de goûter à un vrai réveillon après la messe de minuit et qu'il se languissait de chérir une famille bien à lui. Une famille avec qui il aurait pu festoyer.

James poussa un long soupir de résignation.

Chaque année, c'était la même rengaine: dès les

premières décorations installées à travers la ville, à l'instant où, chemin faisant, il percevait le reflet d'une vitrine bien garnie illuminée judicieusement par un bec de gaz, ou si, par mégarde, il entendait les premières notes d'une chanson de circonstance, égrenées par quelques petits chanteurs au coin d'une rue, un vent de nostalgie s'emparait de lui et l'emportait dans un tourbillon d'émotions qu'il aurait préféré ne pas ressentir.

Il le savait : ce vague à l'âme ne lâcherait prise qu'au moment où il plongerait à nouveau dans la réalité quotidienne, celle qui était la sienne, celle du travail, au moment où il y retournerait, le 2 janvier à l'aube. Son ancienneté sur les quais lui permettait ces quelques jours de répit, mais, la nostalgie aidant, James n'était pas du tout certain que ce soit là un vrai repos. La mélancolie ferait un bref retour aux alentours du 17 mars alors que père et mère lui manquaient toujours aussi péniblement, après quoi elle se faisait plus discrète, fourbissant sournoisement ses armes pour revenir en force au Noël suivant. C'est ainsi que chaque année, d'aussi loin qu'il se rappelle, la tristesse lui tombait dessus à l'improviste, aussi lourde que les charges qu'il soulevait à longueur de journée au port de Montréal, rendant les pas plus lourds et l'esprit moins vif parce que le cœur prenait conscience du vide autour de lui et que la mémoire, trop occupée à fouiller dans les décombres d'une enfance brisée, occupait toute la place. Quelques notes d'un cantique joliment chanté, quelques affiches colorées adroitement placées suffisaient habituellement à réunir solitude et nostalgie, donnant ainsi le ton aux quelques semaines qui suivraient.

Pourtant, James avait des amis, de nombreux amis et, en temps normal, il savait les apprécier, reconnaître la valeur de leur présence. La majeure partie du temps, le passé restait le passé, bien sûr, et James s'accommodait de ce que le présent lui offrait sans rencontrer trop de difficulté. Que lui donnerait de languir après un ailleurs qui n'était pas le sien ? Ça lui ferait inutilement mal. C'est pourquoi la présence de ses amis arrivait généralement à combler cette espèce de vide émotif que la vie lui avait réservé.

Du nombre de tous ceux que James côtoyait presque quotidiennement, il y avait Timothy O'Callaghan et son accordéon, Lewis Flynn et ses danses, et Edmun McClary et ses blagues. Le sang d'Irlandais qui bouillonnait dans les veines de James se plaisait à côtoyer ces hommes fougueux, droits et sincères, qui avaient le sens de la fête et de l'amitié. Il croisait Timothy et Lewis au travail et rencontrait Edmun à la taverne le vendredi soir. James tenait à ces quelques amitiés comme à la prunelle de ses yeux bleus. Mais par-dessus tout, il y avait Donovan McCord. Il y avait surtout Donovan McCord et sa famille.

À ce nom qui traversa sa pensée, James afficha un grand sourire.

Donovan et lui s'étaient rencontrés sur le parvis de l'église un dimanche matin alors que la marmaille McCord, s'égaillant sur les marches qui menaient au trottoir de bois, l'avait bousculé au passage.

Le temps d'une excuse vite acceptée et l'entente entre les deux hommes avait été spontanée. Dans l'heure, James rencontrait Ruth, l'épouse de Donovan, et il s'asseyait pour une première fois à l'immense table familiale de Donovan.

C'est sûr qu'en plus d'apprécier son amitié, James enviait Donovan, et ce, au plus haut point. Mais s'il l'enviait ainsi, c'était dans le bon sens du terme. Donovan était tout ce que lui-même aurait aimé être. Cet homme, menuisier de son état, avait la vie que James O'Connor aurait voulu vivre, et le jeune homme ne se gênait surtout pas pour le dire. Cet ami, de quelques années plus âgé que lui, était ce grand frère disparu trop tôt. Alors, quand Donovan l'invitait à se joindre à eux, James répondait toujours par l'affirmative. C'était oui pour un souper, toujours oui pour une soirée de musique et de danse et encore oui pour la fête de l'un des enfants McCord, et ils étaient nombreux, les enfants de Donovan et de Ruth. Douze! Douze garçons et filles, échelonnés entre dix-huit ans et trois mois.

Une famille comme James en avait toujours rêvé!

Alors oui, James était fort heureux de se joindre à eux quand on le lui proposait, et le plus souvent était le mieux.

Sauf pour Noël.

Quand les McCord l'invitaient à célébrer Noël sous leur toit, James trouvait toujours mille et une raisons pour refuser: une vilaine toux, un réveillon préparé à la dernière minute à la pension, un ami locataire, célibataire comme lui, et qui avait besoin de compagnie...

Tout et n'importe quoi pour se défiler, car aux yeux de James, Noël, c'était sacré. Ça se fêtait en famille. À l'église, d'abord, entre catholiques fervents qu'ils étaient tous, et ensuite autour de la table, comme il en gardait un vague, un très vague souvenir, celui de ses tendres années alors qu'il vivait encore en Irlande. C'est pourquoi, malgré l'insistance annuelle de son ami Donovan, James s'entêtait comme le bon Irlandais qu'il était resté et cette année encore, il avait décliné l'invitation de son ami. Les McCord avaient le droit de vivre cette fête dans l'intimité sans la présence d'un étranger même si cet étranger ne l'était pas vraiment puisqu'il passait de nombreuses heures sous leur toit chaque semaine.

Inspirant profondément, James ferma les yeux.

Il venait d'avoir trente-deux ans. Parti de rien, orphelin atterri loin de sa patrie comme l'oiseau tombé loin du nid, il pouvait se vanter d'avoir bien réussi dans la vie. Il avait un emploi stable et bien rémunéré. Il avait de nombreux amis et se savait apprécié par tous ceux qui le connaissaient, tant ses compagnons de travail que ses amis et ses patrons. Il parlait couramment le français et l'anglais et, à force de persévérance, il avait appris à écrire dans les deux langues, ce qui n'était franchement pas donné à tout le monde.

À part la famille, qu'aurait-il pu souhaiter de plus ? Pas grand-chose, James avait au moins l'honnêteté de l'admettre. Mais pour lui, le manque à combler était de taille. Cela aussi, il avait l'honnêteté de l'admettre. Il aurait tant voulu avoir une femme dans sa vie. Une femme qui aurait ressemblé à Ruth, tiens, douce et rieuse. En fait, sans l'avouer ouvertement, James était vaguement amoureux de cette femme qui incarnait à ses yeux l'idéal féminin. Par contre, jamais il n'aurait touché à un cheveu de sa tête. L'amour, l'attachement qu'il ressentait pour Ruth étaient trop respectueux, trop purs pour porter à confusion. C'était un peu à l'image de la tendresse qu'il aurait pu ressentir pour une mère ou une sœur si la vie en avait décidé autrement. N'empêche! Chaque fois qu'il rencontrait une jeune femme, James ne pouvait s'empêcher d'établir aussitôt une comparaison: l'allure et le parler, les ambitions et les attentes, la couleur des cheveux et celle des yeux… Rien n'échappait à son analyse rigoureuse, et jusqu'à ce jour, aucune de celles qu'il avait eu la chance de croiser ou qu'on lui avait présentées n'avait été à la hauteur de cette Ruth qu'il admirait en silence.

Si au moins sa mère avait été encore vivante. Il aurait pu lui en parler!

À cette dernière pensée, le jeune homme ouvrit les yeux, mélancolique comme il l'avait rarement été au cours de sa vie.

Il avait le cœur fragile, et le paysage d'une blancheur aveuglante sous les rayons du soleil qui commençait à se montrer au-dessus des toits lui tira facilement quelques larmes, prestement séchées du revers de la main. Un homme ne pleurait pas. Malgré cela, en ce moment, James aurait bien voulu pouvoir se recueillir dans un cimetière. C'était l'endroit idéal pour les épanchements. Avoir un endroit où il pourrait toucher à ses racines. Même dans le silence, il aurait eu l'impression de sentir la présence de ses parents et de son frère, il en est certain. À tout le moins, cela lui aurait fait du bien d'y croire.

Avoir le privilège de pouvoir se rappeler qu'il fut un temps où il n'était pas seul, simplement parce qu'il y aurait eu une plaque avec des noms inscrits dessus.

Le cœur gros, James expira longuement. Même cela lui était refusé.

Ne restait que l'imagination pour visualiser les noms de Mary et John O'Connor gravés sur une belle pierre de granit. Dans l'esprit de James, ils étaient en lettres capitales, tout en haut du monument, bien visibles pour qu'il puisse les reconnaître de loin. En dessous, en caractères plus petits, il y avait aussi le nom de son frère.

David O'Connor, 1854-1862. Huit ans de vie. Son frère avait tout juste huit ans quand la mort l'avait emporté.

C'était sa famille, et ces trois noms gravés dans son cœur à défaut de l'être dans la pierre étaient tout ce qu'il lui restait d'elle.

Sauf peut-être…

Un long frisson secoua les épaules de James. Pas tant à cause du froid qui était tolérable qu'à cause de l'image qui venait de lui traverser l'esprit. Une image venue de très loin, puisée à même ses souvenirs les plus anciens. Celle d'une planche de bois, peinte en blanc, avec un nom écrit à l'encre noire dessus. Un nom et quelques chiffres qu'il n'avait su lire, à l'époque, parce qu'il était trop petit.

Mary O'Connor, 1830-1862.

C'était la tombe de sa mère, enterrée à Grosse-Île, là où elle était décédée quelques jours après avoir été mise en quarantaine avec lui.

Grosse-Île…

James pencha la tête dans un geste de recueillement. Voilà l'endroit où il avait mis pied à terre après une longue et pénible traversée. Il gardait un vague souvenir de cette terre d'accueil : les foins de mer qui lui arrivaient à la taille, les goélands chicaniers et le vent, ce vent omniprésent qu'il entend encore aujourd'hui lui siffler aux oreilles.

C'était là où, tout gamin encore, à peine cinq ans, il avait connu le plus profond des désespoirs.

Et s'il y retournait ?

Le cœur battant à tout rompre, James en arrêta presque de respirer pour laisser toute la place à cette proposition inattendue qu'il se faisait à lui-même.

Pourquoi pas ?

James ouvrit brusquement les yeux et regarda tout autour de lui. La neige s'entassait déjà un peu partout. Les congères créaient un rempart entre la rue et les trottoirs dont on ne voyait plus les planches.

Partir peut-être, mais sûrement pas tout de suite. En hiver, les voyages étaient malaisés, difficiles et parfois dangereux. Même s'il savait qu'il lui serait plus simple de s'absenter du travail à ce moment de l'année puisqu'avec les glaces sur le fleuve, les gros navires n'arrivaient pas jusqu'à Montréal, James repoussa l'idée d'un voyage immédiat. Après tout, il restait les trains dont il devait s'occuper, même en hiver. Il faisait partie des quelques privilégiés qui gardaient leur emploi à l'année et ils étaient peu nombreux à se partager la tâche. Il lui faudrait donc attendre que la saison froide soit derrière lui pour songer à s'absenter. Ne restait alors que le printemps ou peut-être l'automne. Oui, l'automne serait une bonne idée, quand le travail commencerait à se faire plus rare. Mais c'était loin, l'automne prochain. Presque toute une année, et James n'avait pas envie d'attendre tout ce temps. Alors…

Le jeune homme était déjà debout, le cœur battant la chamade, les gestes brusques et le souffle court. Lui qui s'interdisait rêves et projets depuis si longtemps se sentait fébrile à la simple perspective de partir quelques jours. Avoir enfin un but devant lui, une raison de se lever tous les matins pour aller travailler : accumuler assez d'argent pour entreprendre le voyage.

Car à ses yeux, il lui était interdit de toucher à la petite caisse remplie d'argent cachée sous son lit. Il n'y puiserait que le jour où une femme serait à ses côtés, pas avant.

En attendant, il pouvait bien se priver de tabac et de tramway pour mettre de l'argent de côté. Il pouvait même se contenter d'une seule bière le vendredi quand il rejoindrait Edmun McClary à la taverne, le temps de se constituer une réserve. Les sous ainsi épargnés permettraient sûrement d'entreprendre un voyage agréable, comme les riches.

Maintenant, James marchait à grandes enjambées, le journal replié sous le bras. Il le lirait plus tard. Pour l'instant, il avait mieux à faire. Tout à l'heure, après le repas, il se rendrait à la gare Dalhousie pour consulter l'horaire des trains. Peut-être bien qu'il pourrait se rendre jusqu'à Montmagny et de là, il trouverait aisément un pêcheur pour le traverser à Grosse-Île.

Le train se rendait-il jusqu'à Montmagny ?

James esquissa une moue d'incertitude.

Tant pis. Si jamais le train ne se rendait pas si loin, il pourrait sûrement rejoindre Québec. Ensuite, pour le reste de la route, il improviserait sur place. Un peu comme il l'avait fait à seize ans pour s'en venir à Montréal.

James étira un large sourire.

Il venait de prendre sa décision : il irait passer quelques jours sur la Côte-du-Sud dès le mois de mai, avant l'été, avant le gros de la saison sur les quais. Les patrons lui devaient bien ça. En presque quinze ans d'ouvrage, il n'avait jamais manqué une seule journée.

James marchait d'un pas alerte. Il se sentait tout léger, les projets s'enfilant les uns aux autres.

Parce que tant qu'à faire une si longue route, autant en profiter, n'est-ce pas ? Alors, si le cœur lui en disait, il profiterait peut-être de l'occasion pour passer voir les Bélanger à Saint-Michel-de-Bellechasse, question de leur montrer comment il avait bien réussi dans la vie.

Après tout, pourquoi pas ? Ils l'avaient quand même nourri durant près de neuf ans. Ce n'était pas rien ! Ils devaient sûrement se souvenir de lui.

CHAPITRE 4

De retour dans Charlevoix, au printemps 1888

Grâce à Clovis qui était resté au village cette année, la saison froide avait été profitable à bien des égards chez les Tremblay.

Les deux pieds bien campés dans la terre du potager fraîchement retournée, une main posée nonchalamment sur son ventre qui commençait à bomber et l'autre en pare-soleil au-dessus de ses yeux, Alexandrine observait la maison d'un œil critique. Cela devait bien faire dix fois en autant de jours qu'elle répétait ce geste ! La jeune femme inspira profondément de contentement.

D'abord, les alentours pour faire durer le plaisir !

Aucun doute là-dessus, le pommier avait passablement poussé depuis l'an dernier. Maintenant, quelques branches chargées de fleurs arrivaient à la hauteur de la fenêtre de la chambre des garçons. Le sapin aussi avait grandi. D'où elle était, Alexandrine en voyait la cime qui se balançait mollement au doux vent de mai, juste au-dessus de la cheminée. Quant au bouleau, il n'existait plus que dans sa mémoire, car il avait fallu l'abattre pour la construction de l'annexe.

Au souvenir de ce jour marquant une autre étape dans leur vie familiale, un franc sourire affleura sur les lèvres de la jeune femme et elle tourna résolument les yeux vers la maison. Décidément, son Clovis savait y faire, et cette annexe construite durant l'automne et l'hiver avait fière allure.

Alexandrine recula d'un autre pas pour embrasser de manière encore plus large ce paysage familier qui s'offrait à son regard. Un paysage qu'elle ne se lassait pas d'admirer, celui de sa maison flanquée d'une cuisine d'été.

Elle en avait tant rêvé !

Alexandrine redressa les épaules dans un geste de grande fierté. Elle se voyait déjà en train de faire mijoter ses confitures, de chauffer le vinaigre pour les marinades et de mettre en pots toutes sortes de conserves de légumes dans cette belle et vaste cuisine qui sentait bon le bois récemment coupé. Fini les nuits d'été étouffantes dans le corps principal de la maison parce qu'elle avait cuisiné durant la journée et que la chaleur du fourneau se joignait à celle de l'air ambiant pour les faire suer à grosses gouttes durant leur sommeil. Il ne suffisait maintenant que de fermer la porte entre les deux parties de la maison pour concentrer la chaleur dans cette pièce bien ventilée qui ne servirait que l'été, bien que l'hiver, même si cette seconde cuisine serait inoccupée, elle puisse y conserver l'essentiel des provisions, en belles rangées sur la grande table au bois brut ! Tourtières et autres pâtisseries y seraient enfin à l'abri des petites bêtes indésirables qui se faufilaient parfois jusque sur leur galerie durant la nuit pour grignoter un bout de beigne ou un morceau de pâté.

À cette pensée, à cet espoir de confort ajouté à son quotidien, la jeune femme prit une profonde inspiration, se sentant tout à coup aussi riche que toutes les bourgeoises du comté !

— Pas besoin de grand-chose, finalement, pour être heureux, murmura-t-elle tandis qu'instinctivement sa main caressait son ventre. Il suffit d'entretenir l'espoir d'avoir un bébé en santé et la perspective d'un peu plus de confort... Et aussi de savoir que dimanche, on va traverser le fleuve en famille pour aller visiter Emma et les siens, ajouta-t-elle en étirant un peu plus son sourire. Doux Jésus que j'ai hâte de la voir, celle-là ! Ça doit ben faire trois ans que c'est pas arrivé...

Alexandrine fronça les sourcils tout en cherchant dans sa mémoire.

— Ben oui, ça fait au moins trois ans, rapport que Marguerite était pas encore au monde. C'est fou ce que le temps passe vite... Bon, astheure, faudrait ben que je pense au jardin.

Un long regard autour d'elle traça l'essentiel de cette fin de journée : avec Rose et Marguerite qui n'étaient plus vraiment des bébés et qui, au cours de cet hiver bien rempli, avaient appris à s'occuper et à s'amuser toutes seules, elle pourrait déjà commencer à semer son potager. Carottes, pommes de terre, choux et oignons pouvaient fort bien s'accommoder des nuits encore fraîches. Pour les petits légumes d'été, les petites fèves et autres tomates et concombres, elle attendrait encore quelques semaines, le temps d'être bien certaine qu'il n'y aurait plus de gel la nuit. Mais d'abord, elle allait arracher les poireaux qu'elle avait laissés au jardin l'automne dernier. Rien n'était meilleur que ces longs légumes tendres qui avaient passé l'hiver à se bonifier sous la neige. Ils en mangeraient quelques-uns en omelette pour souper.

Alexandrine s'étira longuement, les deux bras tendus au-dessus de la tête. Elle savait à l'avance que les derniers jours de la semaine seraient agréables.

Elle était toujours d'excellente humeur quand un petit plaisir l'attendait, et quand elle était de bonne humeur, tout allait bien! Que dire, maintenant, d'une belle surprise comme ce voyage inattendu vers la Côte-du-Sud? C'était la petite escapade dont Clovis avait parlé hier soir après le souper.

— S'il fait beau dimanche, on va en mer toute la famille ensemble.

À ces mots, Alexandrine s'était retournée vivement, une lueur de joie au fond des prunelles.

— Un pique-nique? T'as envie de faire un pique-nique?

— Si on veut, oui, ça peut s'appeler comme ça. De l'autre côté du fleuve, chez Emma. Ça te dirait?

— Chez Emma? C'est sûr que ça me dirait! Mais…

— Mais quoi?

— C'est qu'on est toute une gang à s'amener à l'improviste. T'es ben sûr que…

— Aussi sûr que je suis là devant toi!

À ces mots, Alexandrine avait esquissé un petit pas de danse, ce qu'elle faisait habituellement quand elle était particulièrement heureuse.

— Ben tu parles d'une belle surprise que tu me fais là, toi! lança-t-elle en s'arrêtant devant Clovis. T'es sûr, t'es ben sûr que ça dérangera pas?

— Pas une miette. C'est exactement ces mots-là que Matthieu a choisis, l'autre jour, pour dire qu'y' était d'accord. Ça dérange pas une miette.

— Ben là tu me fais plaisir, Clovis. Ben gros!

Ce qu'elle ne savait pas, par contre, la belle Alexandrine, c'est qu'une fête l'attendait chez son amie, une belle fête réunissant les Tremblay et les Bouchard pour célébrer ses trente-trois ans.

— L'âge du Christ, comme l'avait souligné Matthieu avec une solennité soudaine dans la voix.

Clovis venait de lui parler de l'anniversaire d'Alexandrine qui approchait à grands pas. À la fin du mois de juin, la jeune femme aurait trente-trois ans. C'est ce qu'il avait confié à Matthieu lors de son premier voyage de la saison à l'Anse-aux-Morilles, lui demandant d'un même souffle si l'idée de fêter Alexandrine avec eux pouvait avoir du bon.

— Déjà trente-trois ans, tu sais!

— Pratiquement le milieu de la vie pour plusieurs d'entre nous, n'est-ce pas? avait alors ajouté Matthieu. C'est important. T'as raison. On va y voir, mon Clovis. Compte sur mon Emma pour bien faire les choses. C'est ben certain que ça va y faire plaisir de préparer un bon repas pour son amie.

Matthieu était sincère. Si Clovis était avec son épouse, c'était tout autre chose que de l'avoir à leur table quand il venait seul à l'Anse-aux-Morilles.

— Ça dérangera pas trop ?

— Pas une miette !

Clovis avait gardé le secret pour un moment, comme il avait coutume de le faire quand il prenait une décision d'importance, et ce n'est qu'hier, à quelques jours de l'événement, qu'il avait choisi d'annoncer la grande nouvelle à Alexandrine : le dimanche suivant, ils iraient visiter leurs amis.

— En autant qu'il fasse beau, avait-il précisé en bourrant sa pipe. Parce que pour astheure, les nuages qu'on voit là-bas annoncent rien de bon.

Alexandrine, toute à sa joie, avait balayé l'objection du bout des doigts après un bref regard vers le bord de la galerie, là où s'amoncelaient quelques gros nuages noirs.

— Ça va passer, Clovis. Tu vas voir ! Il reste encore trois longues journées avant d'arriver à dimanche.

— J'espère que ça va passer. Parce que je voudrais pas essuyer un grain avec les p'tites à bord. Les gars, je dis pas, faut qu'ils s'habituent, mais les p'tites…

Dans un premier temps, Alexandrine n'avait pas répondu, les inquiétudes de Clovis rejoignant intimement les siennes. Prendre la mer avec des enfants comportait toujours un certain risque. Alexandrine savait qu'elle aurait le cœur affolé et les petites à l'œil tout le temps que durerait la traversée. Puis elle avait secoué vigoureusement la tête, comme pour conjurer un mauvais sort.

— Pourquoi s'en faire à l'avance et se ronger les sangs pour rien ? Ça va être comme d'habitude, pis toute va ben aller, Clovis. Une belle surprise de même, ça peut pas être gâché par un orage. Même pas par une p'tite averse !

Il semblait bien que le Ciel l'ait écoutée, car après le bref mais violent orage qui avait finalement éclaté en ce jeudi soir, le beau temps était revenu. Il faisait même chaud pour la saison, comme si la pluie tombée durant la violente averse avait laissé s'échapper en même temps les prémices de l'été.

D'où cette envie, en ce moment, de commencer à semer le potager tout de suite, sans attendre qu'arrive le milieu du mois de juin comme elle avait coutume de le faire.

Le retour des plus vieux revenant de l'école mit un terme à sa contemplation et lui donna envie de s'activer.

— Hé oh ! lança-t-elle joyeusement, une main au-dessus de la tête pour les saluer aussitôt qu'elle les aperçut au bout du chemin de pierraille qui menait directement à la maison.

Le soleil jouait dans les mèches blondes de la tignasse de ses trois plus vieux et elle les trouva beaux.

Clovis et elle faisaient de beaux enfants.

Un battement de cœur un peu plus fort lui arracha un sourire et machinalement, la main qui saluait vint se poser sur son ventre dans un geste de protection. Un geste discret, à peine un effleurement pour ne pas s'attirer de questions embarrassantes, surtout de la part d'Anna qui la regardait d'une bien drôle de façon depuis quelque temps, depuis que son ventre s'était mis à arrondir. C'est pourquoi elle ajouta un peu précipitamment quand les enfants furent à portée de voix :

— Toi, Joseph, pis toi aussi, Paul, allez vous changer pis venez me rejoindre ici, dans le jardin. On va arracher les poireaux. J'ai envie d'en manger une partie en omelette pour le souper. Après, on va semer les carottes pis les navets. Je veux que tout soit fait avant de rentrer manger. Toi, Anna, je te mets en charge de peler des patates en gardant un œil sur les deux p'tites.

Les trois jeunes se regardèrent un peu déçus, car ils avaient projeté d'aller au petit ruisseau avant le repas. Habituellement, le vendredi, ils étaient libres de leur temps quand ils revenaient de l'école. Ils n'eurent pas le temps d'exprimer leurs intentions qu'Alexandrine les pressait de se bouger plus rapidement.

— Allez ! Ouste ! On se dépêche un peu. Votre père doit être à la veille d'arriver. Il m'avait promis de revenir pas trop tard. Je voudrais pas le faire attendre pour son repas. Comme y' est parti depuis avant l'aube, à matin, c'est comme rien qu'y' doit être ben fatigué pis ben affamé.

Ce fut ainsi que le dimanche matin, au premier rayon de soleil qui tira Alexandrine de son sommeil, elle avait toutes les raisons de se réjouir. Non seulement il faisait beau, mais le potager était déjà semé en grande partie et dans quelques heures, elle prendrait la mer avec son homme et ses enfants. Malgré l'inquiétude qu'elle ressentait toujours à l'idée de naviguer avec les petites, en ce moment, l'envie de retrouver son amie Emma l'emportait sur ses craintes.

Ce serait probablement le plus beau dimanche de l'été! Sauf pour sa belle robe bleu nuit qu'elle ne pourrait porter.

À cette pensée, Alexandrine se renfrogna un moment, calant sa tête dans la paillasse.

Alexandrine avait cousu ce vêtement l'automne dernier avec sa mère. La robe était du dernier cri, avec de belles manches bouffantes à hauteur d'épaules, comme elle en avait vu un modèle dans *Le Quotidien de Lévis* que Clovis lui avait rapporté lors de l'un de ses derniers voyages vers Québec, en septembre dernier. La robe avait été taillée dans le tissu d'une ancienne tenue de sa mère.

— C'est la robe que j'avais faite pour le bal à l'huile de chez Josaphat Carrier. J'avais ben juste dix-sept ans, avait précisé Marie-Ange avec une certaine pointe de nostalgie dans la voix. Je fréquentais pas encore ton père, c'est te dire comment j'étais jeune. Je l'ai-tu portée, un peu, cette robe-là! À Noël, au jour de l'An, pour les grands-messes pis les vêpres. C'est même elle que je portais pour chacun des mariages de mes amies!

Puis la belle dame aux cheveux de neige avait secoué la tête et soupiré bruyamment avant de reprendre son court monologue tandis que d'un geste décisif, elle avait entamé la première couture du corsage avec la pointe de ses ciseaux:

— Mais comme elle est devenue trop p'tite pis pas mal démodée, on va y donner une deuxième vie! Pis ça me fait plaisir de voir que c'est toi, ma fille, qui vas en profiter ! Astheure, va dans la cuisine, j'ai étalé de la gazette sur la table pour que tu tailles un patron pour les manches. C'était pas à la mode dans mon temps, des manches de même.

Alexandrine avait donc profité de toutes les soirées de l'automne où Clovis pouvait rester à la maison afin de se rendre chez sa mère pour coudre la fameuse robe. Elle l'avait étrennée pour le Nouvel An et elle en était très fière.

Malheureusement, à cause de sa maternité, elle ne pourrait la porter aujourd'hui. Par contre, à cette exception près, la journée s'annonçait parfaite !

La traversée se fit sans encombre. Si Joseph avait le pied marin comme son père et qu'il s'activait aux côtés de Clovis avec entrain, connaissant déjà les nœuds et le maniement des cordages, il était évident que Paul ne suivrait pas les traces de son frère. Assis sur un seau de bois placé à l'envers, à l'arrière du bateau, le petit garçon, qui venait d'avoir huit ans, fixait ses pieds sans dire un mot. De toute évidence, il n'était pas à l'aise. À voir son teint plutôt blafard, peut-être avait-il même mal au cœur. Alexandrine, émue, se promit d'avoir une bonne conversation avec lui dès leur retour à la maison. Il n'était pas dit qu'un de ses enfants serait malheureux sous prétexte que chez les Tremblay, on était marin et capitaine de père en fils.

Heureusement, Paul n'était pas l'aîné ; ce serait l'argument qu'Alexandrine ferait valoir si jamais Clovis lui faisait des misères.

Matthieu les attendait avec sa charrette. La paroisse

de l'Anse-aux-Morilles, qui avait de nombreux pêcheurs parmi ses ouailles, possédait un quai depuis quelques années déjà. Le gros du commerce de la région passait donc par là, et c'est un peu pour cette raison que Clovis aimait y venir même s'il devait traverser le fleuve pour l'atteindre. Il était plus aisé d'accoster contre le quai que de s'échouer sur la grève comme il devait encore le faire à Pointe-à-la-Truite.

Les retrouvailles entre Alexandrine et Emma furent à l'image de l'amitié qui les unissait depuis tant d'années : bruyantes, ponctuées de nombreuses exclamations, de quelques esclaffements et surtout d'un formidable éclat de rire quand Emma prit conscience de la tenue de son amie. Une jupe attachée entre la taille et les seins, camouflée scrupuleusement par un tablier blanc aux allures de chasuble, proclamait aux initiées que l'on se trouvait en présence d'une femme enceinte qui cherchait à cacher son état.

— C'est pour quand ? murmura Emma quand Alexandrine s'approcha pour l'embrasser.

— Pour la fin d'août, je crois bien.

— Moi aussi ! Dommage qu'on soit si loin l'une de l'autre ! On pourrait en parler ensemble. Ici, j'ai pas vraiment d'amies, tu sais. Encore moins de mère ou de sœurs.

Durant un long moment, les deux amies se regardèrent droit dans les yeux, se souriant mutuellement. Puis, Alexandrine se dégagea pour attirer vers elle la petite Marguerite.

— Viens ici, toi, que je te présente mon amie.

La gamine leva un regard surpris vers sa mère.

— Une amie ? Les mamans aussi peuvent avoir des amies ?

Emma et Alexandrine échangèrent un sourire avant que celle-ci réponde.

— Bien sûr ! C'est comme pour Victoire. Elle aussi, c'est mon amie.

La petite fille avait les sourcils froncés sur sa réflexion.

— Ah oui ? La grosse madame, c'est ton amie ? Pourquoi, d'abord, je l'appelle *matante* Victoire ?

— Pour faire plus poli, avança Alexandrine après une brève introspection. Pis c'est moins compliqué que de dire « madame ». Tu trouves pas ?

— Oui, c'est vrai… Comme ça, elle, fit la gamine en tendant l'index, c'est aussi ton amie ?

— Oui, mon amie Emma. Pis pointe pas avec le doigt comme ça, Marguerite, c'est pas poli.

Un rapide sourire éclaira les traits réguliers de la jolie blondinette tandis qu'elle cachait promptement la main derrière son dos, comme si celle-ci était l'unique responsable de l'écart.

— C'est un beau nom, déclara-t-elle sans hésitation en regardant franchement Emma droit dans les yeux.

Puis elle se tourna vers sa mère.

— Maintenant, je peux-tu aller jouer avec Rose pis les deux filles qui sont pareilles ?

Sans attendre de réponse, la fillette avait déjà tourné les talons. Le petit tablier blanc qu'elle portait pour camoufler la robe élimée qui lui venait de ses sœurs dansa sous le soleil de cette matinée de printemps qui sentait bon l'été.

Les deux femmes, en compagnie de Mamie, en profitèrent pour se retirer à l'ombre d'un pommier où Emma, prévoyante, avait placé quelques chaises de cuisine.

— On n'est toujours ben pas pour s'installer à terre, cré bonjour ! Pas dans notre état, précisa-t-elle à voix basse.

De savoir qu'elle n'était pas seule à porter un enfant posait un baume sur ce qu'elle considérait encore comme une grande injustice. Pourquoi cette autre maternité après quatre ans ? Elle qui espérait que c'était fini…

Puis, haussant le ton, Emma ajouta :

— Viens, Alexandrine. À son âge, Mamie va être pas mal mieux sur une chaise. On va l'accompagner.

Le temps de s'installer et Emma reprenait avec vivacité :

— Astheure, raconte-moi toute, Alexandrine !

Ses yeux pétillaient de curiosité et de joie anticipée.

— Je veux t'entendre parler de tout ce qui se passe de bon dans mon ancien village. Avec mes parents qui savent pas écrire, pis qu'y' sont pas sorteux, c'est rare que j'ai des nouvelles de par chez nous ! Juste quand ma sœur Prudence décide de m'écrire. Pis encore, faut que ça soit durant l'été. Ça fait que du mois d'octobre au mois de mai, j'attends, pis je me morfonds. Pis j'imagine le pire, des fois ! Tu peux pas savoir comment je suis contente quand je vois les glaces s'en aller !

Comment je suis heureuse de voir le printemps s'amener même si plus souvent qu'autrement, c'est juste ce que ton mari décide de dire au mien qui nous donne une p'tite idée de ce qui se passe par chez nous. Pis ça, c'est quand nos hommes ont l'occasion de se voir. Aussi bien dire que je sais pas grand-chose.

Devant cette constatation, Emma secoua vigoureusement la tête comme pour donner plus de poids à ses dires.

— Pis ? T'as-tu vu Victoire récemment ? Qu'est-ce qu'a' devient ? A' fais-tu encore des tartes pis des gâteaux ? Envoye, Alexandrine, raconte-moi toute !

Et tandis qu'Alexandrine prenait une profonde inspiration pour répondre à son amie, les hommes, eux, s'éloignaient vers la grange pour fumer à l'écart et admirer la nouvelle acquisition de Matthieu.

— Avec un peu de chance, m'en vas amortir le coût en quelques années seulement. À louer mes services à mes voisins, ça aide pas mal à payer les traites que je dois au notaire. C'est lui qui m'a avancé l'argent… Amène-toi, Clovis, viens voir ça ! Depuis le temps que je t'en parle. C'te machine-là, c'est l'invention du siècle, je crée ben !

— Et ça s'appelle comment, encore, ta merveilleuse machine ?

— Une batteuse à grains. Même si ça prend ben des bras pour s'en servir, ça reste que c'est pas mal plus rapide qu'avec le fléau quand vient le temps de battre l'avoine.

Ouvrant la vaste porte de la grange, Matthieu fit les

honneurs de son bâtiment en invitant Clovis, d'un large mouvement du bras, à y entrer.

— Bienvenue chez nous, lança-t-il joyeusement. Tu peux entrer sans crainte, les vaches pis le taureau sont au pacage !

Les enfants, quant à eux, se contentèrent, dans un premier temps, de se regarder en chiens de faïence, gênés, indécis, mal à l'aise. Mais il faisait si beau et les heures d'une journée de congé passent si vite…

Après quelques instants d'un silence embarrassé, Marius se jeta à l'eau. Tout en grattant la terre battue du bout de sa chaussure au cuir tout usé et aux coutures relâchées, il fit remarquer :

— On est toujours ben pas pour gâcher un beau dimanche de même, jugea-t-il d'une voix indécise.

D'un regard circulaire, il chercha l'approbation des autres. Comme son grand frère Lionel n'était pas présent, il était l'aîné du groupe improvisé, et de le constater lui donna une certaine audace, un nouvel aplomb.

— Que c'est que vous en pensez ? On essaye-tu de s'amuser même si on se connaît pas ben ben ? demanda-t-il avec une pointe d'assurance dans la voix. Moi, c'est Marius, fit-il enfin, les deux mains bien enfoncées dans ses poches. Pis eux autres, ajouta-t-il en pointant ses frères du menton, c'est Gérard pis Louis.

— Nous autres, c'est Marie pis Gilberte, compléta une jolie brunette à l'air déluré en avançant d'un pas. Pis vous autres ? C'est quoi encore vos noms ?

Les enfants étaient sensiblement du même âge, à quelques années près, et bien qu'ils ne se voient pas tellement souvent, ils se souvenaient vaguement de la dernière visite. Mais de là à se rappeler les prénoms...

— Moi, c'est Joseph, déclara l'aîné des Tremblay en tendant la main comme sa mère et mademoiselle Cadrin le lui avaient enseigné.

Une main qu'il rangea bien rapidement le long de sa cuisse devant le manque d'enthousiasme de Marius.

— Elle, poursuivit-il néanmoins, c'est ma sœur Anna, pis lui, c'est Paul. Y' a eu huit ans la semaine dernière, précisa-t-il en redressant les épaules, comme si ce détail était de la toute première importance. Pis tant qu'à y être, autant faire le tour au complet pis en finir une bonne fois pour toutes... Là-bas, avec ma mère, c'est Rose pis Marguerite, les deux plus jeunes de la famille.

D'un geste uniforme, tous les regards convergèrent vers le pommier où les jumelles, sans s'encombrer de fausse gêne, jouaient déjà avec les deux petites Tremblay. Leurs éclats de rire flottaient jusqu'à eux. Le regard de Marius revint alors se poser sur Joseph.

— On va-tu dans l'érablière ? proposa-t-il. C'est la meilleure place pour jouer à la cachette. Faut juste faire attention aux ratons laveurs. La mère est pas mal mauvaise quand on s'approche de la corde de bois. C'est là, je pense ben, qu'a l'a construit son nid. Pis ? Ça vous le tente-tu ?

Joseph consulta sa sœur et son frère du regard.

— C'est beau, conclut-il en revenant à Marius. On

va aller jouer là où tu le dis… Mais avant… C'est qui lui ? Y' va-tu venir jouer avec nous autres ?

Du pouce, Joseph désignait Lionel. Assis sur les marches de la longue galerie qui flanquait le devant de la maison, le jeune homme se tenait à l'abri du soleil, un livre à la main.

— Lui, c'est Lionel, laissa tomber Marius en soupirant. C'est le plus vieux chez nous. Mais compte pas sur lui pour venir jouer avec nous autres, par exemple. Y' joue jamais avec nous autres, Lionel. Y' dit qu'y' aime mieux lire les livres plates que le curé y passe parce qu'y' aime pas ça se salir les mains. Depuis un boutte, Lionel s'est mis à lire la vie des saints comme saint François d'Assise ou ben les apôtres.

Il y avait une pointe de dédain dans la voix de Marius tandis qu'en quelques mots à peine, il venait de décrire son frère. Ses sourcils froncés cachaient mal son regard distant. Heureusement, l'aparté ne dura que le temps d'un long soupir impatient. L'instant d'après, toute sa physionomie retrouvait sa vivacité habituelle. Après un bref coup d'œil à la ronde, il se mit à courir vers le chemin de desserte qui longeait un grand champ laissé en friche et, tout en courant, il lança par-dessus son épaule, sur un ton malicieux:

— Le dernier arrivé, y' pue, pis c'est lui qui compte !

Il n'en fallut pas davantage. En moins de deux, les enfants s'égaillèrent en se bousculant et en riant.

Du coin de l'œil, Alexandrine les regarda s'éloigner.

— On devrait être tranquilles pour un moment, constata-t-elle joyeusement.

Puis, elle se tourna franchement vers Emma pour partager avec elle un moment de complicité. Mais son amie ne souriait pas du tout. Bien au contraire, Emma poussa un long soupir. Elle suivait les enfants du regard, et Alexandrine ne sut comment interpréter ce qu'elle croyait percevoir chez son amie. Impatience ou déception ? Et pourquoi, grands dieux, serait-elle impatiente ou déçue ?

— Ça t'arrive-tu à toi de trouver que ça prend ben de la place, les enfants, quand ça grandit ? demanda finalement Emma à voix basse, reportant son attention sur Alexandrine.

Prise au dépourvu, cette dernière hésita. C'était là une question qu'elle ne s'était jamais posée.

— Non, fit-elle enfin tout en haussant les épaules. Pas plus qu'avant…

Alexandrine parlait lentement, comme si elle sentait le besoin de chercher les mots adéquats pour bien exprimer sa pensée. Puis, après un bref silence, un beau sourire illumina son visage et sa voix se raffermit.

— Non, finalement, ben au contraire, je pense que je trouve ça pas mal agréable de voir les enfants grandir, devenir de plus en plus indépendants. Pas toi ?

— Non, pas vraiment, confessa Emma qui pensait particulièrement à Lionel tandis qu'elle tentait de se confier à Alexandrine.

Des yeux, elle chercha son aîné qui n'avait pas bougé de son poste. Toujours assis dans l'escalier, il semblait concentré sur sa lecture. Une contraction des muscles de la mâchoire donna un air fatigué à Emma.

— C'est lui surtout qui me donne du fil à retordre, avoua-t-elle enfin tout en pointant discrètement la maison d'un bref geste de la tête.

Les regards de Mamie et d'Alexandrine suivirent celui d'Emma.

— Je te l'ai déjà dit, chère, argumenta alors la vieille dame de sa voix fluette, sachant pertinemment où Emma voulait en venir. On peut pas jeter tout le panier à cause d'une pomme piquée par les vers.

— Y' est justement là, le problème, riposta Emma.

On entendait sa mauvaise humeur même si elle parlait à voix retenue.

— On le sait même pas si la pomme est piquée ou non. Pis écoutez-nous donc parler ! Voir que ça a de l'allure, ce qu'on est en train de dire là. Voir que mon gars ressemble à une pomme… Vous pis vos comparaisons, aussi !

— Qu'est-ce qu'elle a, ma comparaison ?

La vieille dame semblait insultée par les propos d'Emma.

— J'ai pour mon dire, chère, que ce qui est bon pour les fruits peut l'être tout autant pour les enfants. T'as jamais entendu ça, toi, l'expression qui dit que les enfants sont le fruit de l'amour ?

— Oui, me semble, oui.

La voix d'Emma était hésitante.

— Bon ! Tu vois ben que j'ai raison. C'est sûrement pas pour rien qu'on dit ça. Ça fait que si je continue sur ma lancée, j'ai l'impression, que par ton humeur impatiente, c'est comme si tu voulais jeter tout ton panier d'un coup sec. Pourtant, y a du bon fruit dans ta besace, chère, du ben bon fruit. Avec les enfants que t'as, ça serait un vrai gaspillage de toute jeter en même temps.

Emma poussa un long soupir contrarié. Elle savait bien qu'à travers son langage imagé, Mamie avait raison. Mais c'était plus fort qu'elle : Lionel la faisait régulièrement sortir de ses gonds et dans ces temps-là, c'était toute la famille qui écopait.

— C'est juste que ma patience a des limites, Mamie, expliqua-t-elle. Pis vous le savez. C'est pas la première fois qu'on en parle, pis malheureusement, ça sera pas la dernière non plus, j'en ai ben peur. Je le répète : si cet enfant-là était tout seul, je pourrais peut-être y passer ses caprices. Mais c'est pas le cas. Y en a sept autres après lui. Bientôt huit.

Maintenant, il y avait une pointe d'amertume dans la voix d'Emma, à tout le moins, un petit quelque chose qui sonna bizarrement aux oreilles d'Alexandrine. Celle-ci se redressa sur sa chaise.

— Et si quelqu'un essayait de m'expliquer ? demanda-t-elle d'une voix à la fois ferme mais très douce. Je comprends rien pantoute à ce que vous êtes en train de raconter, toutes les deux. À part le fait de comparer des enfants avec des pommes, j'arrive pas à suivre votre conversation.

Les bons moments qu'Alexandrine gardait de leur jeunesse, à Victoire, Emma et elle, ne ressemblaient pas à ce qu'elle croyait deviner. Les propos et le ton d'Emma ne tenaient pas la route, surtout pas celle tracée par les souvenirs. Peut-être Alexandrine aurait-elle compris une certaine lassitude, peut-être aurait-elle accepté une forme de désillusion — qui n'en a pas à ses heures ? —, mais cette colère sous-jacente qu'elle croyait percevoir ne ressemblait pas à son amie. Pas plus que cette tristesse qu'elle pouvait lire en ce moment sur le visage d'Emma.

— Alors, Emma ? demanda-t-elle une seconde fois, tout aussi gentiment. Peux-tu m'expliquer en mots plus clairs ce que tu essaies de me dire ?

— Je trouve ça dur, Alexandrine. Ben dur.

— Qui a prétendu que c'était facile d'élever une famille ?

Encore une fois, Mamie était intervenue dans une discussion qu'Emma aurait préféré poursuivre en toute intimité avec Alexandrine. Sa réponse fut un peu plus sèche qu'elle ne l'aurait souhaité.

— Personne, je le sais… Ça fait des tas de fois que vous me le dites, Mamie. Par contre…

Un regard appuyé en direction de la vieille dame compléta la réplique, laissant clairement entendre qu'Emma n'était plus à l'aise pour parler. Fine mouche, Mamic le comprit aussitôt. Bavarde ? Assurément. Verbeuse ? Tout autant. Néanmoins, la vieille dame était psychologue à ses heures. Mamie se releva donc péniblement et déclara :

— C'est ben beau toute cette conversation-là, chère, pis cette belle visite-là qu'on a à midi, ajouta-t-elle avec un petit signe de tête à l'intention d'Alexandrine, mais le dîner se fera pas tout seul. M'en vas aller voir comment ça se passe dans le fourneau pis j'vas mettre la table. Pendant ce temps-là, profite de ta visite, chère, ajouta-t-elle affectueusement en s'adressant à Emma à qui elle fit un sourire chaleureux. C'est pas tous les jours que tu reçois ton amie.

Sur ces quelques paroles gentilles, Mamie se retira.

— Ça semble être une bonne personne, ta Mamie, observa Alexandrine qui vit la vieille dame s'arrêter un moment auprès des quatre gamines qui s'amusaient à poursuivre des papillons. Je la connais pas vraiment, mais juste à sa manière de parler, on voit que c'est du bon monde.

— Oui, t'as raison. Mamie, c'est quelqu'un qui a le cœur à la bonne place. Un brin jasante, comme t'as pu le constater. Comme ils disent par chez nous, c'est une fâmeuse chouenneuse, précisa-t-elle en exagérant l'accent.

Cette petite moquerie faisait plaisir à entendre. Alexandrine en soupira d'aise tandis qu'Emma poursuivait.

— N'empêche que je suis chanceuse de l'avoir. Comme ça, je me sens un peu moins abandonnée.

Abandonnée...

La détente avait été de courte durée. À travers ces quelques mots, Alexandrine découvrait l'étendue de la solitude que devait vivre son amie. Elle en fut surprise et attristée. Il y a trois ans, lors de sa précédente visite, la jeune femme n'avait rien perçu de tel.

— Le village te manque ?

— Si c'était juste le village, je m'en accommoderais !

Y a ma famille aussi… Pis mes amies. Par bouttes, j'aimerais ça savoir que ma mère est pas trop loin. Ou ben mes sœurs. Y a toi pis Victoire, aussi, dont je m'ennuie ben gros. Quand les journées sont longues pis que l'ouvrage déborde, quand j'ai le cœur lourd ou ben l'esprit chagrin, j'aimerais ça avoir quelqu'un avec qui en parler. Pas juste Mamie. Est ben fine, ben avenante, la pauvre vieille, mais c'est pas tout, ça.

— Qu'est-ce que tu veux dire par là ?

Emma se mit à rougir et c'est le regard accroché à un point de l'horizon qu'elle avoua dans un souffle :

— Y a des choses, de même, qu'on peut pas parler avec une étrangère.

La voix d'Emma était ténue et aux oreilles d'Alexandrine, elle sembla aussi fragile qu'un fil de soie. La jeune femme sentit son cœur se serrer tandis que dans un murmure son amie Emma était en train de se confier. Par contre, Alexandrine ne retint que le propos. C'est pourquoi, penchée vers son amie, elle s'exclama dès que celle-ci se tut :

— Une étrangère ? Ça fait pas loin de quinze ans que tu vis avec elle, pis tu dis que Mamie est encore une étrangère ? Je comprends pas, Emma.

— Me semble que c'est pas dur à comprendre.

Emma regarda tout autour d'elle comme si elle craignait d'être entendue.

— Même si on vit tous les jours avec quelqu'un, y a certaines choses qu'on est pas prête à partager avec elle, chuchota-t-elle. Pour ça, pour toutes les choses un peu personnelles, ça prend une mère, une sœur ou ben une amie. Pis pas n'importe quelle sorte d'amie. Une amie très proche. Pour moi, Mamie, c'est comme une tante. Pas une mère ou une amie.

— Pis Matthieu, lui ?

— Matthieu ?

Emma laissa son regard dériver vers l'horizon pour éviter de croiser celui d'Alexandrine.

— Matthieu est pas encore prêt à se mêler aux gens de par ici. Ça peut paraître un brin difficile à comprendre, mais c'est comme ça. C'est un timide, mon mari. Il l'a toujours été. Pis si c'est comme ça pour lui, ça doit être comme ça pour le reste de sa famille. Ça fait partie de l'idée qu'il se fait d'une famille. À part le dimanche pour la messe, j'vas pas au village pis je rencontre personne. Remarque qu'avec ma trâlée d'enfants, j'aurais pas vraiment le temps de visiter des amies pis c'est de même que d'une chose à l'autre, j'en ai pas, des amies assez proches pour leur parler en toute intimité. Pis y a des choses que j'aimerais mieux pas parler avec Matthieu.

— Ouais… C'est vrai que des fois…

Alexandrine resta silencieuse un moment, hochant la tête. Sans partager totalement les vues d'Emma, car pour elle, il n'y avait vraiment qu'avec Clovis qu'elle pouvait tout dire, Alexandrine comprenait son amie. Certaines femmes ne parlaient qu'avec d'autres femmes.

— C'est vrai qu'il y a certains sujets qui sont pas faciles à aborder… Mais pourquoi tu me parles de sujets personnels, tandis que tout à l'heure, tu parlais de ton fils Lionel ? Y' a un secret, Lionel ? Il cache quelque chose de grave ?

— Pantoute. Y' aurait ben juste sa mauvaise humeur qu'il pourrait avoir la bonne idée de cacher, mais ça, il le fera pas.

— Pourquoi ?

— Parce que son père est en arrière de lui ! Avec un rempart comme celui-là, le beau Lionel peut ben faire la pluie pis le beau temps dans la maison, y a pas personne qui va le contredire.

— Ben voyons donc, toi ! Comment ça, Matthieu est en arrière de lui ? Pourrais-tu être plus précise ? Je comprends rien pantoute de ce que t'es en train de me dire.

— Donne-moi deux minutes, pis j'vas te raconter comment ça s'est passé. En fait, ça remonte à l'automne dernier. En octobre, pour être plus précise.

Et Emma de raconter l'incident où son fils l'avait ouvertement affrontée, allant jusqu'à défier son autorité. Selon les dires d'Emma, si Matthieu l'avait voulu, cet incident relativement banal serait déjà oublié. Lionel aurait eu à s'excuser — on y aurait été obligé à moins. Ensuite, il aurait subi une punition à la dimension de la faute commise, ce qui aurait servi d'exemple pour tous les autres enfants, et aujourd'hui, plus personne n'en parlerait.

— Mais non ! C'est pas ce que Matthieu a fait !

Emma s'enflammait.

— Imagine-toi donc que mon mari a donné raison à Lionel d'avoir choisi l'école plutôt que de m'aider !

Tout en parlant, Emma avait levé les deux bras au ciel pour souligner l'énormité de cette décision.

— Matthieu a ajouté, devant tout le monde en plus, que même si j'avais besoin de Lionel, la raison était pas suffisante pour le garder à la maison par une journée d'école. Surtout que lui, Lionel, ça y tentait pas de rester. Selon mon mari, au lieu d'être en colère après Lionel, j'aurais dû remercier le Bon Dieu de nous avoir donné un fils aussi intelligent pis sérieux.

— C'est quoi le rapport entre le fait d'être intelligent pis celui de t'aider?

— Je le cherche encore! Tout ça pour dire que non seulement Lionel a pas eu à s'excuser envers moi pour son affront, mais en plus, maintenant, quand ça lui tente pas de nous aider, en autant que c'est pour lire ou étudier, il peut faire comme bon lui chante. Ça se peut-tu?

— Non, ça se peut pas...

La réponse d'Alexandrine était directe, sans la moindre hésitation.

— Pas chez nous, en tout cas, souligna-t-elle. Jamais Clovis accepterait qu'un enfant me manque de respect.

— C'est aussi ce que je pense même si je sais ben que l'école, à sa manière, c'est important... Mais de là à tenir tête à sa propre mère. Chez mes parents non plus, aucun enfant a jamais osé lever le ton devant ma mère. Ni devant ma grand-mère qui vivait avec nous autres. Jamais. Même mon frère Jacques qui est grand pis fort pis pas mal intelligent a toujours filé doux devant ma mère. Il l'a jamais obstinée. Même quand il avait raison. J'aime autant pas penser à ce qui serait arrivé si jamais il s'était essayé.

— Je pense que Clovis aurait la main leste si jamais un des enfants essayait de me contrer, analysa Alexandrine qui avait tout de même une certaine difficulté à concevoir une situation semblable chez elle.

Chacun de ses enfants avait été bien élevé et personne n'osait lever le ton. Même entre eux, les enfants savaient être polis.

— Je t'avoue que c'est un peu ce que j'avais espéré quand j'ai tout raconté à Matthieu l'automne dernier, poursuivit sur sa lancée une Emma on ne peut plus heureuse d'avoir enfin une oreille compatissante, capable de comprendre ses déboires. Une bonne raclée devant tout le monde pour que personne s'avise de faire comme Lionel, me semble que ça aurait été normal... Ben non ! Matthieu a donné raison à Lionel qui s'est mis à se pavaner comme un ridicule petit coq de basse-cour. Depuis ce jour-là, c'est plus pareil chez nous. C'est comme si la famille était divisée en deux. J'aime pas ça.

— Pis Mamie, elle ? Qu'est-ce qu'elle dit de ça ?

Emma haussa les épaules dans un geste d'accablement.

— Pas grand-chose, rapport que c'est Matthieu qui mène chez nous.

— Pourtant, la maison est encore à elle, non ?

— Oui. Mais en partie seulement parce que Matthieu a presque fini de la payer. Là-dessus, j'ai pas à me plaindre : mon mari, c'est un gros travaillant. Pis c'est pas le fait que Mamie soit encore un peu propriétaire de la maison qui lui donne le droit de se mêler de nos affaires. Ça, c'était ben clair avant même de venir nous installer ici. Quand il s'agit des enfants, même si Mamie me donne son avis la plupart du temps, devant Matthieu, elle sait se taire. Pis c'est correct de même, précisa Emma avec une certaine précipitation. Ça évite probablement ben des confrontations.

— Ça se tient...

Alexandrine était malheureuse pour Emma. Elle comprenait un peu mieux que son amie se sente esseulée, loin de son monde. Quand on a le cœur gros, quand on a du ressentiment, c'est de sa famille dont on a besoin, pas des étrangers. Heureusement...

Alexandrine jeta un regard malicieux sur le ventre d'Emma qui dessinait un léger arrondi sous le tablier de lin. Toute femme en attente se doit d'être heureuse, n'est-ce pas ? Alors, en suite avec ses pensées, elle avança sur un ton tout léger :

— Heureusement que tu attends du nouveau. Ça te donne quelque chose d'agréable à prévoir.

— Tu penses ça, toi ?

Sur ce nouveau sujet, Emma ne paraissait pas plus enthousiaste. Des deux mains, à petits gestes saccadés, elle lissa son tablier comme si ce faisant, elle effacerait son ventre arrondi.

— Je suis pas sûre pantoute que ça me tente d'avoir un autre bébé. C'est pas parce que je viens de dire que plus le caractère de mes enfants se place, plus je trouve ça dur que ça me tente d'en avoir un autre. Je dirais même, quand j'y pense comme faut, que j'aime mieux m'occuper de mes plus vieux plutôt que d'avoir un autre p'tit.

Alexandrine ouvrit de grands yeux surpris.

— T'aimes pas les bébés ? Ben coudon ! J'vas de surprise en surprise, moi, à matin. Quand on était plus jeunes, entre Victoire, toi pis moi, t'étais celle qui avait le plus hâte d'avoir des enfants. T'arrêtais pas d'en parler. Pis là, tu me dis que t'aimes pas les bébés ? Je…

— C'est pas ce que j'ai dit, interrompit vivement Emma. Je dis simplement que, malgré toute, j'aime mieux quand les enfants sont capables de se débrouiller tout seuls ! Avec la famille que j'ai, avoir un p'tit dans les bras ou accroché à mes jupes, je trouve ça pas mal encombrant pour faire mon ordinaire.

Sur ce point, même si elle ne comprenait pas l'intonation qu'Emma avait prise pour s'expliquer, Alexandrine ne pouvait qu'approuver. Elle aussi, elle préférait avoir les coudées franches pour travailler.

— C'est vrai que c'est pas désagréable quand les enfants s'occupent tout seuls. Bien d'accord avec toi. Mais n'empêche que j'aime ça, un nouveau-né. Ça sent bon quand c'est tout petit ! J'aime ça me dire et me répéter que pour quelques mois, je suis indispensable ! C'est peut-être un peu égoïste, mais c'est comme ça. Pis c'est tout chaud, tout rond.

— Pis ça braille tout le temps, ajouta un peu précipitamment Emma, avec un sourire qui n'avait rien de joyeux. Une chance que j'ai Mamie pour m'aider.

Un silence embarrassé suivit ces quelques mots de

confession. Puis, devant le mutisme d'Alexandrine, Emma reprit sur un ton las.

— Mais le pire, c'est pas tellement ça…Tandis qu'on est entre femmes, je peux ben l'avouer : j'ai toujours aussi peur d'accoucher. Ça, je te l'ai déjà dit, non ?

— Tu me l'avais écrit, oui. Après la naissance de ton premier. Lionel, justement. Pis moi avec, j'ai trouvé ça dur pour mon premier. Dur pis ben long. Mais par après, pour les naissances suivantes, me semble que ça se passe mieux, non ? C'est moins long, en tout cas. Pas mal moins long.

— Ben, parle pour toi ! Dans mon cas, c'est toujours aussi long même après sept accouchements, ce qui fait que ça continue de me faire peur parce que d'une fois à l'autre, ça s'améliore pas. Ça fait toujours aussi mal.

— Le docteur de par ici y' fait rien pour t'aider ?

— Le docteur ? Y' fait pas d'accouchements, le docteur Ferron. De toute manière, il demeure dans le village d'à côté, à Kamouraska. En hiver, ça prendrait trop de temps, les routes sont mauvaises. Quand y' vente du nordet, on voit quasiment pas à deux pieds devant soi. Non, ici, c'est une sage-femme qui s'occupe des accouchements. Madame Giguère, ma troisième voisine. Elle, est vite arrivée parce qu'elle connaît les rangs pis les chemins de travers comme le fond de sa poche. De toute façon, qu'est-ce que tu veux qu'un docteur fasse de plus qu'elle ? C'est le Bon Dieu lui-même qui l'a dit : tu enfanteras dans la douleur !

— Ben voyons don ! Pas toi avec ?

Alexandrine soupira d'exaspération. Qu'avaient

donc ses deux amies pour mêler le Bon Dieu à tout et n'importe quoi ?

— Tu me fais penser à Victoire quand tu parles de même, expliqua-t-elle. Voir que le Bon Dieu a le temps de s'occuper d'affaires aussi simples pis banales qu'un accouchement. C'est juste des paroles de curés qui connaissent rien à ça. Pis le docteur Gignac pense comme moi parce qu'au village, ça se passe pas comme ici. Par chez nous, c'est le docteur qui vient à la maison quand c'est le temps de la naissance. Pis lui, s'il a des sels pour ramener ceux qui tombent dans les pommes, il a aussi un drôle de liquide qui sent ben mauvais, mais qui nous endort pour quelques secondes. On a juste à le respirer profondément, le temps de faire passer une douleur plus forte que les autres.

— Un p'tit liquide qui sent mauvais ? Je connais pas ça. C'est ça qui fait que l'un dans l'autre, je trouve toujours que c'est un ben dur moment à passer.

Alexandrine resta songeuse un moment.

— C'est vrai que c'est pas facile, admit-elle finalement. Mais d'un autre côté, on est tellement heureuse une fois que c'est fait…

Tout en parlant, la jeune femme regardait le fleuve. D'ici, la ligne tracée par l'eau ressemblait à une ficelle brillante entre le bout du champ de Matthieu et la rive opposée, là où elle habitait. Alexandrine aurait bien aimé avoir la longue-vue de Clovis. Elle aurait pu marcher jusqu'au bout de la terre et de là, en haut de la falaise, elle aurait tenté de repérer sa maison. Ça aurait été agréable de savoir si la cuisine d'été était visible à partir d'ici. Si oui, elle aurait pu la montrer à Emma. Mais la longue-vue était restée sur le bateau, et de la ferme au village, il devait bien y avoir au moins deux milles. Déçue, Alexandrine ramena les yeux sur son amie.

— Jamais, tu m'entends Emma, jamais je regretterai d'attendre un bébé, fit-elle avec une incroyable conviction dans la voix et le regard, comme pour clore la discussion. Tant pis pour la douleur; la joie que je ressens après est trop grande. Tellement grande que j'en pleure.

— Ben moi, c'est de douleur que je pleure.

À ces mots porteurs de tristesse et de colère, Alexandrine comprit qu'il ne servirait à rien d'insister. Jamais elle n'arriverait à convaincre Emma qu'une naissance resterait toujours, pour elle, un moment d'une intense satisfaction et d'une grande beauté. Douleur ou pas!

— Pis moi, chère, ajouta Mamie qui arrivait tout juste de la cuisine et qui avait entendu la fin de la discussion, c'est de pas avoir eu la chance d'avoir des enfants ben à moi qui m'a déjà faite brailler. Dieu sait comment j'aurais aimé ça, avoir une belle grande famille. Astheure que c'est dit, je pense que ça serait le temps de passer à la table. La fesse de veau est juste à point, les carottes sont cuites pis les patates sont pilées.

Le repas, contrairement aux premiers moments de la visite d'Alexandrine, fut joyeux et animé. Les enfants, tout excités, racontèrent qu'ils avaient vu les bébés ratons laveurs sortir de sous la corde de bois, tous à la queue leu leu, du plus petit au plus dodu.

— Sont tellement mignons, maman !

Les hommes discutèrent machinerie et gréement.

— L'un dans l'autre, les machines sont ben utiles à l'homme. Remercions Dieu pour toutes ces inventions modernes.

Et les plus petites, qui n'avaient pas grand-chose à raconter à part leur déception à la suite d'une chasse aux papillons infructueuse, exigèrent d'être de la partie de cachette durant l'après-midi.

— Nous autres aussi, on veut voir les bébés ratons laveurs.

Le rôti était peut-être un peu coriace et sec mais tout de même plein de saveur, et les patates avaient des « mottons » comme le dirait plus tard le jeune Joseph.

— Yeurk ! Tu fais des meilleures patates que ton amie.

— C'est pas Emma qui a fait les patates, Joseph, c'est Mamie. Par contre, le gâteau, lui, était parfait !

— Oh oui ! Aussi bon que ceux que fait ton amie, matante Victoire.

Joseph et Alexandrine étaient assis l'un à côté de l'autre à l'avant du bateau qui les ramenait chez eux. Tous les autres enfants s'étaient endormis, soit sur une pile de cordage ou emmêlés à de vieilles couvertures. La brise sentait bon le varech et Clovis, nez au vent, reniflait les humeurs de la mer.

— T'as eu une belle fête, hein, maman ?

Alexandrine passa un bras autour des épaules de son aîné qui, de toute évidence, était fier comme un paon d'avoir réussi à garder le secret que son père lui avait confié.

— La plus belle des fêtes, mon homme.

— T'es contente ?

— Et comment ! Tu parles d'une belle surprise ! Je ne m'y attendais pas du tout. D'habitude, pourtant, j'ai le flair pour deviner ces choses-là !

Heureux, le jeune garçon s'appuya contre le bras de sa mère et ses paupières ne tardèrent pas à papillonner avant de se fermer pour de bon. Lui aussi, il était épuisé par la longue journée remplie d'émotion.

Dès qu'elle sentit la tête de son fils se faire lourde tout contre elle, Alexandrine glissa son bras autour de ses épaules et resserra son étreinte puis, elle tourna les yeux vers son mari et ses pensées vers Emma. Une douleur faite de joie et de tristesse entremêlées lui oppressa le cœur. Cet homme qui les conduirait avec assurance et prudence jusqu'à leur demeure était celui qu'elle avait choisi par amour et elle savait que cet amour était partagé dans le respect l'un de l'autre. Adolescentes, les trois amies en avaient tellement parlé, de ce jour où elles rencontreraient le grand amour. Comment, alors, une femme entière comme Emma, rêvant de prince charmant et d'absolu, pouvait-elle survivre si la complicité avec son mari était éteinte ?

Un long vertige souleva l'estomac d'Alexandrine.

Si jamais, un jour, certains secrets d'importance se dressaient entre Clovis et elle, si certains mensonges tissaient un mur de silence entre eux ou si certaines remarques blessantes devenaient trop régulières, la jeune femme savait à l'avance qu'elle ne pourrait plus jamais être vraiment heureuse, et alors, cette vie qu'elle aimait tant n'aurait plus jamais le même éclat.

Au moment où elle se disait ces paroles, le regard de Clovis croisa le sien. Lâchant le gouvernail de sa main gauche, il lui envoya un baiser du bout des doigts, suivi d'un sourire. Alexandrine y répondit de la même manière, le cœur gonflé d'amour. Puis, elle détourna la tête pour contempler le soleil baissant qui allumait des tisons de lumière sur les vaguelettes du fleuve.

Emma et Matthieu avaient-ils, eux aussi, de ces moments de grande tendresse qui faisaient accepter les petits revers de l'existence? Depuis tout à l'heure, Alexandrine en doutait, et le temps d'un battement de cœur plus intense, elle se sentit coupable d'être aussi heureuse. Pourquoi elle et pas son amie? Alexandrine avait hâte d'être chez elle pour confier ce maelström d'émotions à Clovis, en discuter avec lui. Elle avait hâte de se blottir tout contre lui.

Alexandrine prit une profonde inspiration.

À travers les flots, emmêlés aux remous et à l'écume, elle croyait percevoir les visages de ses deux amies.

Emma et Victoire.

Emma, enceinte, qui ne voulait plus d'enfants, et Victoire, elle, qui se languissait d'en porter un.

CHAPITRE 5

Septembre 1888, au village de Pointe-à-la-Truite

Depuis le début du mois de juin, Victoire battait froid à Alexandrine, entretenant à son égard une sourde rancune.

Comment son amie avait-elle pu lui faire ça ?

À quoi Alexandrine avait-elle pensé lorsqu'elle avait traversé le fleuve avec sa famille pour se rendre chez Emma sans lui en parler ? Sans l'inviter à se joindre à eux ? Un non-sens.

Et dire qu'Alexandrine se prétendait son amie !

Victoire n'en revenait tout simplement pas.

Elle passa tout un été à ruminer sa rancœur, à ressasser les événements, à se revoir, ce soir-là, promenant une apparente nonchalance au bord de la plage dans l'espoir de voir au large la goélette de Clovis rentrant à Pointe-à-la-Truite. Si Alexandrine l'avait aperçue, peut-être aurait-elle compris son erreur et peut-être se serait-elle excusée. Victoire n'en demandait pas plus. Une excuse qui lui permettrait de tourner la page après s'être vidé le cœur.

Mais le hasard avait fait en sorte que Victoire et

Alexandrine ne se croisent pas ce dimanche-là. Au soleil couchant, et il se couchait tard, le soleil de juin, Victoire, amère, était donc retournée chez elle du pas lent de celle qui était grandement déçue. Puis, aidée en ce sens par une longue nuit d'insomnie, son humeur était passée de la déception pure à une rancune tenace. La jeune femme avait fourbi ses armes à travers des projets de vengeance. Alexandrine l'avait oubliée? Qu'à cela ne tienne! À son tour, elle allait la bouder.

Cette bouderie avait finalement alimenté ses pensées durant tout l'été alors qu'elle suait devant ses fourneaux pour contenter villageois et touristes, car l'hôtel du village en avait beaucoup reçu durant la belle saison. Ils étaient amenés à Pointe-à-la-Truite par des calèches desservant le quai de Pointe-au-Pic, là où les bateaux à vapeur de la Richelieu and Ontario Navigation Company pouvaient accoster pour déverser leurs croisiéristes.

C'est ainsi que l'été avait passé et que l'automne était arrivé. Les touristes étaient retournés à la ville, mais la rancœur de Victoire, elle, était restée bien ancrée à Pointe-à-la-Truite. Délavée, soit, mais encore présente.

Alors que les couleurs de l'automne embellissaient le village et réchauffaient les boisés environnants, Victoire prétexta le beau temps et un soleil particulièrement rayonnant pour annoncer son envie d'une longue promenade. Elle sortit la boîte en satin lilas de sous son lit et en retira son plus beau chapeau, celui des grandes occasions, celui qu'Albert lui avait offert des années auparavant, à l'époque où l'espoir d'avoir un enfant était bien présent au cœur de leur relation. Garni de tulle et de plumes, il fut prudemment déposé sur le coin de la table où il attendrait l'heure du départ tandis qu'elle-même, à l'instar d'une dame de la haute société, s'apprêtait à enfiler ses fins gants de dentelle.

Sans la moindre hésitation, Albert déclina l'invitation à se joindre à elle pour cette longue promenade bras dessus, bras dessous.

— Je sors quand même, répondit Victoire à ce même Albert qui, avançant en âge, était courbaturé à cause d'une semaine particulièrement chargée. J'aurais préféré marcher avec toi, mais tant pis ! J'y vais seule. La poule est au four, expliqua-t-elle, tentant par ces mots d'atténuer la déception qu'elle crut apercevoir dans l'œil de son mari qui se berçait bien calmement auprès de la fenêtre donnant sur le jardin.

Tout en parlant, Victoire faisait glisser précautionneusement chacun de ses doigts dans les gants si fragiles.

— Et le gâteau est prêt, ne t'inquiète pas, le rassura-t-elle. Comme tu l'aimes, avec une glace moka. Je suis de retour pour le souper, promis. Une petite promenade sur la plage pour voir l'avancée des travaux du quai, un saut chez mes parents pour les saluer et je reviens.

Sur ce, elle déposa le chapeau sur ses boucles d'un beau brun acajou et elle claqua la porte de la maison, laissant à lui-même un mari de plus en plus ronchonneur. En effet, depuis ce dernier hiver tout en froidure humide, les rhumatismes étaient devenus son principal sujet de conversation, au grand déplaisir de Victoire qui voyait poindre à l'horizon le jour maudit où elle devrait se transformer en infirmière. Elle retint un soupir d'impatience, ne se sentant aucune aptitude pour le métier, et elle s'obligea plutôt à ne voir que le bon côté des choses.

Après tout, elle était mariée et bien mariée. Pour celle qui avait eu grand-peur de rester vieille fille, c'était toujours ça de gagné. Elle était surtout à l'abri du besoin et ça aussi, c'était un point à ne pas négliger, d'autant plus qu'Albert, dans ses bonnes journées, était toujours aussi avenant. Il ne fallait surtout pas l'oublier.

Ses pas la menèrent tout droit à l'arrière de l'église et du presbytère, là où la grève était longue et sablonneuse. Un petit sentier de pierraille longeait le cimetière et débouchait, après un dernier tournant, sur cette plage désormais achalandée même en dehors des heures de pointe où pêcheurs et caboteurs se retrouvaient. C'était là que se dressait la carcasse du futur quai, un échafaudage complexe, de plus en plus étoffé. Les marins et menuisiers du village, aidés dans leurs travaux par quelques savants personnages venus de la ville pour les conseiller, en achevaient la construction. Dès l'été prochain, il avait été convenu que le curé bénirait la construction avant que les goélettes viennent y accoster. Un comité spécialement conçu pour l'occasion assurait la préparation de cette cérémonie qui se voulait grandiose. Albert faisait d'ailleurs partie dudit comité, ce qui laissait présager que Victoire aurait probablement droit à une place de choix lors de ce moment d'importance pour le village. Elle avait tout un hiver pour se coudre une robe d'apparat. En attendant les célébrations, le site était devenu un but de promenade que la plupart des paroissiens fréquentaient assidûment.

Victoire n'échappait pas à la règle, mais, derrière le geste, l'intention était tout autre qu'un réel intérêt pour la construction. Elle avait bien assez de l'échafaudage de ses gâteaux appétissants et autres confiseries délicates pour ne pas avoir à se frotter à l'architecture, car pour elle, un assemblage, qu'il soit de bois ou de sucrerie, découlait d'un même exercice. Se rendre à la plage n'était donc pas uniquement pour constater l'avancée des travaux, tel que prétendu à son mari. Bien sûr, il y avait une part de curiosité — Victoire n'était pas différente des autres —, mais ce qui primait, dans son esprit et son cœur, c'était l'espoir de rencontrer Alexandrine, qui, comme tout le monde, devait bien venir faire son tour à la plage, d'autant plus que son mari serait l'un des premiers à utiliser le nouveau quai.

Et puis, soyons honnêtes, même si Victoire ne l'aurait avoué à personne, elle s'ennuyait de son amie, de leurs longues discussions devant un thé et des petits fours lorsqu'elles s'amusaient à copier les dames de la bourgeoisie.

En un mot, Victoire commençait à regretter toutes les excuses inventées au cours de l'été pour fuir Alexandrine. Jamais saison clémente ne lui avait paru aussi longue et triste malgré la présence libérale d'un soleil bien agréable qui prodiguait ses rayons à qui voulait en profiter !

Ce dimanche était à l'enseigne de ce qu'avait été la belle saison. Les villageois profitaient de ce jour de repos tout en soleil et en brise douce pour se détendre. Ce fut donc une foule bruyante et bigarrée qui accueillit Victoire quand elle mit le bout de sa bottine sur le sable granuleux de la plage.

La jeune femme étira le cou, regarda partout, mais point d'Alexandrine dans les parages. Un second regard, circulaire et détaillé, le confirma. Ce fut au moment où ce même regard inquisiteur se porta naturellement sur le haut de la falaise que Victoire soupira.

À quoi avait-elle pensé ?

Pour son amie, nul besoin de descendre jusqu'ici. Du terrain en haut de la côte, là où elle habitait, Alexandrine devait avoir une vue imprenable sur la plage et le quai en construction puisque d'où elle était, Victoire, elle, apercevait le bout de la cheminée de la maison.

La jeune femme tapa du pied dans la poussière de la plage, exaspérée par sa propre étourderie. Quand donc, grands dieux, se donnerait-elle la peine de tout bien analyser avant d'agir ? Elle le faisait bien pour ses gâteaux, non ?

Victoire se fit intérieurement quelques sermons. Elle aurait dû y penser au lieu de perdre son temps en venant jusqu'ici. Bien sûr, la plage était probablement le dernier endroit de la paroisse où espérer trouver

Alexandrine. En effet, si son amie n'avait pas accouché, elle devait être sur le point de le faire.

N'avait-elle pas prétendu, en mai dernier, que le bébé devait naître à la fin du mois d'août ?

Et on était déjà en septembre.

Victoire fit aussitôt demi-tour pour repartir par où elle était venue, c'est-à-dire par le cimetière, le presbytère et l'église où elle salua d'un geste discret de la tête le jeune vicaire fraîchement arrivé dans la paroisse.

Puis, quelques minutes plus tard, elle passa devant sa propre demeure. Tout à l'heure, elle aurait pu se rendre directement chez ses parents sans faire ce détour inutile. De toute façon, les nouvelles fraîches transitaient toujours par la cuisine d'Ernestine avant de se perdre dans le reste du village. Question papotages, Victoire était privilégiée d'avoir une mère comme la sienne. Dans toute la paroisse, il n'y avait pas meilleure oreille que celle d'Ernestine pour capter tous les potins intéressants et pas meilleure langue pour les répéter.

Et les naissances faisaient indéniablement partie de ces petites nouvelles dont les dames de Pointe-à-la-Truite raffolaient.

Tout comme les décès, d'ailleurs…

Victoire accéléra le pas, une certaine inquiétude atténuant sa récente rancœur à l'égard d'Alexandrine. Comment se faisait-il que son amie n'ait pas encore eu son bébé ? Ou alors le nouveau-né était malade et on s'inquiétait pour sa survie, ou peut-être était-il débile et on ne voulait pas en parler. Ou…

Comme Victoire n'y connaissait pas grand-chose, les hypothèses les plus farfelues traversèrent son esprit, et ce fut presque au pas de course qu'elle déboula dans l'allée terreuse menant à la maison familiale.

Que se passait-il sous le toit de Clovis Tremblay ? Quand elle arriva devant la porte de la demeure de ses parents, dans l'esprit de Victoire, Alexandrine était déjà morte et on n'osait pas le lui dire.

L'habituelle tablée du dimanche après-midi, celle des commères patentées du village, accueillit son essoufflement dès qu'elle mit un pied dans la cuisine.

— Enfin ! Quelqu'un qui doit savoir.

La grande Ursule Gendron la pointait du doigt.

— À la voir essoufflée comme une baleine, elle a dû courir. C'est mauvais signe, vous ne pensez pas ?

La toute ronde et courte madame Labrie renchérissait.

— Les nouvelles sont-elles bonnes ou mauvaises ?

La plate madame Verreault spéculait tout en détaillant attentivement la physionomie de Victoire afin de deviner.

— Si les nouvelles étaient bonnes, Rose-Alma, Victoire serait souriante. Or, elle ne sourit pas du tout. Qu'en dites-vous ?

La plantureuse madame Gadbois venait de mettre son grain de sel, et Ernestine, la mère de Victoire, haussant le ton, mit un terme à l'interrogatoire par une toute dernière question.

— Alors, Victoire, vas-tu parler à la fin ?

Abasourdie par toutes ces voix qui se précipitaient

vers elle, l'interpellée se laissa tomber sur la première chaise venue.

— Mais je n'ai rien à dire. De quoi parlez-vous ?

— D'Alexandrine, clamèrent les voix à l'unisson.

Le cœur de Victoire tressaillit aussitôt d'inquiétude et se mit à galoper dans sa poitrine, à une telle vitesse qu'il emporta avec lui les toutes dernières traces de sa rancune.

— Je ne sais rien d'Alexandrine, pleurnicha-t-elle, au bord de la crise de larmes. Je venais justement aux nouvelles. Vous n'en avez pas ?

Ernestine haussa les épaules avant de prendre la parole.

— Rien de plus que d'avoir vu le docteur Gignac quitter en catastrophe la messe de huit heures quand Clovis est venu le quérir, précisa-t-elle tandis qu'autour de la table, on opinait à qui mieux mieux.

Machinalement, le regard de Victoire se tourna vers l'antique horloge, venue de France dans les bagages de son arrière-grand-mère Ludivine en même temps qu'un certain livre de recettes. L'aiguille des heures frôlait le trois. Un rapide calcul mental et Victoire blêmit. Cela faisait déjà sept heures que le médecin était aux côtés d'Alexandrine, elle qui prétendait qu'après la naissance d'un premier enfant, ça allait tout seul.

— Vous êtes bien certaines que c'était à la messe de huit heures et non à celle de dix heures et demie ?

La voix de Victoire était mouillée de larmes contenues et d'inquiétude mal cachée tandis que du regard, elle passait de l'une à l'autre des femmes assises autour de la table.

— Oui !

Cette affirmation unanime tonna comme un coup de semonce aux oreilles de Victoire et lui redonna toute sa contenance. Elle bondit sur ses pieds. De toutes les femmes ici rassemblées, il n'y avait qu'elle qui puisse agir. L'amitié qui la liait à Alexandrine lui donnait certains droits. Dans son cas, une visite ne serait pas vue comme une preuve de curiosité malsaine qui aurait été du plus mauvais goût même si elle était sincère.

— J'y vais !

— Bien parlé, ma fille.

Ernestine aussi était déjà debout.

— Je n'en attendais pas moins de toi... Mais ne lambine pas trop et reviens ici dès que tu sais.

— Je reviens, maman. T'inquiète surtout pas, je reviens.

La porte se referma sur une Victoire dont les pas, longs et résolus, disaient la détermination. Cinq regards curieux, ou éplorés, ou inquiets, selon les liens qui unissaient chacune de ces femmes soit aux Tremblay, soit aux Simard, la suivirent depuis la fenêtre jouxtant la porte jusqu'à ce que la jeune femme disparaisse au tournant du chemin.

— Un vingt minutes pour se rendre, lança madame Verreault tout en regagnant sa place.

— Un dix minutes là-bas, c'est comme rien, analysa madame Labrie ramenant vers elle la chaise qui lui était habituellement dévolue.

Elle s'y laissa tomber lourdement.

— Plus une trentaine de minutes pour revenir, vu

qu'elle va être fatiguée, ajouta madame Gadbois tout en piochant dans le plat de sucre à la crème.

— Ce qui fait au moins une bonne heure en toute, conclut madame Gendron, la bouche pleine.

— Pis si jamais c'était plus long, compléta Ernestine, mettons une heure et demie, c'est que ça va mal.

Tous les regards convergèrent avec symétrie dans la direction de la mère de Victoire et l'attente commença.

— Pourvu que ça aille bien parce que moi, j'ai un souper à servir.

— Moi aussi !

La jeune femme ne mit pas vingt minutes pour se rendre chez Alexandrine, elle en prit au moins trente, sinon quarante. On avait sous-estimé la fatigue déjà ressentie à la suite de sa promenade jusqu'à la plage, ses bottines du dimanche un peu étroites et son poids respectable qui ralentissaient l'allure.

Une fois sur place, Victoire ne resta pas une dizaine de minutes, tel qu'estimé, elle en passa au moins vingt, pour ne pas dire trente, ou quarante et même cinquante. Alexandrine venait d'accoucher dans l'heure et Victoire, tout émue, eut le privilège d'être la première à tenir le nouveau-né dans ses bras, après Marie-Ange, la mère d'Alexandrine.

C'était un petit garçon, en parfaite santé selon le docteur Gignac qui avait assisté la mère lors de l'accouchement. Il serait baptisé Léopold dès le lendemain.

La bouderie bien entretenue se transforma aussitôt en un grand sourire, et l'été de maussaderie fut oublié. D'un simple regard, Alexandrine le comprit et la fatigue ressentie lui sembla tout à coup bien légère.

— Accepterais-tu d'être la marraine, Victoire ?

Radieuse bien que visiblement fatiguée, la jeune accouchée souriait à son amie.

— Marraine ? Moi ?

La voix de Victoire n'était qu'un filet, à peine audible, comme le petit ruisseau du rang Croche quand arrivait la fin de l'été.

— Oui, toi. Avec ton mari Albert comme parrain, bien entendu. Clovis et moi, on y pense depuis long-temps, mais on attendait d'être certains que la nais-sance se passe bien avant de vous le demander.

« On attendait de voir si ta bouderie allait cesser », aurait-elle pu dire, mais brusquement, Alexandrine n'en sentait plus la nécessité.

L'hésitation de Victoire fut à peine perceptible et elle n'était pas due à l'envie de refuser qui aurait pu lui traverser l'esprit. C'était plutôt son cœur qui, bien involontairement, s'était gonflé de bonheur jusqu'à faire mal, coupant par le fait même et le souffle et la parole. Victoire referma délicatement les bras sur ce petit garçon qui allait devenir le centre de sa vie pour le reste de ses jours, à défaut d'en avoir un bien à elle. Puis elle prit une longue inspiration afin de retrouver ses moyens.

— C'est sûr que je dis oui, articula-t-elle difficile-ment d'une voix étranglée. Pis c'est sûr aussi qu'Albert va être honoré. Je me porte garante de son acceptation. Parrain, c'est important.

Elle n'osa ajouter que ça serait d'autant plus

important pour son mari qu'il n'avait pas de progéniture. Pourquoi retourner le couteau dans la plaie, n'est-ce pas ? Victoire se sentait assez coupable comme ça ! Elle n'avait donc aucune envie de répéter ce que tout le monde savait déjà, du moins lui semblait-il. Par contre, peut-être qu'Albert venait de se trouver un héritier et de ce fait, il allait se sentir grandement soulagé.

L'avenir de la forge était peut-être enfin assuré.

À cause de cela, à cause aussi de la longue conversation que les deux femmes entreprirent en toute intimité dans la chambre d'Alexandrine, une conversation qui commença sur le sujet de la visite d'Alexandrine à Emma, en juin dernier, pour traverser tout un été que les deux femmes avaient trouvé fort long, de part et d'autre, Victoire ne vit pas le temps passer et elle resta au moins une cinquantaine de minutes au chevet d'Alexandrine. Si on ajoute à cela un certain moment pour faire un détour par la cuisine afin de siroter un thé en compagnie de Clovis qui était visiblement très fier de la naissance de ce troisième fils, voilà que la noirceur était déjà en train d'envahir les moindres recoins du paysage. Un regard lancé nonchalamment par la fenêtre et Victoire se levait avec célérité, attrapant, d'un geste leste, chapeau et gants de dentelle.

— Grands dieux ! Le temps file donc bien vite. Il faut que je parte !

Ce fut ainsi que Victoire en oublia de retourner chez sa mère. Toute à sa précipitation d'apprendre la bonne nouvelle à son mari, elle fila directement chez elle, l'esprit encombré de mille et une petites choses.

Demain, Albert n'aurait pas le choix: il devrait fermer la forge pour quelques heures au moins, le temps de se présenter à l'église pour le baptême du petit Léopold. Clovis avait promis de faire le détour, ce soir en revenant du presbytère, afin de les aviser de l'heure à laquelle se tiendrait la brève cérémonie.

Léopold ... Quel joli prénom !

Joseph Albert Léopold Tremblay...

Décidément, ça sonnait très bien. Et même si elle ne connaissait aucun monarque de ce patronyme, le *Albert* ajouté aux prénoms de baptême donnait une allure royale à l'ensemble.

Victoire en avait des ailes.

Même les petits cailloux du chemin étaient à peine perceptibles sous la semelle fine de ses belles bottines du dimanche.

Encore un petit bout de route, un dernier tournant et sa maison serait en vue, à l'extrémité est de la rue principale du village.

Ce soir, dès le souper expédié, elle allait se mettre au fourneau et cuire le plus merveilleux, le plus délicieux, le plus fondant des gâteaux des anges qu'elle n'ait jamais confectionnés et demain, après la cérémonie, elle l'emporterait chez Alexandrine pour que tout le monde, dans la famille de Clovis, puisse en avoir un bon gros morceau afin de souligner dignement l'événement.

Victoire fronça les sourcils.

Alexandrine avait-elle le droit de manger du gâteau, fut-il aussi léger qu'un gâteau des anges ? Après tout, elle venait tout juste d'accoucher. La jeune femme se mordilla les lèvres, ne sachant quoi répondre. Elle ignorait tout de ces choses un peu secrètes qui entouraient la naissance d'un bébé, et habituellement une telle constatation la blessait, la chagrinait. Mais pas aujourd'hui.

Tant pis pour cette question sans réponse et cette vie sans enfant : elle allait tout de même cuisiner un gâteau gargantuesque.

Victoire accéléra encore un peu plus le pas, si la chose était possible sans qu'elle doive se mettre à courir. Elle avait hâte d'annoncer la belle nouvelle à son mari.

Albert et elle pourraient désormais parler d'un enfant le soir à la veillée. Ils discuteraient de Léopold, leur filleul, et si jamais il arrivait un drame dans la vie de Clovis et Alexandrine, ils le prendraient en charge et l'élèveraient comme s'il était le leur. En attendant — que Dieu préserve tout le monde d'un malheur, là-dessus Victoire se signa —, ils allaient quand même l'aimer comme s'il était leur propre fils. C'est l'Église qui leur accordait ce droit et ce devoir, ce grand privilège, et Victoire avait la ferme intention d'en abuser.

Les enjambées se faisaient de plus en plus longues maintenant que la maison était en vue. De loin, par la fenêtre de côté, Victoire remarqua qu'Albert avait allumé la lampe de la cuisine.

Marraine ! Elle allait devenir marraine, et à ses yeux, c'était tout aussi important que de devenir mère. Voilà !

Victoire inspira profondément, un vague sourire flottant sur ses lèvres.

N'est-ce pas que c'est important dans une vie, de devenir marraine? Très important. Et que personne n'ose venir la contredire sur le sujet! Le malheureux qui s'y hasarderait trouverait en la personne de Victoire un ardent défenseur de cette théorie remise à l'avant!

CHAPITRE 6

Un mois plus tard sur la rive sud du fleuve, octobre 1888

Les années se suivent mais ne se ressemblent pas. Si 1887 était une année à conserver dans les annales et qu'elle resterait longtemps dans les mémoires pour sa température idyllique, 1888 était tout autre.

Emma jeta un regard désolé par la fenêtre de sa chambre où la pluie jouait des castagnettes en dessinant des rigoles. Par réflexe, elle se demanda si Mamie avait pensé de dire aux enfants de mettre leur grosse veste de laine bouillie, celle qui offrait un certain isolant contre la pluie et les gardait au chaud même quand elle était mouillée parce que dehors le vent s'était mis de la partie, obligeant les parapluies à rester accrochés au clou dans l'entrée.

La famille Bouchard venait de quitter la maison pour l'école en deux groupes distincts ; en effet, deux claquements de la porte d'entrée, à quelques minutes l'un de l'autre, lui avaient confirmé la chose à l'instant où un petit cri, comme un miaulement, venu du berceau posé au pied de son lit, la fit soupirer de lassitude. Habituellement, ce signal amenait un second cri qui peu à peu se transformerait en pleurs vigoureux.

Deux pleurs vigoureux s'encourageraient l'un l'autre puisqu'une fois encore, Emma avait donné naissance à des jumeaux. Or, les deux garçons étaient aussi différents l'un de l'autre que ses jumelles étaient semblables.

À deux mois à peine, Antonin, l'aîné mais le plus petit, était déjà bien éveillé, tandis que Célestin, le second, était plus costaud mais nettement plus endormi.

Deux bébés, alors qu'Emma avait déjà de la difficulté à accepter l'arrivée d'un autre enfant.

Deux bébés dont la naissance difficile avait failli lui coûter la vie.

Deux petits garçons qui la laissaient totalement indifférente, à l'exception d'une montée d'impatience qui accompagnait les montées de lait.

À trente-quatre ans, Emma était déjà la mère d'une famille de dix enfants, et son cœur, tout surpris de cette foule disparate autour de lui, avait de la difficulté à s'y retrouver.

De la naissance des jumeaux Emma ne gardait qu'un vague, un très vague souvenir, sinon que le curé était présent et que pour une fois, le médecin s'était déplacé et avait pris les choses en mains. Devant l'ampleur des saignements qui avaient accompagné cette naissance, le curé lui avait administré l'extrême-onction en même temps que la sage-femme ondoyait les bébés dès qu'ils poussaient un faible vagissement, épuisés qu'ils étaient par ce trop long accouchement.

Le médecin avait parlé, avec une certaine gravité

dans la voix, d'un utérus paresseux, se contractant difficilement.

Le lendemain matin, à moitié endormie, Emma avait entendu un long monologue se dérouler de l'autre côté de la porte de sa chambre. Le médecin parlait durement à Matthieu. Emma l'avait déduit au timbre sévère de sa voix. Elle avait aussi cru entendre qu'il était question de famille et de maternité. Épuisée, Emma n'avait cependant pas compris tout le sens réel de ce long discours, et Matthieu, visiblement bouleversé, pour ne pas dire choqué, n'avait pas voulu lui en reparler.

— Une discussion d'hommes, avait-il rétorqué un peu brutalement quand Emma l'avait questionné.

Mais le ton employé s'était adouci quand il avait aperçu une eau tremblante au coin des yeux de sa femme.

— T'as pas à t'en faire, Emma. Pense plutôt à reprendre des forces. Oublie pas que t'as deux nouveaux fils qui ont besoin de toi.

Si Emma était épuisée par cette naissance, Matthieu, lui, semblait très fier.

Ce même jour, le curé aussi était venu la visiter. Matthieu et lui, devant Emma qui n'avait pas participé à cette discussion puisqu'elle ne la concernait pas, avaient convenu que les bébés seraient baptisés dès le lendemain malgré la fragilité d'Antonin.

— Surtout à cause de la fragilité d'Antonin, avait précisé le curé d'une voix grave, un œil sur le berceau et l'autre sur Emma comme s'il cherchait ainsi à prévenir les objections. On ne peut savoir quelles sont les vues du Seigneur !

Mais Emma n'avait pas la force de s'obstiner, et la simple idée de contredire le curé ne lui avait pas traversé l'esprit. Comme le saint homme venait de le dire lui-même, si la volonté du Seigneur était de rappeler tout de suite à Lui l'un des deux bébés, qu'Il le fasse. Emma ne s'y opposerait pas.

Dans l'heure qui avait suivi, pour une seconde fois dans la même journée, il y avait eu une longue discussion de l'autre côté du battant de la porte de la chambre. Cette fois-ci, par contre, Emma n'avait même pas fait l'effort d'essayer de comprendre. Elle était trop fatiguée. De toute façon, elle se doutait bien que Matthieu lui en reparlerait. C'est toujours ce qu'il faisait quand, pour une raison ou pour une autre, elle ne pouvait assister à la messe du dimanche. Elle avait toujours droit à une reprise du sermon et depuis ces dernières semaines, Matthieu était soutenu dans sa démarche apostolique par un Lionel à la voix lénifiante qui se faisait un devoir de compléter tout ce que son père disait.

— Ça me fait plaisir, maman, de vous offrir un peu du Bon Dieu ici, dans notre maison. Je trouve ça ben triste, vous savez, de pas vous avoir avec nous autres à la messe.

Emma, elle, ne voyait là aucune matière à s'attrister. Assister à la messe avec les enfants n'était pas le moment idéal pour se recueillir. Mais le ton de Lionel... En temps normal, cette attitude, qui avait des odeurs de soumission, « des odeurs de sainteté », comme l'aurait dit Mamie, aurait aiguillonné sa curiosité. Pas aujourd'hui. Deux bouches affamées réclamaient toute l'attention dont elle était capable et c'était amplement suffisant. Pour l'instant, c'était là tout ce qu'elle arrivait à faire et tout ce qu'elle voyait dans la présence d'Antonin et de Célestin. Deux bouches à nourrir. Pour les mêmes raisons, elle n'avait manifesté aucune surprise devant le fait que Matthieu ne lui avait pas relaté la visite du curé dans ses moindres détails, ce que son mari n'aurait pas omis de faire à un autre moment. Avait-il délibérément choisi de ne pas lui en parler parce qu'il considérait Emma trop fragile après l'épreuve qu'elle venait de subir ? Peut-être bien, après tout. Et ce serait à son honneur si c'était le cas. Chose certaine, Emma, elle, n'aurait pas passé un tel événement sous silence et elle aurait sûrement questionné son mari si elle avait été en pleine possession de ses moyens. Mais ce n'était pas le cas depuis la naissance des jumeaux.

Depuis le 28 août en fin de soirée alors que les premières douleurs de l'enfantement s'étaient fait sentir, Emma n'était que l'ombre de la femme alerte et décidée qu'elle avait déjà été.

Heureusement, Mamie, malgré son grand âge, avait repris la maisonnée d'une main de maître. Les enfants, sous sa férule, marchaient au doigt et à l'œil, d'autant plus que leur père était présent dans la maison depuis quelque temps, car les moissons étaient terminées.

C'est pour cette même raison que ce soir, le repas à peine terminé, ayant du temps devant lui, Matthieu s'était installé au bout de la table pour préparer une lettre destinée aux gens de la rive nord, une lettre que Clovis recevrait demain puisqu'il avait avisé Matthieu qu'il effectuerait un dernier voyage à l'Anse-aux-Morilles avant la saison froide. Il viendrait livrer des pommes de terre au marchand général. Les terres de Charlevoix, plutôt rocailleuses, se prêtaient bien à la culture des patates, comme on appelait généralement ce tubercule plutôt humble. Ensuite, Clovis finirait la saison de cabotage du côté de Charlevoix avant de mettre son bateau à l'abri des intempéries, haut sur la grève. Puis, dans les jours qui suivraient, il partirait pour les chantiers, comme il avait coutume de le faire deux hivers sur trois.

Si Matthieu avait attendu tout ce temps pour écrire aux siens, c'est que la santé d'Emma était restée long-temps chancelante. Mais comme hier le médecin l'avait déclarée hors de danger, Matthieu s'était enfin décidé à annoncer la naissance de ses deux nouveaux fils. « Les bébés et la mère se portent bien », avait-il écrit de sa longue écriture en lettres rondes comme celles d'un écolier. Il s'appliquait, car il avait choisi d'écrire sur le papier blanc qu'Emma gardait pour les grandes occasions et il ne voulait surtout pas le gaspiller. « Dieu nous a bénis encore une fois par l'arrivée d'Antonin et de Célestin. Je Lui serai toujours reconnaissant d'être aussi généreux à notre égard. »

Penché sur son épaule, Lionel lisait tout ce que son père écrivait. Il lui pointa quelques erreurs, un pluriel oublié et deux accords de verbes, mais dans l'ensemble, tout se tenait et il félicita Matthieu pour la clarté des mots choisis. Comme ces quelques remarques venaient de la part de son aîné, Matthieu n'en fut nullement offensé et il savoura les félicitations.

— Merci pour les corrections, Lionel. Chus content de voir que t'approuves mon écriture. Avec tous les livres que tu passes ton temps à lire, c'est comme rien que tu en connais plus que moi.

— J'espère que j'en connais un peu plus que tout le monde ici.

Le ton employé par Lionel ressemblait à celui d'un jeune garçon un peu imbu de lui-même. Mais était-ce sa faute ? Tout le monde, ici et à l'école, et tout le temps ou presque, le félicitait pour son langage soigné et les bonnes notes obtenues lors des examens. Seul le curé, le ton las et les lèvres pincées, soulignait qu'il y avait encore place à l'amélioration.

— Pis ça vaut pour mes frères comme pour vous, papa, ajouta Lionel d'un même souffle et sur ce même ton un peu précieux. Sans vouloir vous manquer de respect, comme de raison. C'est justement pour en connaître le plus possible que monsieur le curé me demande de lire les livres de sa bibliothèque.

Lionel n'osa ajouter, cependant, que le but premier de ses lectures forcées au gré de la vie des saints était d'amener le curé à lui offrir de poursuivre ses études au Collège de Sainte-Anne-de-la-Pocatière, comme il l'avait déjà fait il y a quelques années pour Ti-Jean Painchaud du troisième rang. Lionel s'en souvenait très bien. Le curé Bédard venait tout juste d'arriver dans la paroisse quand, en chaire le dimanche, en guise de sermon, il avait demandé à tout un chacun de faire une neuvaine pour ce jeune garçon afin d'éclairer sa réflexion et ses prières, et ce jour-là, une partie de la quête avait servi à payer sa scolarité. La demande s'était répétée chaque automne durant quelque temps.

Puis, on n'avait plus entendu parler des Painchaud.

Depuis quelque temps, Lionel s'était mis en tête qu'il serait le second jeune de la paroisse à profiter de la prodigalité du curé et par ricochet de celle des paroissiens.

Avait-il la vocation, comme on avait coutume de le dire ? Lionel l'ignorait totalement. Il priait comme tout le monde, bien sûr, il croyait en Dieu et il ne ressentait aucun agacement lors de la messe et des sermons, comme certains l'affichaient ouvertement. De plus, il aimait la lecture. Était-ce suffisant ? Peut-être. N'empêche que Lionel, appelé à se rendre régulièrement au presbytère, en appréciait grandement le calme ambiant, et l'idée d'avoir une gouvernante sous ses ordres pour voir à ses moindres caprices n'était pas pour lui déplaire.

Mais surtout, oh oui surtout ! savoir qu'il n'aurait plus jamais à se salir les mains suffisait en principe à lui faire entrevoir la lecture obligatoire du bréviaire avec une agréable impatience.

Chaque fois que cette pensée lui traversait l'esprit, Lionel soupirait d'envie et d'expectative.

Par contre, il ne faudrait guère tarder à mettre en branle tout le processus. L'école du rang n'offrait plus que de très rares découvertes à ce jeune homme de quatorze ans, il en était conscient. En même temps, plus les mois passaient, plus ses chances d'être accepté au Collège diminuaient. Habituellement, on y entrait à douze ans ou treize ans, au plus tard, pour entreprendre le cours classique, celui où on apprenait le grec et le latin, langues mortes d'aucun usage sauf à l'église, d'où cette importance de les acquérir pour un jeune qui visait le sacerdoce. Bien entendu, depuis bientôt trente ans, on retrouvait aussi au Collège une école d'agriculture où l'âge d'admission avait nettement moins d'importance, mais ce n'était pas du tout ce que Lionel visait. S'il avait voulu devenir cultivateur, il n'aurait eu qu'à suivre les traces de son père et cela aurait fait longtemps qu'il aurait quitté l'école.

Sa réflexion dépassait rarement cette limite, et l'intensité de ses prières visait surtout à lui donner le courage d'aborder le sujet d'abord avec le curé et ensuite avec son père qui, à première vue, devrait le soutenir dans sa démarche sans la moindre hésitation.

À moins que...

L'idée lui était venue sans crier gare un jour qu'il arrachait des carottes à la demande de Mamie. Pour bien en soupeser les pour et les contre, Lionel s'était arrêté entre deux rangs et, le coude appuyé sur le manche de la bêche, il avait laissé son regard errer sur la ligne d'horizon, là où ciel et mer s'unissent en un bleu brumeux et léger.

À moins que l'inverse soit plus judicieux, ce qui voulait dire qu'il devrait peut-être parler d'abord à son père et ensuite au curé.

L'idée méritait réflexion.

C'est ainsi que Lionel s'était mis à y réfléchir inten-
sément et en quelques jours, il était arrivé à la conclu-
sion que la nouvelle approche serait préférable. S'il
avait un allié dans la famille, un soutien indéfectible, le
message serait peut-être plus facile à rendre au destina-
taire, d'autant plus que Matthieu lui avait confié, aux
moissons du mois d'août, qu'à son âge, son plus grand
rêve était de devenir curé. Quand Lionel avait entendu
cette confidence, son cœur avait bondi dans sa poitrine, ouvrant toutes grandes les portes d'un espoir
qu'il voyait de plus en plus légitime.

Quoi de plus naturel qu'un fils aîné veuille suivre les
traces de son père, n'est-ce pas ?

Malheureusement pour Lionel, dès le lendemain, sa
mère donnait naissance aux jumeaux, et cet événement
était venu bouleverser leur vie familiale avant même
que le jeune homme puisse ouvrir la bouche pour
aborder le sujet avec son père. Par la suite, l'inquiétude
pour les bébés et sa mère avait pris toute la place. Il y
avait donc eu deux mois durant lesquels l'année scolaire avait commencé sans changements majeurs à
l'horizon, deux longs, deux interminables mois où
Lionel avait rongé son frein.

Ce soir, pourtant, il avait l'impression que le vent
était en train de changer de bord. Peut-être soufflerait-
il enfin pour lui puisque son père venait d'écrire une
lettre dans laquelle il disait que tout allait bien. Il avait
même ajouté qu'il louait Dieu pour Sa générosité à leur
égard.

Quand son père mêlait Dieu à ses discours, c'est

qu'à ses yeux, tout allait pour le mieux. De plus, puisque son père avait accepté de bon cœur ses remarques et ses félicitations, attitude plutôt rare de sa part, Lionel y vit un signe du Ciel. En effet, habituellement, Matthieu détestait ceux qui avaient le culot de s'immiscer dans ses affaires, d'autant plus dans sa correspondance, et il levait rapidement le ton pour faire valoir son point de vue.

Autant profiter de ce qui semblait être une bonne humeur providentielle ! La meilleure santé de sa mère devait peser lourd dans la balance, et maintenant que les inquiétudes de toutes sortes semblaient derrière eux, Lionel décida de se jeter à l'eau, non sans avoir montré une bonne volonté exemplaire afin de paver la voie à une conversation constructive entre hommes. Ainsi, il prit sa voix la plus douce pour offrir :

— Si vous le voulez, papa, je peux aller porter votre lettre au quai demain matin. À votre place.

La suggestion fit tiquer Matthieu qui, délaissant sa relecture de la lettre, leva les yeux vers son fils. Sous les sourcils froncés, son regard exprimait une évidente contrariété.

— Pis ton école, elle ? demanda-t-il avec une certaine impatience.

La question déstabilisa Lionel. Malgré tout, il y répondit avec franchise.

— Oh ! Vous savez, l'école pour moi…

Matthieu ne relança pas son fils et se contenta de soupirer bruyamment. Qu'est-ce que c'était que cela maintenant ? Lionel ne voulait plus aller à l'école ?

C'était le monde à l'envers et la simple perspective de ce désaveu agaça Matthieu. Lui qui était si fier de son aîné et de ses notes de premier de classe !

Matthieu jeta un regard à la dérobée sur son fils.

Lui, Matthieu Bouchard, avait engendré un garçon intelligent ! Quelle fierté, quel plaisir !

Alors, quand ce même garçon semblait lever le nez sur l'école…

Repoussant la lettre du revers de la main, Matthieu demanda le plus calmement possible :

— Qu'est-ce qui se passe à soir, Lionel ? T'aimes pus ça, l'école ?

Comprenant la méprise qui semblait vouloir orienter la discussion, Lionel s'empressa de rectifier son tir, avec, cependant, un peu plus d'emphase que nécessaire dans la voix.

— Bien au contraire, papa ! J'aime ça, l'école, et vous le savez. J'aime même ça de plus en plus. C'est juste qu'ici, sur le rang, j'apprends plus grand-chose. Avec des petits de première année qui sont dans la même classe que moi…

Volontairement, Lionel ménagea une pause pour permettre à son père de bien mesurer l'étendue de sa déception face à cette situation. Puis, dans les secondes suivantes, il lança avec véhémence :

— Vous rendez-vous compte, papa ? Même Gilberte est dans ma classe. C'est tout vous dire !

L'essentiel de la mise en place était fait et Lionel se dit qu'elle était à son avantage tandis que Matthieu, machinalement, tournait la tête et portait brièvement les yeux vers l'autre bout de la table, près de la seconde lampe à pétrole qui dégageait un halo de lumière jaunâtre et une douce chaleur, là où la gamine faisait consciencieusement la copie de quelques phrases sur une ardoise. Difficile, en effet, de concilier les besoins de cette enfant qui avait encore tout à apprendre avec ceux d'un grand comme Lionel, presque un homme maintenant, qui fréquentait l'école depuis de si nombreuses années déjà.

Matthieu retint un soupir d'agacement même s'il savait que Lionel avait raison de se plaindre. Sans l'avoir dit ouvertement, de toute évidence, Lionel était en train de demander de poursuivre ses études ailleurs. Pour Matthieu, c'était aussi clair que de l'eau de roche.

Malheureusement, même s'il était grandement soulagé de voir que l'école intéressait toujours autant Lionel, ce père de famille nombreuse ne voyait pas d'issue à la situation. Sur ce point, Emma avait entièrement raison : pour l'instant et probablement pour de nombreuses années encore, ils n'auraient pas les moyens d'offrir une scolarité supérieure à Lionel ni à aucun autre de leurs enfants, d'ailleurs.

« Dommage », songea Matthieu en pensant aux notes de son fils.

Sur ce, il ramena le regard sur sa lettre, conscient qu'en ce moment, il se sentirait mal à l'aise de regarder Lionel droit dans les yeux. Il avait peur d'y lire une amère déception qui serait justifiée.

Une déception qui ressemblait à celle qu'il avait déjà connue.

Pourtant, il n'aurait pas le choix de lever la tête pour prendre la parole. Il n'aurait pas le choix d'être le seul et unique artisan de la déconfiture de son fils parce qu'Emma n'était pas à ses côtés. C'était elle, habituellement, l'émissaire des bonnes comme des mauvaises nouvelles. Lui, Matthieu, gardait sa salive pour les moments d'importance, les moments graves, et il utilisait son jugement éclairé pour les décisions difficiles et lourdes de conséquences qu'il leur fallait prendre à l'occasion. C'était lui qui dictait les punitions ou qui donnait la fessée, le cas échéant. C'était là son rôle de père, d'époux, de maître de la maison et de la famille, et il s'en acquittait avec justice et respect. Pour le reste, il s'en remettait à Emma qui avait suffisamment de jugement, elle aussi, pour voir à l'ordinaire d'une maisonnée comme la leur. C'est un peu pour cela qu'il avait choisi Emma pour compagne, pour sa clairvoyance, son bon entendement et sa façon bien à elle de dire clairement les choses.

Et pour l'attirance qu'il ressentait pour elle.

À cette dernière pensée, Matthieu se sentit rougir. Pourtant, désirer sa femme, l'honorer, comme le disait parfois le curé, était son droit le plus légitime puisqu'il était marié, et à ses yeux, c'était là une des rares compensations au fait de n'avoir pu devenir prêtre. Malheureusement, depuis l'accouchement, les rapprochements lui étaient interdits et il commençait à trouver le temps sérieusement long. Durant sa nuit de noces, Matthieu avait compris que s'il avait un jour voulu être prêtre, Dieu, Lui, dans Sa grande sagesse, avait deviné qu'il n'était pas fait pour le célibat. Matthieu en voulait pour preuve que ce même Dieu avait béni leur union en leur donnant dix beaux enfants en santé.

Gloire au Seigneur!

N'était-ce pas là ce qu'il venait tout juste d'écrire à ses parents? Dieu avait même exaucé ses prières les plus ferventes en ramenant Emma à la santé. Selon le médecin, elle pourrait quitter sa chambre avant la fin de la semaine. Que demander de plus au Ciel?

Matthieu poussa un long soupir, fait à la fois de soulagement, de remerciement envers Dieu pour cette vie difficile mais bonne qui était la sienne, mais d'agacement aussi à cause des mots qu'il lui faudrait dire à Lionel. Jamais la présence d'Emma ne lui avait autant manqué qu'en ce moment.

Par réflexe, Matthieu porta les yeux au plafond comme si Emma allait pouvoir lui souffler ce qu'il fallait dire à travers les larges planches de pin.

Puis il se décida enfin et revint à Lionel qui, loin d'avoir partagé cette longue réflexion, attendait tout simplement une réponse à sa question initiale maintenant que son père savait que l'école du rang ne satisfaisait plus à ses aspirations.

Matthieu voulait-il, oui ou non, qu'il aille porter la lettre à Clovis demain matin? Pour le reste, Lionel ne s'attendait pas à ce que la conversation déborde de tout ce qui venait de se dire. Matthieu était un homme de longues réflexions avant de donner son opinion. C'est pourquoi Lionel fronça les sourcils quand son père reprit la parole et qu'il comprit quel sens prenait la conversation.

— Je comprends ce que tu essaies de me dire, Lionel, commença alors péniblement Matthieu, triturant bien malgré lui un coin de la lettre posée, écrite sur le papier si précieux. Pour l'école, j'entends, précisa-t-il.

Le visage de Lionel passa aussitôt au cramoisi, ce qui ne toucha nullement Matthieu.

— Mais je ne vois pas comment on pourrait faire autrement dans les circonstances présentes, compléta-t-il, sans tenir compte du visible embarras de son fils.

Même sibyllins, les mots de Matthieu rejoignirent Lionel dans ce qu'il avait de plus sensible. Son père, bien que de façon détournée, ne venait-il pas de parler de son avenir à court, moyen et long termes ? Lionel en avait les jambes molles tant il était pris par surprise.

Et dire que tout ce qu'il voulait en proposant de porter la lettre au quai, c'était se mettre dans les bonnes grâces de son père. Jamais le jeune homme n'aurait pu imaginer que la conversation bifurquerait ainsi et aussi vite.

Mais comme c'était le cas...

Lionel redressa les épaules. Un dicton, appris à l'école justement, disait qu'il faut battre le fer quand il est chaud. C'est exactement ce qu'il allait faire.

— Je comprends ce que vous essayez de me dire, papa. Je le sais bien qu'on n'est pas des gens riches.

— Heureux de te l'entendre dire, mon fils. Comme ça, je vois bien que tu es conscient de notre situation.

Le ton était sec comme si Matthieu voulait en finir

le plus rapidement possible avec cette discussion qui s'annonçait pénible. Cependant, Lionel ne l'entendait pas de la même oreille que lui. Tant qu'à s'être tiré à l'eau, il nagerait jusqu'à la rive et à contre-courant, s'il le fallait. Comme il était dit dans les évangiles, même s'il ne savait pas trop ce que ça voulait dire sauf qu'à première vue, ça semblait difficile, il boirait le vin jusqu'à la lie. Alors, il insista.

— N'empêche, papa… Me semble qu'y a pas juste les fils de familles riches qui peuvent espérer devenir curés.

Voilà, le mot était lâché, il ne pouvait plus reculer.

Curé !

Lionel avait osé avouer ouvertement qu'il voulait devenir curé même s'il n'en était pas du tout certain. En fait, depuis l'autre nuit où il avait galopé jusqu'au village voisin pour aller chercher le médecin devant l'urgence d'un accouchement particulièrement difficile pour sa mère, il s'était surpris à penser qu'il aimerait peut-être devenir médecin. Quoi de plus gratifiant que de sauver une vie ! Et voilà qu'il venait de parler de prêtrise.

Lionel souleva imperceptiblement les épaules. Dans le fond, si ça ne prenait que ça pour pouvoir étudier, il était prêt à avouer une foi capable de soulever des montagnes.

Le jeune homme s'attendait à ce que son père approuve, apprécie de voir son fils emprunter une voie à laquelle il avait lui-même songé autrefois. Il n'en fut rien. Bien au contraire, le visage de Matthieu se referma et son regard se durcit.

Par ces mots, Lionel, à son tour, venait de toucher une corde sensible dans le cœur et dans l'âme de Matthieu en remuant de douloureux souvenirs. Combien de fois celui-ci avait-il répété ces mêmes mots quand il était jeune, persuadé d'être victime d'une incroyable injustice ? Mais dans son cas, il y avait aussi les notes qui avaient joué en sa défaveur. Malheureusement pour lui, Matthieu était un élève médiocre, non à cause d'une mauvaise volonté, mais simplement d'un manque d'attention. Le jeune Matthieu était incapable de rester assis sur une chaise sans bouger durant de longues heures, et c'est peut-être ce qu'il enviait et admirait le plus chez Lionel, cette grande capacité à se concentrer. Tandis que lui… S'il avait été forcé de se tenir tranquille physiquement, pour éviter les sévices, son esprit, lui, s'évadait régulièrement par la petite fenêtre à carreaux de la salle de classe au village de Pointe-à-la-Truite. Dès qu'il avait atteint l'âge de huit ans, on savait que Matthieu n'userait pas son fond de culotte sur les bancs de l'école, et à dix ans, il quittait définitivement la classe de mademoiselle Cadrin, vieille femme toujours en poste à l'école du village de Pointe-à-la-Truite, d'ailleurs.

« Adieu veaux, vaches, cochons, couvées, Matthieu Bouchard ne deviendra jamais curé ! »

Cette ritournelle blessante, Matthieu ne l'avait que trop entendue. Elle avait été pondue, quelques mois plus tard, par un certain Gratien Laflamme qui, à la suite de l'étude des fables de Lafontaine, avait eu à composer une réplique à celles du grand maître.

Comme Matthieu venait de quitter l'école, incapable de suivre le rythme de ses compagnons, le sujet était donc tout trouvé. Bien entendu, la punition avait été à la hauteur de l'offense, une copie longue comme personne n'en avait jamais vu à Pointe-à-la-Truite, mais cela n'avait pas empêché Gratien de devenir médecin. Aujourd'hui, quand on parlait de lui, on l'appelait docteur Laflamme. Il vivait à Québec avec ses parents et sa propre famille. À ce que Matthieu avait entendu dire à travers les branches, il y menait grand train.

Le fossé de l'injustice n'en était que plus grand et voilà qu'à son tour, il allait y plonger son fils avec lui.

Mais pourquoi pas ? Il avait survécu à la déception, et Lionel devrait en faire tout autant.

Amer, Matthieu s'épongea le front du revers de sa manche de chemise. Pourtant, il ne faisait pas très chaud dans la pièce, mais la rafale d'émotions qui le bouleversaient lui donnait des chaleurs. Au même instant, les derniers mots de Lionel lui revinrent avec précision, porteurs d'espoir, certes, mais d'un espoir que Matthieu ne pourrait jamais se résoudre à envisager.

« Y a pas juste les fils de familles riches qui peuvent espérer devenir curés. »

Tels étaient les mots de Lionel. Matthieu soupira d'impatience.

— Je le sais pas trop ce que t'as en arrière de la tête, mon garçon, en parlant des familles comme la nôtre qui finissent par avoir un curé parmi leurs enfants, affirma-t-il durement, sans lever les yeux, mais si c'est ce que je pense, je te dis non tout de suite.

— Et qu'est-ce que vous pensez au juste, papa ?

La riposte avait fusé sans la moindre hésitation, chatouillante, dérangeante, agressante.

— À quoi vous faites allusion en disant un non clair de même sans que j'aye rien demandé, à part aller porter votre lettre ? poursuivit alors Lionel sur son élan, d'un ton sifflant. Je vous suis pas, moi là.

La déception donnait à Lionel une audace nouvelle. Le dépit ressenti ouvrait la porte au questionnement, alors qu'habituellement personne n'avait le droit de répliquer au chef de famille. Malheureusement, Matthieu ne vit pas la déception qui guidait l'attitude de son fils. Seule la morgue évidente qui soutenait ces quelques mots piqua sa fierté, décuplant sa propre amertume. Brusquement, il n'était pas question que son fils puisse vivre le rêve qui l'avait porté durant de si nombreuses années. L'idée lui fut subitement insupportable.

L'envie, la jalousie dictèrent alors la réponse de Matthieu.

— Ah non ? Tu vois pas ? Me semble que c'est clair surtout pour un gars qui se dit intelligent. Quand une famille pauvre a un curé parmi ses enfants, c'est que les parents ont demandé la charité, Lionel. La charité ! C'est ça que tu veux qu'on fasse, ta mère pis moi ? Tu veux qu'on aille quêter au presbytère pour que tu puisses aller à l'école ? Comme les Painchaud ? Si c'est le cas, tu t'es ben trompé, mon garçon.

Au fur et à mesure que Matthieu avançait les mots

et les raisons, Lionel se mettait à rougir, non pas de contrition, mais de colère. Il comprenait surtout que l'idée d'avoir voulu consulter son père n'était pas aussi bonne qu'elle en avait eu l'air. Sans tenir compte de l'attitude de son fils, Matthieu poursuivait.

— Pas question que le curé annonce, durant le sermon de dimanche prochain, que les Bouchard du troisième rang ont besoin de la charité des paroissiens pour que leur fils aîné aille au collège. Me semble qu'on travaille assez fort, Emma pis moi, qu'on n'a pas besoin de ressentir de la honte par-dessus le marché. Ça fait que ma réponse à la question que t'avais pas encore clairement posée mais qui s'en venait, c'est non, Lionel. Pas question que j'aille voir monsieur le curé pour une affaire de même. Pis pour la lettre qui a démarré toute cette discussion-là, je sais pas trop pourquoi, d'ailleurs, mettons que j'vas m'en occuper. Le temps est doux pis j'ai moins d'ouvrage qu'en plein été, j'vas donc aller la porter moi-même à Clovis sans problème. Merci quand même. Astheure, laisse-moi tranquille. Je veux relire ma lettre ben comme il faut avant de la signer pis de la mettre dans son enveloppe avec le nom de mon père écrit dessus. T'as eu beau me dire que tout était correct, j'veux quand même être sûr que j'ai tout dit ce que je voulais dire.

Cette fois-ci, le ton était sans réplique. Sachant qu'il serait probablement périlleux de s'entêter, Lionel tourna les talons et monta bruyamment à sa chambre.

Le claquement de la porte fit sursauter Emma, toujours condamnée par le médecin à garder le lit.

Malgré le confinement à sa chambre, elle n'avait pas perdu grand-chose de la discussion qui venait de se dérouler dans la cuisine, à quelques pieds seulement de son lit. Elle pouvait même apercevoir la clarté des lampes posées sur la table à travers les planches mal jointes du plancher de la chambre, ces mêmes planches qui faisaient office de plafond pour la cuisine et qui étaient soutenues par de grosses poutres mal équarries. Si elle était d'accord en principe avec la position de Matthieu, elle n'acceptait cependant pas la raison qu'il avait invoquée. Était-ce l'inertie des dernières semaines ? Pour une fois, Emma avait envie de se ranger derrière Lionel dont elle comprenait la déception, voire la frustration. Après tout, il est vrai qu'il avait une intelligence au-dessus de la moyenne et de se voir ainsi menotté devait être terriblement contrariant.

Du bout des pieds, Emma repoussa les couvertures. Bien que ses jambes soient encore flageolantes à cause de cette longue période de repos imposé, Emma savait que les forces lui étaient revenues. Le matin, au réveil, elle avait de plus en plus souvent envie de sauter en bas de son lit pour reprendre là où l'accouchement difficile l'avait interrompue. Si elle n'était toujours pas certaine de ressentir un attachement profond pour les deux bébés qui dormaient paisiblement au pied de son lit, Emma languissait de retrouver le reste de sa famille. Elle avait hâte de reprendre sa place devant le fourneau, hâte de ne plus avoir à se servir de la bassine. Elle trouvait le geste terriblement humiliant. Il était temps que cela cesse. De toute façon, comme le médecin avait parlé de la fin de cette semaine pour se lever, elle ne précipitait pas grand-chose.

Assise sur le bord du matelas, les jambes ballantes dans le vide, Emma hésita tout de même durant un court moment. Et s'il fallait que ses jambes, justement, ne la portent pas comme elle l'espérait ? Peut-être serait-il plus prudent d'attendre que Matthieu ou Mamie soit à ses côtés ?

Malgré cette sage pensée, Emma tendit le pied et frôla le plancher du bout des orteils. Le bois était frais et cela lui fut agréable. Elle prit une profonde inspiration et regarda tout autour d'elle comme si elle voyait sa chambre pour une première fois. La lune jetait un long regard oblique vers elle et Emma y répondit d'un sourire ému. Elle avait l'impression de réintégrer la vie, de se réapproprier sa propre vie, et cela lui faisait un bien fou.

Une main agrippant fermement la quenouille qui ornait le pied du lit ayant déjà appartenu à Mamie, le seul objet de valeur dans toute la maison, Emma se leva enfin. À première vue, ses jambes semblaient plus fortes qu'elle le craignait. Le temps de se redresser, de prendre une profonde inspiration et elle fit quelques pas devant elle, sans aucune aide.

Ça allait.

Emma esquissa un sourire de soulagement à saveur de victoire. Elle revenait de loin, de très loin, et elle savait l'apprécier.

La jeune mère fit donc quelques pas de plus et le sourire s'accentua.

Ça allait même suffisamment bien pour songer à descendre à la cuisine.

Emma se dirigea alors vers le placard coincé sous la pente du toit, tout à côté de la lucarne, pour prendre sa robe de chambre. Pas question pour elle de se promener en jaquette à travers la maison, Matthieu ne l'approuverait pas. Sans un regard pour les deux bébés qui dormaient toujours aussi profondément, Emma regagna le corridor.

Elle descendit l'escalier en s'agrippant fermement à la rampe tant elle craignait une chute. C'est alors qu'elle se ferait réprimander comme une gamine désobéissante, tant par Matthieu que par Mamie qui la couvait jalousement depuis cette nuit du mois d'août où elle avait failli passer de vie à trépas. Emma n'avait surtout pas envie de se voir encore une fois reléguée à son lit pour une période indéterminée à cause d'une mauvaise fracture.

Elle parvint au rez-de-chaussée sans le moindre encombre, de plus en plus sûre d'elle-même et de ses capacités.

Une main toujours appuyée sur la rampe, Emma s'arrêta un moment, se plaisant à détailler le hall d'entrée comme elle l'avait fait pour sa chambre quelques instants auparavant.

Contrairement à la plupart des maisons de ferme, comme on en voyait tant et tant dans cette campagne de la rive sud du fleuve, la demeure que Mamie et son époux avaient construite au début de leur vie à deux ressemblait plutôt à une maison de village.

— T'aurais dû connaître mon homme, chère ! Il avait des idées de grandeur, avait un jour expliqué Mamie en riant. Pour lui, pas question de se contenter d'une ou deux pièces au rez-de-chaussée avec un escalier étroit qui montait à l'étage à partir de la cuisine.

C'est ainsi qu'il avait bâti une maison avec chambre et salon au rez-de-chaussée, en plus d'une immense cuisine.

Et l'escalier, fabriqué en érable verni s'il vous plaît, donnait sur la porte d'entrée en façade de la maison, comme au presbytère. Emma s'en souvenait fort bien : ce petit détail l'avait séduite quand elle était venue s'installer sur la Côte-du-Sud.

Elle tourna donc à sa droite pour se diriger vers la cuisine, ignorant délibérément la chambre de Mamie. Pourtant, même si la porte était fermée, Emma savait que la vieille dame ne dormait pas puisqu'une clarté jaunâtre filtrait sous le battant de bois verni, lui aussi. Elle y reviendrait plus tard, au moment de remonter à sa chambre. Pour l'instant, c'est Matthieu qu'elle voulait voir, c'est à lui qu'elle sentait le besoin impérieux de parler.

Quand elle arriva au seuil de la porte de la cuisine, pour une troisième fois depuis quelques minutes à peine, Emma s'attarda à examiner les lieux.

La pièce était vaste, car elle occupait tout l'arrière de la maison. Une longue table fabriquée par le mari de Mamie et à l'image de celles que l'on voyait dans les réfectoires de couvent en occupait tout le centre. C'est dire à quel point Mamie et son mari espéraient une grande famille! Contre le mur qui donnait à l'ouest, il y avait un long comptoir surmonté de quelques armoires où Emma rangeait la vaisselle. En plein centre de ce comptoir s'encastrait un immense évier de fer-blanc surmonté d'une manivelle grinçante qui permettait de pomper directement l'eau du puits, sauf par les plus grands froids alors qu'on devait casser la glace qui s'était formée à la surface de l'eau. Contre le mur donnant au nord, le mur le plus froid de la pièce, une monumentale armoire peinte en blanc permettait de ranger les victuailles tout en protégeant la pièce des vilains courants d'air. Dans le plancher, tout près de la porte arrière, il y avait une trappe menant au caveau à légumes. C'était là, dans cette cuisine, qu'Emma passait le plus clair de son temps depuis les quinze dernières années. Quand elle n'était pas à l'extérieur pour voir au potager ou pour s'occuper de la lessive, Emma vivait dans sa cuisine. En hiver, sauf pour se rendre au poulailler, se presser vers les latrines installées au fond de la cour ou aller à la messe, Emma ne sortait pas d'ici, mais elle ne s'en plaignait pas non plus. Si l'ennui de ses amies et de sa famille était sincère, jusqu'à lui tirer quelques larmes à l'occasion, cela ne suffisait cependant pas pour lui donner envie de fréquenter ses voisines. Les exigences de Matthieu en ce qui concernait la vie sociale de l'Anse-aux-Morilles avaient porté fruit. À force de l'entendre dire, Emma endossait l'idée et déclarait aisément que les affaires de la paroisse ne l'attiraient pas et ne l'avaient jamais attirée. Gêne ou indifférence?

Emma ne s'était jamais vraiment posé la question, car elle aurait été inutile puisque Matthieu en avait ainsi décidé. Par contre, d'aussi loin qu'Emma se le rappelait, les réunions de toutes sortes l'avaient toujours ennuyée. De là à choisir d'envoyer Lionel ou Marius, et même parfois Matthieu au besoin, faire les courses à sa place chez le marchand général, il n'y avait qu'un petit pas à franchir, ce qu'Emma avait fait allègrement puisque, de toute façon, le temps lui manquait. Une liste détaillée écrite de sa main était le seul lien qu'elle entretenait régulièrement avec le marchand, en plus du signe de tête discret qu'elle lui adressait quand elle le croisait à la messe du dimanche alors qu'il était accompagné d'une grande femme intimidante, à l'allure austère. Rien pour inciter Emma à se lier avec qui que ce soit !

La jeune femme ramena les yeux sur son mari. Concentré sur sa lettre, il ne l'avait pas entendue arriver. Gilberte non plus, d'ailleurs, car elle était toujours penchée sur l'ardoise. Emma eut un sourire attendri pour l'un comme pour l'autre. Elle savait l'effort que demandait à Matthieu le moindre mot écrit, la plus simple addition, et il semblait bien qu'il en allait pareillement pour leur fille. Alors que Marie semblait vouloir suivre les traces de Lionel avec d'excellentes notes dans toutes les matières, un peu comme Emma elle-même lorsqu'elle était plus jeune, Gilberte, elle, pourtant vive et intelligente à plusieurs égards, n'arrivait toujours pas à écrire lisiblement et sans faute, et pour elle, la lecture était un véritable cauchemar.

Emma toussota doucement pour attirer l'attention de Matthieu qui leva vivement la tête.

— Emma !

Matthieu était déjà debout, une lueur de joie et de surprise éclairant son regard. Cet éclat fut vite remplacé cependant par une vague d'inquiétude. Bousculant sa chaise et lançant sur la table l'enveloppe qu'il était en train d'adresser, il se dirigea rapidement vers sa femme.

— Mais qu'est-ce que tu fais là, toi ?

Le ton se voulait sévère, mais Matthieu n'y arrivait pas tellement il était libéré d'un grand poids de voir Emma dans la cuisine. Cela voulait dire que la vie allait reprendre son cours normal d'ici peu, tant dans la cuisine que dans la chambre à coucher. N'empêche qu'il ajouta, par acquit de conscience :

— Le docteur avait parlé de la fin de la semaine pour te lever.

Emma haussa les épaules avec une petite désinvolture qui faisait plaisir à voir.

— Justement. C'est pas pour une couple de jours de plus ou de moins que ça va changer quelque chose. Depuis le temps que je suis au lit...

— T'es sûre de ça ?

— J'ai jamais été aussi sûre de toute ma vie, Matthieu ! J'en peux plus de passer mes journées couchée ! Pis tu le vois ben ! Si mes jambes ont été assez fortes pour m'amener de mon lit à ici sans problème, c'est signe que ça va mieux. Pas mal mieux.

— Ben là...

Matthieu était rayonnant. Même si les mots pour le dire lui faisaient défaut — il n'avait jamais été très éloquent —, la jeune femme savait lire la joie de son mari dans son regard. Elle posa la main sur son épaule, l'unique marque d'affection qu'ils se permettaient en présence des enfants.

— Je prendrais bien un bon thé, demanda-t-elle dans un soupir de bien-être en soutenant le regard de son mari.

Ce dernier s'activa aussitôt.

— C'est comme si c'était déjà fait! Mais reste pas debout comme ça. Faudrait quand même pas abuser de tes forces. Viens t'assire.

— Oui, t'as raison.

Emma jeta un regard autour d'elle. À l'autre bout de la table, Gilberte était toujours aussi concentrée.

— Mais avant…

D'un signe du menton, Emma désigna Gilberte qui, après un bref sourire vers sa mère, s'était penchée à nouveau consciencieusement sur sa copie.

— J'aimerais voir les progrès de notre fille, confia Emma à voix basse.

Puis, sur un ton plus élevé, elle ajouta:

— Prépare le thé, Matthieu, pis j'vas venir m'asseoir avec toi pour le boire. Deux minutes, donne-moi juste deux petites minutes.

Emma contourna la table pour s'approcher de Gilberte qui, un bout de langue coincé entre ses lèvres, s'appliquait à reproduire les lettres et les mots que la maîtresse avait inscrits pour elle sur une feuille de papier brouillon. Emma se pencha sur la copie.

— C'est bien, ma grande. Pas mal mieux que l'an dernier.

Tout en examinant les mots écrits sur l'ardoise, Emma approuva d'un hochement de la tête.

— On arrive à reconnaître toutes tes lettres maintenant.

— Vous trouvez ?

Il y avait un doute dans la voix de la gamine tandis qu'elle levait un regard rempli d'espoir vers sa mère.

— Ben oui…

Du bout de l'index, Emma souligna quelques lettres.

— Ici, on voit très bien que c'est un « b », pis là, t'as fait un « g ».

— Ouais… Puisque vous le dites.

Gilberte regardait son travail sourcils froncés. Même si sa calligraphie était meilleure et que les lettres étaient soigneusement recopiées, elle prit une longue et bruyante inspiration.

— Cette année, j'arrive à faire exactement comme mademoiselle Picard, expliqua-t-elle enfin. Mais demandez-moi pas, par exemple, de faire un « b » ou un « d » sans me montrer de modèle, parce que là, j'viens toute mêlée.

— Donne-toi du temps, Gilberte. Pour d'aucuns, ça vient facilement, ces choses-là, pis pour d'autres, comme toi, c'est plus difficile.

— Non, maman, c'est pas difficile, c'est très difficile, précisa Gilberte en appuyant sur les mots.

C'est-tu mes yeux ou ben ma tête qui marche tout croche ? Je le sais pas. Mais des fois, c'est pas mêlant, c'est comme si les choses que j'essaye de lire étaient à l'envers. C'est pas facile, vous saurez, maman, de lire des mots qui ont pas de sens, comme si quelqu'un s'était amusé à mélanger toutes les lettres. Pis j'en ai assez de faire rire de moi.

Les derniers mots avaient été prononcés dans un souffle.

Emma sentit son cœur se serrer. Pour une petite fille aussi vive que sa Gilberte, généreuse et gentille, effectivement, ça ne devait pas être facile de subir moqueries et sarcasmes.

— Laisse faire les autres, conseilla-t-elle alors, sachant pertinemment que Gilberte n'en ferait rien. Ça les regarde pas, ce qui se passe dans ta tête. L'important, dans la vie, c'est d'avoir du cœur pis ça, tu en as à revendre ! J'ai aucune crainte pour toi, tu vas réussir à t'en sortir, d'une façon ou d'une autre. Maintenant, tu vas me faire le plaisir de tout ranger pis tu vas monter te coucher.

— Mais mademoiselle Picard a dit que…

— Laisse faire mademoiselle Picard ! Elle t'a sûrement pas demandé d'y passer la nuit ! Le sommeil aussi, c'est ben important à ton âge. T'auras juste à y montrer ton ardoise pis la maîtresse va voir que t'as bien travaillé. Pis si jamais elle te disputait pareil, t'auras juste à lui dire qu'à partir de demain, ta mère en personne va pouvoir t'aider.

— C'est vrai ?

Le soulagement de Gilberte était perceptible.

— C'est vrai, fit solennellement Emma, une main posée sur le cœur. Astheure, au lit, ma grande !

L'instant d'après, la gamine filait vers l'étage, soulagée de savoir que dès le lendemain, sa mère serait là pour elle. Depuis le début de l'année, la fillette devait se débrouiller toute seule la plupart du temps, son père alléguant qu'il n'avait pas le temps, Mamie ne sachant pas écrire et ses frères n'ayant pas suffisamment de patience pour l'aider.

Emma revint auprès de Matthieu qui avait déposé la vieille théière de faïence ébréchée sur la table. Du bec verseur amputé d'une bonne moitié montait une vapeur odorante. Emma se pencha pour en inspirer une longue bouffée, les yeux mi-clos, avant de se tirer une chaise pour s'asseoir.

— Ça sent bon… Pis ça va être bon. Meilleur en tout cas que durant les dernières semaines. Manger toute seule dans son lit, c'est pas drôle pantoute. C'est pas mêlant, j'avais l'impression que ça goûtait pas grand-chose même si je sais que Mamie fait très bien à manger.

— C'est vrai que le temps a dû te paraître ben long.

— Pis ben plate.

— Au moins, t'avais Célestin pis Antonin pour t'occuper un peu.

Au risque de se brûler, Emma saisit sa tasse à deux mains et avala une longue gorgée de thé pour éviter d'avoir à répondre à son mari. Bien sûr, Matthieu avait raison même si elle n'était pas certaine d'avoir apprécié à sa juste valeur une occupation comme celle de voir exclusivement aux deux nouveaux-nés. Volontairement, elle fit donc dévier la conversation. Après tout, si elle avait décidé de se lever, c'était pour parler de Lionel.

— Et toi, Matthieu, dis-moi un peu comment ça s'est passé aujourd'hui avec les enfants !

Emma mit une bonne dose d'enthousiasme dans sa voix.

— Laisse-moi te dire que c'est plutôt déprimant d'entendre ma famille vivre sans moi, ajouta-t-elle avant de prendre une seconde gorgée. Comme si j'étais plus bonne à rien et que dans le fond, ma présence changeait pas grand-chose au roulement de la maison ! Les dernières semaines ont été une vraie belle leçon d'humilité, je te dis rien que ça !

— Petête, oui… Mais c'est vraiment grâce à Mamie qu'on a pu s'en sortir aussi bien.

— Tant qu'à ça…

Un moment de silence se glissa alors entre Emma et son mari, comme s'ils avaient besoin, l'un comme l'autre, de faire le point sur les derniers mois. Ce fut un moment d'une grande douceur, et Emma sentit son cœur chavirer quand Matthieu posa sa lourde main de travailleur sur la sienne, l'enveloppant, la serrant affectueusement comme il le faisait si souvent quand il la courtisait. C'est ce geste de possession amoureuse qui avait fini par la gagner, par gagner son cœur.

Depuis quelques années, ces instants d'intimité se faisaient si rares entre eux qu'Emma renifla les larmes qui lui montèrent spontanément aux yeux.

— Encore fatiguée ?

Matthieu semblait inquiet.

— T'aurais dû rester couchée, aussi !

— Mais non.

De son autre main, Emma tapota celle de Matthieu.

— Je ne suis pas fatiguée. Au contraire ! C'est la joie d'être enfin revenue parmi ma famille qui me rend heureuse, émue.

— Alors, rendons gloire à Dieu !

Le temps de fermer les yeux sur sa courte prière, puis Matthieu pointa la lettre abandonnée sur la table.

— C'est un peu ce que j'ai écrit à mes parents.

Délaissant la main de sa femme, Matthieu se saisit de la lettre et la tendit à Emma.

— Tu peux la lire si tu veux, proposa-t-il en secouant la feuille de papier. J'annonce la naissance de nos jumeaux pis j'écris que Dieu est bon avec nous parce que la mère et les bébés se portent bien.

— Ouais… Mais il s'en est fallu de peu pour que…

Emma s'interrompit et secoua vigoureusement la tête.

— Mais c'est du passé, tout ça. Ce soir, j'ai envie de regarder en avant, pas en arrière. T'as raison, Matthieu, Dieu est bon pour nous. Non seulement Il nous donne de beaux enfants en santé, mais en plus, ils sont intelligents.

Mine de rien, Emma tentait d'amener la discussion là où elle le voulait bien. Habituellement, Matthieu n'y voyait que du feu. À preuve, son mari approuva d'un hochement de tête un peu forcé.

— Pour la plupart, oui, analysa-t-il tout hésitant.

C'est vrai qu'on a des enfants intelligents. Mais Gilberte...

— Quoi Gilberte ? Elle est aussi intelligente que tous les autres. Tu pourras jamais dire que c'est parce qu'elle est paresseuse que les mots sont difficiles à lire pour elle. Notre fille a en vaillance ce que les autres ont en génie.

— Tant qu'à ça... Pour être vaillante, est pas mal vaillante, notre fille, t'as ben raison. Est comme Marius, tiens. Lui avec, ses notes sont pas fameuses, mais y' a du cœur au ventre.

— Bon ! Tu vois ben que notre fille est pas un cas désespéré !

Matthieu s'accorda un moment de réflexion avant de répondre, un court instant où il revit sa propre jeunesse. Gilberte et Marius lui ressemblaient, alors que Lionel et Marie étaient plutôt comme leur mère.

Matthieu eut envie de pousser un soupir d'agacement. Il se retint à la dernière minute.

— D'accord, m'en vas dire comme toi... C'est comme dans la parabole des talents. Dieu nous demande de donner à la hauteur de nos talents, comme le disait le curé l'autre jour. Le Bon Dieu demande pas l'impossible à ses enfants. Il demande simplement de faire fructifier ce qu'Il nous a donné.

Emma se dépêcha d'approuver. Matthieu ne le savait pas, mais il venait de lui donner les mots à dire.

— Ouais, c'est de même qu'il faut voir ça. C'est de même que je l'ai compris, en tout cas. Comme ma mère disait souvent : ça prend de tout pour faire un monde.

Pis si Dieu aime chacun de ses enfants comme il est, on serait ben mal venus de faire autrement. Après tout, c'est un peu Lui qui a voulu que notre Gilberte soye comme elle est.

— T'auras jamais si bien parlé, Emma!

Sans trop comprendre pourquoi, Matthieu se sentait soulagé.

— Pour moi, c'est petête l'enseignement du Seigneur qui m'a toujours semblé le plus important, ajouta-t-il avec cette ferveur religieuse qui le caractérisait si bien. Accepter pis aimer tout un chacun comme il se présente. Pis y a le sermon sur la montagne, aussi, qui me tient ben gros à cœur parce que c'est Jésus en personne qui nous a dit que c'était important.

— T'as pas tort! Aimez-vous les uns les autres comme je vous ai aimés... C'est beau, ces mots-là, ben beau... Mais c'est pas toujours facile de s'aimer les uns les autres...

Emma ménagea une pause dans son discours. Elle connaissait bien son mari. Quand elle avait à faire un virage important dans une conversation, elle devait toujours y aller lentement pour permettre à Matthieu de s'ajuster. Il était un homme de peu de mots, à la réflexion lente mais empreinte de justice et de bon sens. Il devrait comprendre ce qu'elle allait lui dire. Même si elle n'était pas certaine qu'il allait aimer.

— Ton thé est bon, soupira-t-elle en souriant. Juste à point comme je l'aime, pas trop fort, pas trop doux... C'est comme pour le reste. Dans la vie, faut savoir doser les choses pis les apprécier à leur juste valeur.

— T'as ben raison.

Était-ce parce qu'elle avait frôlé la mort qu'Emma se sentait si sûre d'elle-même ? Peut-être bien, après tout. Chose certaine, ce soir, les mots lui venaient avec une aisance inhabituelle, et la sensation qu'elle était investie d'une mission était tangible. L'avenir de son fils Lionel, malgré les mésententes passées, reposait là au creux de ses mains. Comme sa vie à elle avait reposé sur les épaules de son fils quand, en pleine nuit, il avait enfourché leur vieux cheval et avait galopé jusqu'au village voisin pour quérir le médecin.

— C'est exactement comme dans la parabole des talents, reprit-elle sur un ton songeur.

Puis, levant les yeux vers Matthieu, elle compléta sa pensée d'une voix très douce.

— Si c'est bon pour notre Gilberte, cette parabole-là, ça devrait l'être tout autant pour Lionel, tu penses pas ?

Matthieu n'avait peut-être pas fréquenté l'école très longtemps, il n'était pas un demeuré pour autant. À ces mots, il se sentit rougir comme un gamin, devinant aisément que, pour tenir de tels propos, Emma, depuis leur chambre, n'avait rien perdu de la discussion qu'il avait eue en début de soirée avec leur aîné. Et il était d'accord avec elle. Lionel était un enfant à l'intelligence vive qui pourrait facilement poursuivre ses études jusqu'à fréquenter l'Université Laval, à Québec. Par contre, si Matthieu saisissait très bien ce que sa femme cherchait à dire, ce n'était pas le fait de tout admettre qui allait changer leur situation et

remplir magiquement leurs poches de pièces sonnantes. L'argent pour le collège, ils ne l'avaient tout
simplement pas et Matthieu n'en emprunterait pas
pour cela, car il avait déjà la ferme à finir de payer et
les traites sur sa nouvelle machine à rembourser au
notaire. Ça faisait un moment qu'il y pensait, depuis
bien avant ce soir, et sa décision était parfaitement
mûrie : il ne solliciterait l'aide de personne pour offrir
le collège à Lionel. De quoi auraient-ils l'air si le patronyme des Bouchard était prononcé en chaire alors que
le curé demanderait la charité en leur nom ? Emma et
lui auraient l'air de deux quêteux, comme celui qui
passait régulièrement de maison en maison pour quémander un quignon de pain ou un bol de soupe. Il était
si sale, le pauvre homme, qu'il faisait peur aux enfants.
Pas question pour Matthieu d'être associé à ce guenil-
loux de quelque façon que ce soit. La charité chré-
tienne lui dictait d'aider ce pauvre diable, il ne dirait
jamais le contraire, mais elle ne lui demandait pas d'y
ressembler, et Matthieu entendait bien s'y conformer.

C'était l'excuse toute trouvée pour ne pas souffrir
jusqu'à la fin de ses jours d'une comparaison entre
Lionel et lui. Lionel qui pouvait tout espérer de la vie
grâce à son intelligence vive, alors que lui…

Mais au moment où il s'apprêtait à répliquer à sa
femme, Emma reprit la parole.

— Alors ? Lionel ?

— Quoi, Lionel ?

Le regard d'Emma était éloquent. Matthieu y lisait
autant de déception que de colère, et cela l'irrita.

— Quoi, Lionel ? répéta-t-il alors d'une voix tendue. Avec ce que tu viens de dire, je comprends que tu as tout entendu, n'est-ce pas ?

— En effet...

Emma leva les yeux au plafond avant de poursuivre, taquine.

— C'est toujours ben pas de ma faute si les planches sont aussi mal raboutées. Ni de la tienne non plus, se hâta-t-elle d'ajouter, voyant les sourcils de Matthieu se froncer... Mais c'est vrai que j'ai entendu votre discussion à Lionel pis toi. Pis je te comprends pas.

— Qu'est-ce qu'il y a à comprendre d'autre que j'ai pas les moyens de l'envoyer au collège ? C'est toi-même qui disais, l'an dernier, que l'école, c'était pas...

— Ce que j'ai dit l'an dernier, je le renie pas. Comprends-moi ben, Matthieu. C'est vrai que l'école du rang, pour un garçon comme Lionel, c'est pus tellement important. Astheure qu'il sait lire pis compter, il pourrait nous aider plus souvent. Ça, tu peux rien dire contre. C'est pas moi qui lui a mis des idées de grandeur dans la tête, c'est toi. Avec ta permission d'esquiver les corvées parce que tu lui disais qu'il pouvait lire et étudier autant qu'il le voulait, Lionel s'est mis des attentes plein la tête. On peut surtout pas lui en vouloir pour ça. Quand on sème de l'avoine, Matthieu, on peut pas s'imaginer récolter du blé !

L'image était claire et le message également.

Depuis le temps qu'elle avait cette fameuse journée sur le cœur, Emma n'avait pu se retenir. Comme ce soir l'occasion s'y prêtait bien, elle avait donc montré à quel point elle avait été blessée, l'an dernier, quand Matthieu avait soutenu l'attitude arrogante de Lionel. Par contre, les mois avaient passé et l'opinion d'Emma s'était affinée. C'était en grande partie grâce à Lionel si elle était encore vivante. Alors, il ne fallait pas monter Matthieu contre elle : Lionel n'y gagnerait rien.

— Mais n'empêche que d'une certaine façon, fit-elle conciliante, t'as pas eu complètement tort d'encourager Lionel à lire. C'était une belle manière, justement, de faire fructifier son talent, comme on vient de le dire. Reste seulement, astheure, à trouver une manière de faire pour que toutes les heures passées à lire soyent pas gaspillées. C'est là que ça serait dommage. Ben dommage.

Matthieu haussa les épaules avec un certain défaitisme.

— À part demander la charité, je vois pas comment on pourrait trouver l'argent pour le collège.

La colère de Matthieu semblait tombée. Son opinion, par contre, n'avait pas changé.

— Pis pour moi, ça sera jamais une solution. Mets-toi bien dans la tête que je serai jamais capable de demander la charité. Y a toujours ben un boutte à toute ! On travaille assez fort, toi pis moi, on a rien à voir avec les quêteux.

Emma esquiva la discussion qui aurait pu s'ensuivre par une question qui ouvrait certains horizons.

— Pis si on allait directement au collège pour parler au directeur ?

Matthieu ouvrit tout grand les yeux.

— Pour lui dire quoi, au directeur ? Qu'on est des pauvres ?

À son tour, Emma resta silencieuse durant un moment. N'était-ce pas là la réalité de leur famille ? Mais tandis que pour elle, ce n'était pas une tare, il semblait bien qu'il en soit autrement pour son mari. Pauvre Matthieu ! Tant qu'ils avaient un toit sur la tête et des victuailles à mettre sur la table, pourquoi se plaindre ? Le fait d'avoir frôlé la mort avait changé le regard qu'Emma posait sur les gens comme sur les événements.

— On est pauvres, d'accord. Pis après ? Si c'est ça, la vérité, mon homme, je vois pas de mal à le dire. C'est pas un défaut ni une monstruosité dont on pourrait être gêné. C'est juste notre réalité à nous autres comme celle de ben du monde aux alentours.

Matthieu ne trouva rien à répliquer. Alors, il demanda :

— Pis qu'est-ce que ça changerait d'aller voir le directeur du collège ?

— Je le sais pas.

Emma avait décidé d'être honnête jusqu'au bout.

— Peut-être bien que ça donnerait rien en toute d'aller voir le directeur. Je suis bien d'accord avec toi. Mais peut-être, avec, que les notes de Lionel seraient suffisantes pour que les pères veuillent l'avoir comme étudiant. D'autant plus que notre fils a parlé de devenir curé.

— Tu penses ?

Il y avait une pointe d'inquiétude dans la voix de

Matthieu, mais Emma entendit plutôt une forme d'espoir. Elle offrit alors un sourire à son mari, se disant que peut-être bien que le fait de voir son fils devenir prêtre allait permettre à Matthieu de vivre son grand rêve par procuration.

— On perd rien à essayer.

Faute de mots, Matthieu se contenta d'approuver silencieusement d'un bref signe de la tête avant de demander encore :

— Pis si ça marche pas ? C'est Lionel qui serait déçu pis moi, j'aurais pas le cœur d'y faire de la peine de même.

Jouer le jeu jusqu'au bout pour que personne ne sache à quel point il était dévoré par l'envie.

— Ben si ça marche pas, y' restera toujours le curé de la paroisse. Comme ça, Lionel sera pas déçu.

Le curé de la paroisse ! Rien de tel pour ramener Matthieu les deux pieds sur terre. Il fustigea Emma du regard avant de lancer, amer :

— Mais je viens de te le dire ! Me semble que c'était pas dur à comprendre que j'ai pas pantoute envie de...

— Laisse-moi finir, Matthieu. C'est ben certain que c'est toi qui vas prendre la décision finale, j'ai jamais dit le contraire. Pis je sais aussi que tes décisions sont toujours pleines de bon sens. Je comprends très bien ce que tu essaies de m'expliquer, mais je voudrais que tu réfléchisses encore un peu avant de dire non à tout... Depuis ces dernières semaines, j'ai eu du temps à revendre pour jongler à toutes sortes de choses. Mais celle qui revenait le plus souvent, c'est que la vie est courte. Te rends-tu compte, Matthieu ? J'ai pas encore trente-cinq ans pis j'ai failli mourir. Ça donne à réfléchir, tu sauras. Ben gros. Pis quand je t'ai dit, tout à l'heure, que ça me chagrinait de vous entendre rire pis vivre normalement tandis que moi j'étais pas là, c'était vrai. Pis c'était vrai aussi que cette expérience-là, ça a été une belle leçon d'humilité. Je suis pas aussi indispensable que je me plaisais à le croire pis j'ai pas le choix d'en prendre mon parti. C'est toute. Astheure que j'ai retrouvé la santé, me semble que je serais bien mal venue de me plaindre de choses aussi insignifiantes que le fait d'être pauvre ou le fait d'avoir à m'éreinter d'une étoile à l'autre sans plus de reconnaissance que celle de savoir que je fais mon devoir d'état. Le gros travail, le manque d'argent, ça compte pas, des affaires de même. On a la santé, on a de beaux enfants, une maison pis du manger. De quoi pourrait-on se plaindre, toi pis moi, je te le demande un peu ? C'est rien, ça, avoir à demander de l'aide pour faire instruire un de nos enfants. C'est peut-être, justement, la façon que le Bon Dieu a trouvée pour nous rabaisser le caquet, des fois qu'on se trouverait trop bons pis trop fins par nous autres mêmes ! Astheure, tu prendras ben la décision que tu juges importante de prendre pis je t'obstinerai pas. C'est toi le père, c'est toi qui dois prendre ces décisions-là. Moi, je retourne me coucher en passant par la chambre de Mamie pour lui souhaiter une bonne nuit. Ça fait que bonsoir, mon Matthieu. Si tu tardes pas trop, je devrais pas dormir.

Sur ce, signifiant clairement par là qu'elle n'avait pas

l'intention de poursuivre la discussion, Emma se leva de table et sortit de la cuisine.

Matthieu la regarda partir. Il comprenait très bien tout ce que sa femme venait de lui dire et en principe, il approuvait chacun de ses propos.

Mais il tiendrait son bout.

Lionel ne lui ferait jamais l'affront de devenir curé !

CHAPITRE 7

Printemps suivant à Montréal, avril 1889

James allait enfin partir !

Un an et demi d'attente à cause de mille et une raisons venait de prendre fin. Sa patience était enfin récompensée : les billets pour le train étaient soigneusement alignés sur sa commode depuis une bonne semaine au moins et une valise aux allures de baluchon trônait sur son lit, n'attendant plus que les derniers vêtements mis à sécher sur la corde à linge. Heureusement, il faisait beau et dans l'heure, James pourrait terminer ses bagages et prendre le temps d'aller saluer ses copains pour une dernière fois avant le départ. À cinq heures aujourd'hui, en fin d'après-midi, le train s'ébranlerait en direction de Lévis, en face de Québec.

À lui la grande vie ! Il avait même choisi sa place en première classe puisque l'attente avait eu cela de bon : une belle cagnotte avait été amassée en prévision de ce voyage qui serait peut-être le seul que James ferait de toute sa vie.

Une seule étape, cependant, angoissait le jeune homme : la traversée du fleuve sur le grand pont

Victoria, le plus long pont au monde. Cette espèce de tube assis sur de gros piliers en maçonnerie ne lui disait rien qui vaille. S'il fallait que l'assemblage s'écroule! Une fois arrivé de l'autre côté, à Saint-Lambert, James respirerait mieux, il en était convaincu, et comme la clarté durait assez longtemps en cette période de l'année, il pourrait enfin profiter du paysage jusqu'à Lévis, premier arrêt de ce long périple de trois semaines.

James ferma les yeux durant un instant. Il était anxieux et fébrile mais satisfait. Ce voyage, il l'avait espéré, oublié, regretté puis espéré à nouveau et voilà qu'il allait partir!

Il ouvrit les yeux, inspira un bon coup en redressant les épaules et, après un dernier regard autour de lui, il sortit de sa chambre pour aller récupérer ses vêtements.

Au fil des semaines, puis des mois, le jeune homme avait eu amplement le temps de préparer son voyage avec minutie. Armé d'une carte un peu sommaire, aujourd'hui chiffonnée à force d'avoir été maintes fois consultée, James avait imaginé la route et les arrêts. Il avait même tracé cette route qu'il voulait emprunter. Au crayon gras, il avait tiré une ligne sinueuse qui partait de Montréal pour se rendre jusqu'à Charlevoix, cette région du Québec fort lointaine, mais que son patron lui avait chaudement conseillée. À force de parler de ce fameux voyage autour de lui, il avait récolté une foule de conseils et de suggestions. Il en avait rejeté une bonne partie et avait retenu ceux qui lui semblaient les plus intéressants, à commencer par cet arrêt à Lévis dès le premier soir, pour pouvoir admirer la terrasse Dufferin, illuminée à l'électricité.

Indéniablement, cette suggestion avait été, et de loin, celle qui plaisait le plus à James.

L'électricité ! Toute une invention que cette nouvelle source d'énergie que certains sceptiques disaient passagère, alors que d'autres la défendaient ardemment, prédisant que le monde, d'ici peu, ne pourrait plus s'en passer.

Québec était la première ville canadienne à bénéficier de l'éclairage électrique municipal, et James irait voir de ses propres yeux de quoi avait l'air cette invention que l'on disait magique. S'il avait déjà pu admirer des lampes et des génératrices à l'usine de la Royal Electric, ici à Montréal, et si, avec ses amis, il avait vu quelques maisons, chez les bien nantis, qui possédaient leurs propres génératrices au charbon pouvant ainsi alimenter quelques lampes à l'électricité, c'était autre chose que de voir des rues entières éclairées par une lumière artificielle. C'est cela que James voulait observer, une vision du futur, parce que lui croyait que l'électricité était là pour rester et qu'elle finirait par envahir bientôt les villes et peut-être même les villages dans un avenir plus lointain. Un contrat avait même été signé avec la Royal Electric Company pour que Montréal puisse suivre les traces de Québec, d'où cet arrêt en face de Québec. Par contre, il ne dormirait pas à Lévis, comme on le lui avait conseillé. Il contemplerait de loin la ville de Québec et sa terrasse pour avoir une belle vue d'ensemble, puis il prendrait le traversier pour se rendre de l'autre côté du fleuve. Il était curieux de revoir la ville où, tout gamin, il avait vécu deux ans. Le souvenir qu'il en gardait était joyeux, serein, et c'est donc à partir de l'Asile Sainte-Madeleine, situé sur la rue Richelieu, qu'il entreprendrait véritablement son voyage. Un voyage qu'il voyait comme un retour à ses racines avant de se tourner résolument vers l'avenir.

À trente-quatre ans, il osait croire qu'il n'était pas trop tard pour entretenir l'espoir de fonder une famille et dès son retour, il tenterait de rencontrer l'âme sœur. Il devait bien exister une fille susceptible de lui plaire dans la grande ville de Montréal, n'est-ce pas ? À lui de se montrer plus accommodant !

C'était en se répétant que tout espoir n'était pas perdu que James revint à sa chambre, les bras chargés de linge fleurant bon le soleil et la lessive. Le temps de boucler ses bagages et il passerait au port pour narguer amicalement Timothy et Lewis. Ils devraient décharger leurs caisses sans lui pour les trois prochaines semaines. Quant à Edmun, le joyeux blagueur, il lui avait fait ses adieux vendredi dernier à la taverne de Charles McKiernan, alias Joe Beef, un joyeux et généreux Irlandais emporté brusquement par une attaque foudroyante en janvier dernier. Heureusement, sa taverne lui avait survécu et solennellement, tous les vendredis, Edmun et James levaient leurs verres pour que ce mécréant avoué puisse trouver le chemin du paradis. Ne resterait plus que ses très chers amis, Donovan et Ruth McCord, à voir avant le départ. Il passerait les saluer en se rendant à la gare, un bâtiment tout neuf qui avait fière allure. En effet, si c'était à

l'ancienne gare Dalhousie que James avait fait ses premières recherches en vue de ce voyage, quelque seize
mois plus tôt, c'est à la toute nouvelle gare de la rue
Windsor qu'il prendrait le train.

L'après-midi passa en un éclair, et c'est avec une
vague crampe à l'estomac que James confia son bagage
à l'employé en livrée venu au-devant de lui quand il se
présenta sur le quai. Mal à l'aise d'être traité avec
autant de déférence, le jeune homme grimpa rapidement dans le wagon.

Têtes bien coiffées, chapeaux à aigrette, manteaux
de cachemire malgré la douceur de l'air... Le wagon
sentait l'opulence.

Intimidé, James se glissa sur le premier banc venu.

Mais qu'est-ce qui lui avait pris de s'offrir un billet
de première classe? C'était complètement ridicule.
Non seulement le prix du billet était-il exorbitant, mais
en plus, le jeune homme ne se sentirait pas à son aise
au milieu de tous ces gens endimanchés. Discrètement,
il regarda tout autour de lui.

Le velours du siège était doux, le dossier, confortable comme pour amoindrir sa contrariété. Pour se
soustraire aux yeux scrutateurs qui l'examinaient, du
moins James n'eut aucune difficulté à s'en convaincre
dès le premier regard croisé, il se tourna précipitamment vers la fenêtre, déterminé à ne pas quitter la pose
de tout le voyage.

Même avec sa meilleure redingote sur le dos et sa
chemise fraîchement repassée, il avait l'impression
d'être un gueux en haillons.

James se cala dans son siège, appuya le front sur la vitre et ferma les yeux avec obstination, tant et si bien que le pont fut traversé sans qu'il en prenne conscience. Ce fut la chaleur d'un rayon du soleil baissant qui lui fit ouvrir les yeux. Accrochée légèrement au-dessus de la ligne des flots du fleuve qu'il venait de traverser, la boule lumineuse lançait quelques rayons ardents avant de disparaître jusqu'au lendemain. Tout heureux d'avoir rejoint la rive sud, James en oublia son malaise.

L'engin roulait à la vitesse parfaite pour qu'il puisse profiter du spectacle sans ressentir l'ennui, et il se laissa gagner par le charme de voir défiler le paysage. Malgré de nombreux arrêts, il fut surpris d'être déjà rendu à Lévis.

« Pas mal mieux que le jour où j'ai décidé de partir pour Montréal », songea-t-il en empoignant son léger bagage, se rappelant le gamin de seize ans qui avait dû quêter certains passages en charrette quand il en avait assez de marcher. « Ça m'avait pris plus de cinq jours pour gagner la métropole ! »

La nuit était tombée. Une nuit sombre, sans lune, et tout de suite, le regard de James fut attiré par la lueur blafarde qui surplombait la falaise, de l'autre côté du fleuve.

L'électricité !

Ébloui, subjugué par ces quelques points lumineux qui ressemblaient à des étoiles particulièrement brillantes, James en resta un moment immobile avant de se précipiter vers le quai Lauzon pour attraper le dernier traversier de la journée. Pour trois sous, il embarqua à bord du vapeur baptisé *South II* et se dirigea vers le quai Finlay, à Québec.

La ville avait beaucoup changé, et les souvenirs que James en gardait étaient plutôt vagues. Malgré tout, le jeune homme arriva à s'orienter et il retrouva la rue Richelieu sans trop de difficulté. La nuit commençait, certes, mais il se rappelait qu'ici, à l'Asile Sainte-Madeleine, il n'y avait jamais vraiment eu d'horaire. Les gens pouvaient arriver à toute heure du jour ou de la nuit: il y avait toujours quelqu'un pour les accueillir. Il frappa en se disant qu'il devrait trouver derrière cette porte le gîte et le couvert pour une nuit. Dès le lendemain, il comptait se diriger vers Montmagny.

C'était là un des avantages du billet de première classe, celui qui avait fait pencher la balance en faveur d'un tel achat. Ainsi nanti, James pourrait, selon son bon vouloir, interrompre son voyage au besoin et repartir par la suite de telle sorte qu'à la fin du périple, il reprendrait la route en direction de Montréal toujours avec le même billet.

Un visage souriant sous la cornette se montra au judas de la porte, mais dès que la religieuse comprit le but de cette visite, présenté aimablement par James, le sourire fut vite remplacé par des sourcils froncés.

— C'est impossible, mon bon monsieur. Nous n'accueillons que des femmes en difficulté et des enfants abandonnés.

— Justement, s'enhardit alors James. J'ai déjà été un de ces enfants orphelins. J'ai vécu ici durant plus de deux ans, vous savez. Je m'appelle James. James O'Connor. Vous, je ne vous reconnais pas, cela fait quand même plusieurs années que j'ai quitté la place, mais vous pouvez vérifier. La supérieure, mère Marie-du-Sacré-Cœur, me connaît bien.

— Oh!

La voix de la religieuse se fit toute chagrine et respectueuse.

— Notre bonne mère supérieure nous a quittés depuis bientôt quatre ans. Dieu ait son âme! Et même si elle était encore parmi nous, je ne pourrais vous ouvrir. Vous n'êtes plus un enfant. S'il fallait que les autorités apprennent qu'un homme a passé la nuit ici... Mais attendez, je reviens.

Le vantail pivota sur son axe et le silence envahit la rue.

James regarda tout autour de lui et esquissa un sourire. C'est parfois ici, sous la surveillance de religieuses plus permissives que d'autres, qu'il jouait à la marelle avec certains enfants de l'asile, orphelins tout comme lui.

Spontanément, le jeune homme leva les yeux. À l'époque, les fenêtres du troisième étage étaient celles du dortoir des plus petits, tout à côté de celui des religieuses qui pouvaient ainsi veiller sur leur sommeil. C'était sa maison, la seule, finalement, où il s'était vraiment senti chez lui. L'autre foyer, celui de ses plus tendres années tout là-bas en Irlande, il n'en gardait aucun souvenir. Quant à la maison où il avait vécu auprès des Bélanger, à Saint-Michel-de-Bellechasse, il préférait ne plus y penser, car il n'y avait jamais été heureux. Il avait d'ailleurs décidé, au bout de longues heures de réflexion, de ne pas leur rendre visite. C'était pure prétention que d'aller se pavaner devant eux, et James n'était pas vaniteux.

Quand la religieuse revint, elle lui tendit un bout de papier.

— Voilà... C'est une adresse où vous pourrez obtenir de l'aide. Ils y accueillent des hommes dans le besoin, tout comme vous.

James comprit immédiatement la méprise, mais il choisit de ne pas insister.

— Merci, ma sœur. Je vais m'y présenter. Bonne nuit.

— C'est ça, bonne nuit. Et que Dieu vous garde.

Le judas se referma avec un petit bruit sec.

James revint sur ses pas tout en enfouissant le papier au plus profond d'une des poches de son pantalon. Il n'allait pas se présenter à l'adresse que la religieuse lui avait donnée. Il laisserait la place à qui en avait besoin. Il allait plutôt retourner au quai. En débarquant du traversier, tout à l'heure, il avait cru apercevoir une auberge. Pour quelques sous, il pourrait sûrement y passer la nuit. Ainsi, demain matin, il serait déjà prêt à reprendre le bateau pour regagner l'autre rive et se présenter à la gare de Lévis où le premier train en direction de l'est ferait l'affaire.

Les cloches sonnaient l'angélus de midi à toute volée quand, pour la deuxième fois en quelques heures à peine, James débarqua du train. Heureusement que le soleil était de la partie, car il faisait nettement moins chaud qu'à Montréal.

Refermant frileusement les pans de son paletot, James fit quelques pas sur le trottoir de bois.

La ville où il venait d'arriver était balayée par le vent printanier venu du fleuve qui se faufila malgré tout sous la redingote de James.

Montmagny.

Lui qui s'attendait à trouver un village plus ou moins évolué fut surpris de découvrir une ville de belles dimensions et sans nul doute plutôt prospère, car elle bourdonnait d'activités. Tout près de la gare, une affiche placardée en façade d'un atelier annonçait que la fonderie A. Bélanger, spécialiste en chaudrons et instruments aratoires, déménagerait bientôt dans ses nouveaux locaux en construction au centre-ville. Le dessin d'un gros poêle à bois laissait supposer qu'il y aurait des changements dans la production. Curieux, James s'orienta avant de tourner à sa droite. Il se disait qu'au centre-ville, en plus d'une future fonderie, il devrait bien trouver un hôtel avec salle à manger. Il avait l'estomac dans les talons, et de là, on saurait lui indiquer à quel endroit se renseigner pour pouvoir traverser vers Grosse-Île.

Tout en marchant, le jeune homme inspira profondément, tout léger, prenant brusquement conscience que lui, James O'Connor, était un homme chanceux. Non seulement était-il en congé pour trois longues semaines, mais en plus il faisait beau, il avait suffisamment de sous pour s'offrir quelques douceurs et dans quelques heures, avec un peu de chance, il allait enfin pouvoir se recueillir sur la tombe de sa mère. Le seul lien qui restait entre sa famille et lui.

Il avait tant espéré ce moment-là !

Le bruit des marteaux et les éclats de voix qu'il entendait au loin devaient être ceux des menuisiers construisant la nouvelle fonderie. Alors, il décida de s'y fier, et c'est ainsi, en sifflotant, qu'il remonta la rue devant la gare à la recherche du chantier de construction et d'un hôtel où il pourrait manger.

Et au point où on en est rendus, pourquoi ne pas s'y installer jusqu'au lendemain ?

Ce fut finalement deux nuits qu'il dut passer à l'hôtel, faute de trouver un pêcheur prêt pour la saison et susceptible de l'emmener à Grosse-Île.

— Vous vous doutez de rien, vous, les gens de la ville.

C'était un vieil homme au visage raviné par le vent et le soleil.

— C'est qu'ici, mon bon monsieur, les glaces sont plus coriaces ! En avril, c'est pas l'été. C'est pas comme à Montréal... J'ai même entendu dire qu'y avait même pas de marée par chcz vous ! Icitte, on appelle ça les grandes marées quand vient le printemps. C'est souvent pas avant le milieu du mois de Marie qu'on peut partir en mer... Pis Grosse-Île, on n'a pas le droit d'y accoster comme on veut.

James tenta de cacher sa déception. Il n'était toujours bien pas venu jusqu'ici pour rien ! Alors, il insista.

— Et si j'y mets le prix ?

Le vieil homme ronchonneur que l'aubergiste lui avait présenté haussa les épaules avec un certain défaitisme. Ah, ces gens de la ville! semblait-il dire. Par contre, s'il affichait une indifférence calculée, son regard, lui, proclamait tout autre chose. Il mâchouilla l'embout de sa pipe, porta les yeux sur l'horizon et fronça les sourcils comme s'il mesurait certains risques inhérents à la demande tout en grattant la terre du bout de sa botte. Puis, sans regarder James, il affirma:

— C'est pas une question de gros sous, c'est une question d'eau trop frette pis de permission… La loi est la même pour tout le monde. Pour nous autres, icitte, pis pour le monde des grandes villes. Pas le droit d'accoster là-bas, qu'ils disent. Pas le droit d'aller sur l'île de la quarantaine.

James sentait sa déception grandir au fil des mots prononcés. Puis…

— Heureusement que cette année, les glaces ont pris le large plus tôt qu'à l'accoutumée, poursuivait le vieux pêcheur, toujours sans regarder James. Pis moi, j'ai pour mon dire que des fois, y a certaines raisons qui sont plus importantes que les lois.

Le vieil homme se tourna enfin vers James.

— Pis ça serait quoi, votre prix? En autant que ma chaloupe a pas besoin de gros radouages, comme de raison. Je l'ai pas encore vérifiée.

Ils s'entendirent pour deux dollars, une vraie fortune, mais que James paya sans sourciller.

— Ben, si c'est de même, m'en vas venir vous chercher demain matin.

Les pièces sonnantes étaient déjà au fond de la poche du vieil homme.

— C'est à partir de Saint-François qu'on va prendre la mer.

Tel que dit, les deux hommes prirent le large le lendemain, par une matinée maussade, venteuse et froide.

— Tant mieux. Par un temps pareil, personne, sur l'île, va se douter que quelqu'un peut leur tomber dessus comme ça. Surtout pas en avril !

Le ciel était gris et lourd, prometteur de pluie, mais l'humeur sombre et triste de James s'en accommodait fort bien même s'il levait de fréquents regards inquiets vers le ciel.

— Craignez pas, j'ai ce qu'il faut dans mon coffre.

Le vieux pêcheur s'activait.

— En cas de grain, vous pourrez vous mettre à l'abri en dessous d'une couverte de laine. C'est pas un vent un peu plus fort pis quelques gouttes de pluie qui vont me faire peur. Astheure, mon bon monsieur, vous vous assisez là pis vous bougez pus. Rien de plus achalant qu'un de ces blancs-becs de la ville qui se mettent en tête de vous aider.

De toute évidence, le vieil homme n'en était pas à son premier chargement de touristes, et malgré ses cheveux gris, il était tout en muscles et en vigueur. Sous le coup de ses rames, la chaloupe allait bon train d'une vague à l'autre.

Dès qu'ils accostèrent sur une petite plage déserte, il fut convenu que James reviendrait sur la berge dans une heure tout au plus.

— Ça serait bien de regagner le continent avant l'averse.

Le vieil homme montrait le ciel et le fleuve. Il parlait de ce bras aux allures de rivière comme s'il avait parlé de la mer, mais James respecta son opinion. Il savait combien la mer pouvait être traître. Un gros orage au milieu de l'Atlantique faisait partie des rares souvenirs qui lui restaient de la traversée entre l'Irlande et le Canada.

Ça et le bruit qu'avaient fait les corps de son père et de son frère quand leurs dépouilles avaient été confiées à la mer.

L'esprit à des lieues des pénibles souvenirs de James, le vieil homme continuait son monologue.

— Ça fait que si je vous vois pas revenir dans une heure, moi, je m'en vas pareil. Faites attention de vous faire prendre, c'est tout ce que j'ai à vous dire.

James n'osa demander ce que l'on faisait à ceux qui se faisaient prendre, comme le pêcheur venait de le dire. Son imagination et le gros bon sens suffisaient à lui fournir une réponse. Après tout, ils se trouvaient présentement sur une île de mise en quarantaine; les restrictions étaient normales. Par contre, James se disait que s'il n'avait pas été malade à l'époque, il ne devrait rien attraper cette fois-ci non plus.

C'est tout de même d'un pas hésitant qu'il remonta le sentier qui s'enfonçait dans les joncs de mer qui venaient tout juste d'abandonner leur manteau de neige. La terre était encore gelée et craquait sous ses pas.

L'intuition que l'homme à la chaloupe n'en était pas à son premier voyage sur l'île se confirma quand James comprit que le sentier emprunté, à l'abri des regards indiscrets, conduisait tout droit au cimetière.

En haut de la butte, il s'arrêta, bouleversé.

Des centaines de croix se dressaient cordées les unes contre les autres.

Se pouvait-il que tant de gens aient pu voir leur rêve d'une vie meilleure s'arrêter brusquement sur cette île balayée par les vents, qu'ils aient été fauchés par la maladie, par la fatigue d'une trop longue traversée ?

Et comment allait-il retrouver la sépulture de sa mère à travers ce champ de croix ? Y était-elle encore, alors que plus de vingt-cinq longues années s'étaient écoulées depuis leur arrivée en sol canadien ?

Après un dernier regard inquiet autour de lui, ne voyant personne, James se mit à marcher entre les rangs du cimetière, essuyant d'un geste machinal les larmes qui s'étaient mises à couler, provoquées par le vent trop fort qui lui fouettait le visage.

Le nom était à moitié effacé par les intempéries, mais James n'eut aucun doute. Quelques lettres et la date furent suffisantes pour lui confirmer que sous une petite épaisseur de terre reposait Mary O'Connor, sa mère.

James se laissa tomber sur le sol et prenant la croix entre ses bras, il laissa voguer son regard vers l'est, là où il imaginait sa terre d'origine. La verte Irlande, comme l'appelait sa logeuse avec un trémolo dans la voix.

— Un pays de misère, oui. Mais le plus beau pays du monde. C'est la famine, mon garçon, qui a chassé les fils et les filles d'Irlande. La famine ! Ici, la vie est faite de labeur, soit, mais au moins, ai-je mangé à ma faim tous les jours.

Était-ce la famine qui avait aussi poussé ses parents à quitter famille et amis pour venir tenter leur chance en Amérique ? James ne le savait pas. À l'époque, il était trop jeune pour comprendre ces choses-là.

Du bout du doigt, il traçait machinalement les lettres du nom de sa mère, y rajoutant en pensée celles qui manquaient. Il aurait voulu avoir de l'encre et une plume, ou encore un couteau bien affûté pour graver les noms de son père et de son frère à côté de celui de sa mère. Il regretta de ne pas y avoir pensé.

Et lentement, tout en douceur, comme si le voyage n'avait que cela comme but, de vraies larmes de chagrin se mêlèrent à celles initiées par le vent. James pleura toutes les tristesses, les nostalgies et les désillusions qu'il n'avait jamais osé pleurer. Sur l'épaule d'une mère à qui il pouvait tout confier, il lui semblait que c'était permis.

Alors, les sanglots de James se marièrent aux lamentations du vent et personne ne les entendit.

Quand il revint à la chaloupe, à l'heure dite, personne n'aurait pu imaginer que ce jeune homme avait pleuré. Pas même le vieux marin. Enfant, sa mère tout comme son père lui avaient appris qu'un homme ne pleurait pas, et James avait toujours été un enfant obéissant.

Le lendemain, il reprit le train pour se diriger toujours un peu plus vers l'est, là où peut-être le fleuve serait enfin la mer.

Là où peut-être, il se sentirait un peu plus près de cette verte Irlande dont il ne se souvenait pas.

Le village dont le vieil homme lui avait parlé durant la courte traversée de retour s'appelait l'Anse-aux-Morilles et la paroisse, Saint-Jean de l'Anse-aux-Morilles.

— Ma sœur habite par là. Y a pas de gare, par exemple. C'est à Kamouraska que le train s'arrête, allez donc savoir pourquoi! Le marchandage pis le poisson, c'est à l'Anse que ça se passe, pas à Kamouraska. C'est toujours une affaire de gros sous pis d'influence, ces choses-là. Le maire de Kamouraska devait être plus pesant que l'autre, je vois pas d'autre chose... N'empêche que vous devriez pas avoir de misère à vous trouver quelqu'un pour vous amener à l'Anse parce que tous les jours, y a quelqu'un qui va au train. Quand c'est pas plusieurs. De là, c'est vers Pointe-à-la-Truite qu'y' faut aller. De l'autre bord du fleuve. Si vous voulez avoir une odeur d'océan, c'est ben certain qu'y' vous faut traverser le fleuve. Vous allez voir! Là-bas, y a des falaises qui ressemblent à rien d'autre qu'à elles-mêmes. C'est beau, ben beau!

Alors, oui, James voulait voir. Il voulait revenir de ce voyage avec des tas d'images dans la tête, des milliers d'odeurs dans le nez et la paix dans le cœur. Sait-on jamais? Il n'y aurait peut-être plus aucun autre voyage comme celui-là dans la vie de James O'Connor.

Alors, autant en profiter jusqu'au bout, jusqu'à la limite du permis.

— Mais tout ça, c'est juste si les goélettes ont recommencé à prendre le large, comme de raison, poursuivait le vieil homme. En avril, même si le mois se fait vieux comme astheure, pis clément, je vous l'accorde, c'est pas certain que les voitures sont déjà à l'eau.

— Les voitures ?

Le vieil homme haussa les épaules tout en étirant un sourire moqueur.

— Je vous parle des voitures d'eau. C'est de même qu'on appelle les goélettes par chez nous pis là-bas, sur l'autre rive.

Ce fut sur ces derniers mots que James quitta le marin à la peau tannée comme un vieux cuir, et de la gare de Montmagny, il se rendit à Kamouraska où il trouva, tel que prédit, une charrette prête à l'emmener.

L'Anse-aux-Morilles était un village comme il en avait croisé des dizaines entre Montréal et Lévis, et ensuite de Lévis à Montmagny. Clocher et magasin général, notaire et forgeron. Tout en longeant l'artère principale du village, James remarqua, cependant, qu'il n'y avait pas de bureau de médecin. Ce n'était donc qu'un petit village même s'il y avait un quai et de nombreux bateaux de pêcheurs qui semblaient prêts à gagner le large.

James accéléra le pas.

De là à espérer que les goélettes de cabotage en faisaient autant et qu'elles étaient prêtes à sortir en mer…

James se sentit tout guilleret. Avec un peu de chance,

demain, il traverserait vers Pointe-au-Pic, là où son patron avait dit que c'était un coin de paradis. C'est d'ailleurs à cause de la perspective d'un arrêt dans Charlevoix que le patron avait accordé une semaine supplémentaire aux deux déjà demandées par James.

Tout en marchant vers le quai de l'Anse-aux-Morilles, James, le nez en l'air, humait les effluves venus du fleuve. Effectivement, l'air d'ici avait un petit piquant qu'il n'avait pas senti à Montmagny. C'était de bon augure.

Il y avait foule sur le quai. La température clémente avait porté les pêcheurs à se préparer plus tôt qu'à l'habitude, tandis que les cultivateurs, eux, ne pouvaient encore semer. La terre était encore trop gorgée d'eau quand elle n'était pas encore gelée. Alors, ils étaient là, tous, à se conseiller, à parler de la saison qui venait. Ils en profitaient pour socialiser parce qu'à moins d'être de proches voisins, de mai à octobre, tous ces hommes n'auraient que le temps de se croiser à la messe le dimanche et encore. Lors des semailles et des récoltes, nombreux étaient ces fermiers qui étaient dispensés de la messe.

Le labeur avait alors préséance sur les prières, car le curé disait que c'était rendre grâce à Dieu que de respecter la nature, et aucun d'entre eux ne se faisait prier pour voir à son bien.

Puis viendrait l'hiver où plusieurs d'entre eux prendraient le chemin des chantiers. Au sud de Montmagny, les frères Price engageaient régulièrement quand venait l'automne, et de nombreux hommes de la paroisse se présentaient à la criée du 1er novembre. Comme ces hommes-là venaient tout juste de rentrer à la maison, leur plaisir d'être enfin chez eux s'entendait jusque dans leurs voix.

James eut la sensation d'être de retour à Montréal, sur le quai avec Timothy et Lewis, en train de transborder des marchandises, des caisses et des tonneaux. Il eut aussitôt une pensée amicale pour ses deux amis, puis il se mêla à la foule. À sa question de savoir si certaines goélettes avaient repris du service, il y eut un appel à tous.

— Hé, les gars! J'ai quelqu'un ici qui voudrait savoir quand c'est que les voyages d'un bord à l'autre du fleuve vont recommencer.

— Me semble que Clovis Tremblay s'est pointé lundi dernier.

— Oui, t'as raison, le Clovis est passé par icitte.

Un jeunot à l'air déluré avançait vers James.

— Paraîtrait qu'ils avaient pus ben ben de farine à la Pointe, expliqua-t-il au bénéfice de tous. C'est ça qu'il est venu chercher, l'autre lundi, Clovis Tremblay. De la farine.

Puis, jetant un regard à la ronde, le jeune homme lança en riant:

— Ça doit être à cause de la belle Victoire! C'est elle qui a dû vider les réserves de farine du village!

Comme la réputation de pâtissière de Victoire ne s'était pas embarrassée des obstacles et des distances, elle avait allègrement sauté par-dessus le fleuve pour se rendre jusqu'ici. Un rire gras souligna la remarque du jeune qui était déjà revenu face à James.

— Mais de là à savoir si Clovis compte revenir bientôt...

Sur ce, le jeune homme haussa les épaules, comme pour montrer qu'il avait dit tout ce qu'il avait à dire.

— Y a peut-être juste Matthieu qui pourrait répondre à ça, lança une voix au bout du quai, ou encore Baptiste, notre marchand général, spécifia l'homme au bénéfice de James, dont le regard allait de l'un à l'autre des intervenants. Je sais que Clovis pis Matthieu se sont vus lundi dernier. Chez Baptiste, justement.

— Ben dans ce cas-là...

Le jeune homme avait repris la parole.

— Les Bouchard sont pas ben ben sorteux, expliqua-t-il. C'est comme rien que Matthieu doit être chez eux. Dans le troisième rang. C'est en haut de la p'tite côte qui monte juste à côté de l'église. Je peux vous mener si ça vous chante. Ou ben, si vous préférez, c'est une petite demi-heure de marche d'un bon pas.

Habitué d'être plutôt actif dans une journée et venant de passer de nombreuses heures assis dans un train au cours des dernières journées, James opta aussitôt pour la marche.

— Ben dans ce cas-là, vous pouvez pas vous tromper. En haut de la côte, vous tournez à droite. Arrivé devant l'école, vous tournez à gauche, pis c'est la plus grosse maison du rang. Blanche, qu'elle est, avec deux gros bouleaux devant la porte... pis une trâlée d'enfants tout autour.

À nouveau, un rire moqueur souligna ces derniers mots. Pour ces hommes un peu rudes, nés dans la paroisse pour la plupart, les Bouchard étaient encore quasiment des étrangers. Quinze ans à vivre sous le même ciel n'avaient pas suffi pour créer des liens vraiment solides. Les Bouchard n'étaient pas « nés natifs » comme on le disait alors et puisqu'ils étaient plutôt réservés et ne se mêlaient pas vraiment aux autres paroissiens, des moqueries de bon aloi fusaient parfois sur leur compte.

Après les remerciements d'usage, James prit la route, son baluchon à l'épaule. Il n'eut aucune difficulté à trouver la maison de Matthieu Bouchard. Effectivement, c'était une grande bâtisse, plus grande que toutes celles qu'il avait aperçues le long du rang et surtout, beaucoup mieux entretenue.

Tel qu'annoncé, de nombreux enfants profitaient de la belle température et se poursuivaient en riant tout autour de la maison. James eut alors une pensée affectueuse pour Ruth et Donovan tandis qu'il en concluait que l'école avait fermé ses portes jusqu'au lendemain. Entre la ville et la campagne, certaines choses restaient immuables. L'école en était une, du moins pour les plus jeunes. Tout en prêtant une oreille distraite aux rires des enfants, James remonta le sentier de gravier jusqu'à l'escalier qui menait à la maison.

— Je peux vous aider ?

James, qui avait déjà un pied sur la première marche, se retourna aussitôt. Une gamine à la frimousse espiègle s'était arrêtée juste à côté de lui et elle l'examinait avec attention. Elle jugea rapidement qu'à cause de ses yeux si bleus qu'ils en étaient un peu déstabilisants et de sa tignasse ondulée flamboyante fort particulière, l'étranger était plutôt original. Par contre, il avait des traits réguliers et une bouche qui semblait prompte au rire. Comme il était bien vêtu, Gilberte en conclut qu'il n'était pas un quêteux.

— Alors ? Est-ce que je peux vous aider ? répéta-t-elle sans le quitter des yeux.

— Peut-être, oui… Je cherche Matthieu Bouchard. Est-ce bien ici ?

À son tour, James examina la jeune personne qui le dévisageait sans la moindre gêne. Ses yeux noisette pétillaient d'espièglerie et sa moue d'interrogation aurait pu facilement se transformer en sourire. Sans être une vraie beauté, elle était jolie. Avec l'expérience des enfants acquise auprès de la famille McCord, James estima qu'elle devait avoir à peu près dix ou onze ans.

De son côté, Gilberte devait être satisfaite de ce premier examen attentif, car elle esquissa un bref sourire avant de répondre :

— Oui, Matthieu Bouchard, c'est mon père. À cette heure-ci, il est toujours dans la tasserie.

— La tasserie ?

À vivre en ville depuis tant d'années, James en avait oublié certains termes qui pourtant avaient fait partie de sa vie durant de nombreuses saisons, à l'époque où il habitait à Saint-Michel-de-Bellechasse. C'est pourquoi, à l'instant précis où il répétait le mot, James se souvint de ce qu'était la tasserie, mais avant qu'il n'ait pu se reprendre, Gilberte éclatait de rire. Sa première impression devait être la bonne: cet étranger venait probablement de la ville. De toute façon, à voir ses vêtements, il était difficile de se tromper. Personne, à l'Anse-aux-Morilles, ne portait de manteau comme celui-là, à l'exception du dimanche pour aller à la messe, et encore !

— La tasserie, c'est là-bas, expliqua-t-elle en tendant le bras vers l'extrémité nord de la grange. C'est là que mon père entasse le foin pis c'est là qu'il doit se trouver, rapport qu'avant le souper, il change toujours la paillasse des vaches... Vous savez ce que c'est, au moins, une vache ? demanda-t-elle, malicieuse.

James dut se retenir pour garder son sérieux.

— Je crois, oui... Alors, si j'ai bien compris, pour voir votre père, je dois me rendre à la grange ?

Votre père...

Toute envie de moquerie disparue, la gamine redressa les épaules comme si le geste pouvait la faire grandir tout d'un coup. James lui parlait comme à une adulte, la vouvoyant, et Gilberte en frissonna d'aise. Décidément, cet homme aux yeux un peu trop bleus lui était de plus en plus sympathique.

— Exactement, c'est ça que j'ai dit. Par contre, si jamais ça peut faire pareil, ma mère, elle, est dans la cuisine. C'est moins loin que la tasserie. À cette heure-ci, ma mère est toujours dans la cuisine, rapport qu'elle prépare le souper.

— Normal, considéra James avec le plus grand sérieux. Il faut bien que quelqu'un le prépare, le souper, n'est-ce pas ? Et avant que vous me le demandiez, je crois savoir ce que c'est qu'un souper.

Gilberte ne sut comment interpréter cette dernière tirade, sinon qu'elle avait la vague impression que l'étranger se moquait d'elle. Elle en fut irritée, mais ça ne dura pas. Après tout, elle aussi, elle avait ri de lui. Sur cette pensée, elle décida qu'ils étaient quittes. Elle tourna aussitôt les talons et d'un geste de la main, elle l'invita à la suivre.

— Si vous voulez voir ma mère, vous avez juste à venir avec moi, lança-t-elle par-dessus son épaule. On va passer par en arrière. Pis si vous décidez d'aller à la grange, ben, vous aurez juste à continuer tout droit.

Sans la moindre hésitation, James choisit la cuisine. Il avait ses meilleures bottines aux pieds et il ne tenait pas à les abîmer.

— Je suis partant pour la cuisine. Je vais donc parler à votre mère. Montrez-moi le chemin, mademoiselle, je vous suis.

Mademoiselle...

C'est rose de plaisir que Gilberte ouvrit la porte de la cuisine à la volée tout en lançant :

— Maman, y a ici un monsieur qui voudrait vous parler.

Puis elle s'effaça pour laisser entrer l'étranger tandis que deux regards surpris se tournaient en même temps vers la porte. De toute évidence, Emma et Mamie se posaient la même question. Mais qui donc est cet étranger ? Les visites étaient plutôt rares à la ferme de Matthieu Bouchard et de toute évidence, cet homme n'était pas un quêteux. L'opinion d'Emma rejoignait celle de sa fille. Politesse oblige, Emma, sa curiosité éveillée, se dirigea vers l'inconnu tout en essuyant ses mains à son tablier.

— Qu'est-ce que je peux faire pour vous ?

Tout comme sa fille l'avait fait avant elle, Emma ne put se retenir et elle dévisagea l'homme qui se tenait sur le seuil de la porte, une casquette presque neuve à la main, une casquette qu'il triturait, démontrant par ce geste un certain embarras. Jamais de toute sa vie Emma n'avait vu quelqu'un d'aussi roux ! Malgré cela, ou peut-être à cause de cela, il avait fière allure. La jeune femme tendit la main à l'instant où James se présentait.

— Je m'appelle James, madame. James O'Connor. J'habite Montréal et je suis présentement en vacances.

Bien involontairement, les sourcils d'Emma exprimèrent une grande surprise. Si cet homme pouvait parler de vacances, c'est qu'il était très riche. Dans son entourage, Emma ne connaissait personne qui avait les moyens de se payer des vacances. Son esprit se tourna involontairement vers Lionel qui rêvait d'aller au collège alors que Matthieu n'avait toujours pas donné une suite claire à ce projet. Si cet homme avait les moyens de prendre des vacances, sûrement qu'il pouvait envoyer ses enfants dans une très bonne école. Si jamais il avait des enfants, bien entendu. Emma ressentit une brève mais violente amertume doublée d'envie. Un sentiment désagréable qu'elle repoussa d'un geste sec de la tête puis elle revint aux explications que James lui donnait dans un drôle de français, tout chantant à cause de l'intonation anglaise qui subsistait.

— ... c'est comme ça qu'on m'a conseillé de venir vous voir. Peut-être le savez-vous ? Est-ce que ce monsieur Clovis doit revenir bientôt ?

— Clovis ? Revenir ? Je savais même pas qu'il avait déjà traversé le fleuve. Me semble que c'est tôt dans la saison même s'il fait plus chaud que d'habitude... Vous, Mamie, en avez-vous entendu parler ? demanda alors Emma en tournant la tête vers la vieille dame qui continuait de peler les légumes, assise à l'autre bout de la table.

— Pas une miette, chère ! Le Clovis, c'est depuis l'automne dernier que j'ai pas entendu prononcer son nom. Va falloir que t'en parles à ton mari pour savoir. C'est lui, d'habitude, qui va au village pis qui nous rapporte les nouvelles fraîches.

— Comme vous voyez, je peux pas vous répondre.

Emma soutenait à nouveau le regard de James. Elle hésitait à offrir à cet inconnu de s'installer avec elle et Mamie pour attendre Matthieu. Comment son mari prendrait-il la chose, lui qui n'aimait pas la présence d'étrangers sous leur toit ? Néanmoins, comme le but de cette visite était on ne peut plus anodin, Emma tendit une main hésitante vers la table.

— Si vous voulez bien vous tirer une chaise pour attendre, monsieur... monsieur James. Matthieu, mon mari, devrait pas tarder.

— Ben sûr qu'il va se tirer une chaise, chère !

Mamie, tout heureuse de cette rencontre improvisée, s'était levée et elle approchait à petits pas d'Emma et de James dont elle prit la main avec autorité, dans un geste de familiarité bon enfant que lui conférait son grand âge. Après tout, elle était encore chez elle dans cette maison et si le fait d'accueillir quelqu'un à sa table lui faisait plaisir, elle ne voyait pas pourquoi elle devrait s'en priver.

— C'est pas avec les beaux habits que vous avez sur le dos, mon bon monsieur, que vous pouvez aller vous promener dans une grange. Venez, venez vous installer proche de moi. J'ai l'oreille un peu dure pis j'aurais toutes sortes de questions à vous poser sur la ville, rapport que j'y ai jamais mis les pieds pis qu'à l'âge où je suis rendue, je pense pas avoir la chance d'y aller un jour.

James n'eut d'autre choix que de se laisser entraîner par cette dame toute menue qui l'amusait par son franc-parler. Cette famille lui plaisait bien. Tout comme avec celle de Ruth et Donovan, tout de suite, il s'y était senti à l'aise.

James prit une chaise de l'autre côté de la table, tout juste devant la vieille dame qui avait repris son économe et le maniait avec une dextérité étonnante. Les pelures de pommes de terre virevoltaient tout autour de ses mains avant de retomber sur la table. Au même instant, une tasse de thé apparut devant lui, mais avant qu'il puisse remercier Emma, Mamie avait repris la parole.

— Comme ça, vous êtes en vacances. Chanceux ! J'ai jamais pris ça, moi, des vacances…

Levant la tête, Mamie se tourna vers Emma qui avait, elle aussi, regagné sa place et repris son couteau pour éplucher les sempiternelles patates! À cette période de l'année, les pommes de terre figuraient à tous les repas ou presque, unique légume ayant survécu, avec une certaine fraîcheur, à la saison froide. Il partageait les assiettées avec des navets flétris et quelques carottes mollassonnes. Même les oignons, cette année, n'avaient pas franchi le mois de mars sans accroc. Hier, Emma avait jeté les derniers spécimens, tout juteux et malodorants.

— Pis toi, chère, t'as-tu déjà pris ça, des vacances?

Emma leva les yeux.

— Ben oui, Mamie! Rappelez-vous quand je suis venue m'installer ici! À l'automne, en guise de voyage de noces, Matthieu pis moi, on est descendus jusqu'à la pointe de la Gaspésie. Je pense qu'on pouvait appeler ça des vacances même si on était pas ben ben riches pis que c'est arrivé une couple de fois qu'on a dormi dans la charrette quand il faisait pas trop froid.

— C'est ben que trop vrai, chère... Mémoire pas fiable! C'est donc pas drôle de vieillir. Pas drôle pantoute.

Tout en hochant la tête, la vieille dame revint face à James pour poursuivre sans la moindre interruption.

— Comme ça, vous habitez Montréal, c'est ben ça? Paraîtrait-il que c'est une ben grande ville... C'est-tu vrai que ça pue sans bon sens, à Montréal, à cause des grosses usines pis des chevaux qui se promènent partout?

James égrena un rire, à la fois de moquerie et de détente, puis, dans un long regard circulaire, il capta l'attention des deux femmes. Il se mit alors à raconter la vie dans la métropole, avec son tramway et ses grands magasins, son port et ses gares, ses ruelles et ses boulevards. Il parla de son travail et de ses amis comme s'il connaissait Emma et Mamie depuis toujours, avec cette verve d'Irlandais qui était la sienne. Si lui admirait son ami Edmun pour son répertoire inépuisable de blagues plus ou moins salaces, James O'Connor était, pour sa part, reconnu pour son talent de conteur. Sur les quais comme à la taverne, chez ses amis ou à la pension, c'était James qui savait le mieux raconter les anecdotes et les potins, les tragédies et les cocasseries qui pimentaient la vie d'une grande métropole comme Montréal.

Gilberte, restée tout ce temps sur le seuil de la porte, s'était approchée à pas de loup, car elle avait grand-peur que sa mère ne la réexpédie à l'extérieur rejoindre ses frères et sœurs. Pour l'instant, elle n'avait surtout pas envie de sortir. Gilberte adorait depuis toujours les histoires qu'on lui racontait et aujourd'hui encore, elle savait les apprécier à défaut d'être capable de les lire elle-même... Toujours sans faire de bruit, la petite fille avait tiré une chaise vers elle et, pendue aux lèvres de James, elle tentait d'imaginer de quoi avait l'air une grande ville où il y avait des rails dans les rues et des chevaux qui tiraient des wagons. Une ville où il y avait un allumeur de réverbères qui parcourait les avenues du crépuscule à l'aube et des policiers qui jouaient du sifflet au coin des rues.

Une ville où il y avait même des maisons tellement

hautes qu'on devait parfois se casser le cou pour en apercevoir le toit. Comme à New York dont elle avait vu une photographie l'autre jour à l'école.

Mamie questionnait, James racontait, Gilberte écoutait et Emma souriait, heureuse de tout cet entrain que dégageait ce curieux Irlandais. C'était agréable, cette bonne humeur qui avait envahi sa cuisine, autrement plutôt bruyante de chicanes et d'obstinations ou de sévérité à cause de Matthieu qui ne prêtait pas à rire souvent.

Il y eut donc des esclaffements et des exclamations qui, dans un premier temps, attirèrent Lionel installé au salon pour lire. Il se glissa sur une chaise, lui aussi, et se mit à écouter. Les autres ne tardèrent pas à rentrer, intrigués de voir que Gilberte était restée à l'intérieur, elle qui aimait tant jouer dehors.

James en était à parler de Ruth et Donovan.

— Ils ont une famille comme la vôtre, madame! Une belle grande famille que j'envie énormément.

Emma savait déjà qu'il était malheureusement encore célibataire; il l'avait avoué en début de conversation.

— Une famille comme la mienne? fit-elle sur un ton où le doute s'entendait. Peut-être bien, mais sûrement pas avec autant d'enfants!

— Et même plus, si je ne m'abuse. Il y en a combien ici?

Bien malgré elle, Emma redressa les épaules avec une certaine fierté tandis que James jetait un regard à la ronde.

— Dix, monsieur, lança Emma avec une intonation dont on ne savait trop si elle exprimait de la satisfaction ou du découragement. Dix beaux enfants en santé. Six garçons pis quatre filles, avec deux couples de jumeaux.

— Oui, notre Emma se spécialise dans les bessons ! précisa Mamie, malicieuse, tout en lançant une dernière pomme de terre dans le chaudron déposé devant elle.

James fronça les sourcils. Mais qu'est-ce que c'était encore que ce mot qu'il ne comprenait pas ? Que voulait-il dire ?

— Des bessons ? demanda-t-il après un instant d'interrogation.

Emma éclata de rire.

— Des jumeaux, si vous préférez. Mamie s'entête à utiliser le mot « bessons » quand elle parle des jumeaux. Surtout depuis la naissance de Célestin et d'Antonin. C'est eux autres qui sont dans les deux chaises hautes proches de la fenêtre. Pis, votre amie ? Elle en a combien, des enfants, elle ?

— Douze ! Plus un treizième en route. Un bébé-surprise, comme le dit Ruth qui pensait bien que la famille était terminée.

— Ben pour moi aussi, la famille est terminée ! Dix, ça me suffit amplement...

Consciente du regard que les enfants avaient posé spontanément sur elle quand elle avait affirmé haut et fort qu'elle ne voulait plus d'enfants, Emma, mal à l'aise, se dépêcha de faire dévier la conversation tout en s'activant autour des chaudrons qu'elle s'apprêtait à mettre sur le poêle.

— Mais parlez-nous encore de la ville ! demanda-t-elle par-dessus son épaule. Si les maisons sont toutes aussi cordées les unes sur les autres que vous le dites, où c'est que les enfants peuvent jouer ? Ils sont toujours ben pas dans la maison à journée longue !

— Oh que non !

Et James de repartir de plus belle, inventant des repaires de bandits dans les ruelles, transformant les terrains vagues en déserts et construisant des navires de pirates le long des berges du fleuve. Les enfants buvaient ses paroles, les yeux brillants et un vague sourire sur les lèvres. Même Lionel s'était laissé prendre par l'histoire, lui qui pourtant dédaignait les jeux de ses cadets depuis tant d'années déjà.

— Comme vous le voyez, on s'amuse aussi bien à la ville qu'à la campagne !

— Pis les écoles ? Est-ce qu'il y en a beaucoup, des écoles, en ville ?

Lionel voulait savoir. Il voulait tout savoir sur les écoles de Montréal.

— C'est sûr qu'il y a beaucoup d'écoles à Montréal. Des écoles qui ressemblent à la vôtre, celle au bout du rang. Mais en plus grand, en beaucoup plus grand ! Ces écoles-là, on les retrouve dans tous les quartiers. Mais il y a aussi des collèges. Des collèges où on parle français ou anglais, selon le quartier. On va même avoir une succursale de l'Université Laval sur la rue Saint-Denis ! Le Vatican a enfin donné son autorisation. J'ai lu ça dans le journal l'autre jour. Ça, c'est en plus de l'Université McGill, qui, elle, donne des cours en anglais. À Montréal, si on le veut, on peut apprendre à devenir notaire ou médecin, architecte ou ingénieur. Pis bientôt, on va pouvoir le faire aussi bien en français qu'en anglais !

Lionel était tout étourdi par tant de possibilités. Il était surtout envieux. Assurément, tous les jeunes de son âge qui habitaient Montréal n'avaient pas à supplier leur père pour poursuivre leurs études. Il y avait des écoles partout ! Ils n'avaient donc qu'à choisir...

Lionel jeta un regard autour de lui, trouvant la maison familiale encore plus ennuyeuse que d'habitude. Ennuyeuse et terne comme leur pauvreté ! Il allait insister, demander plus de détails — ça pourrait servir, sait-on jamais ? — quand la porte s'ouvrit d'un coup sec, butant bruyamment contre le mur et enlevant à Lionel toute envie de poursuivre cette discussion. Matthieu, visiblement fatigué, revenait de la grange en compagnie de Marius qui, depuis quelque temps, avait pris l'habitude d'aider son père tous les jours au retour de l'école.

Une forte odeur de fumier les précédait.

— Pouah ! Ça pue don ben !

Marie, du haut de ses huit ans, venait d'exprimer ouvertement ce que chacun pensait intérieurement sans oser le dire. Le geste de recul qui avait suivi l'arrivée de Matthieu et de Marius et les nez froncés étaient fort éloquents. Habituellement, on n'osait rien dire, mais la présence de l'Irlandais semblait tout permettre, comme Marie l'avait ressenti.

On aurait pu en rire ; Matthieu leva le ton.

— M'en vas t'apprendre à être polie, toi! Demain, après l'école, tu fais le train avec moi.

Marie jeta un regard affolé vers sa mère. Elle avait une sainte peur des vaches qu'elle trouvait immenses. Puis son regard devint suppliant quand elle revint à son père.

— Mais papa…

— Pas un mot de plusse! Demain, tu viens m'aider. Après ça, on verra ben si tu vas sentir les roses, ma fille!

La voix de Matthieu tonnait dans la cuisine et la petite Marie, toute rougissante, s'abîma dans la contemplation des plis de sa robe. Quand son père prenait ce ton autoritaire, il valait mieux ne pas rouspéter.

C'est à cet instant que Matthieu comprit que le silence qui régnait en maître dans la pièce n'était pas normal. C'était, à tout le moins, inhabituel.

Et que faisaient tous les enfants assis autour de la table alors que ce n'était pas encore l'heure du repas?

Emma eut un regard d'avertissement, discret, à peine perceptible, mais que Matthieu comprit sans difficulté. Entre Emma et lui, souvent les regards suffisaient. Du coin de l'œil, il aperçut enfin James. Il s'en voulut aussitôt pour cette entrée pour le moins intempestive. Dommage pour lui, car il était trop tard pour faire bonne impression.

Les mots étaient dits et l'humeur, évidente. Tant pis.

Pendant ce temps, James s'était relevé et d'un large pas souple, assuré, il traversa la cuisine, la main tendue vers Matthieu. Si celui-ci était à l'image d'Emma et de Mamie, l'accueil devrait être chaleureux.

Pourtant, Matthieu fronçait les sourcils. Qui donc était cet homme et que faisait-il chez lui ? Voilà pourquoi Emma l'avait regardé avec autant d'insistance. Il y avait un étranger sous leur toit malgré ce que Matthieu en pensait, lui qui ne se mêlait aux gens du village que pour les affaires de la ferme ou les commissions obligatoires.

Il eut alors un regard colérique à l'intention d'Emma qui se retourna aussitôt face au poêle.

Dès que James fut à côté de lui, Matthieu sut d'emblée qu'il n'aimerait pas cet homme. L'étranger était trop grand, trop carré et semblait trop sûr de lui. Et ses cheveux ! Avez-vous vu ses cheveux ? Trop tape-à-l'œil ! Mais Matthieu avait-il le choix ? Il prit mollement la main qui se tendait vers lui.

— James, James O'Connor. Je suis de Montréal. Au quai, en bas au village, on m'a dit que vous connaissiez bien monsieur Clovis Tremblay.

— Ouais… On a dit vrai. Je le connais. Je le connais même très bien, c'est un ami d'enfance pis c'est le p'tit-cousin de ma femme.

En prononçant ses derniers mots, Matthieu posa spontanément sur Emma un regard possessif.

Debout à côté du poêle, une cuillère à la main, Emma semblait suivre la discussion avec une certaine anxiété qui agaça Matthieu. Avait-elle quelque chose à cacher ? Il toisa James à nouveau.

— Qu'est-ce que vous lui voulez, à Clovis ?

Le ton était agressif, suspicieux. À son tour, James ne comprit pas, sinon que depuis l'entrée de ce Matthieu dans la cuisine, il semblait flotter un certain malaise dans la pièce. Comme si tout le monde retenait son souffle.

— Je ne lui veux aucun mal, rassurez-vous. Je veux simplement savoir s'il doit revenir à l'Anse-aux-Morilles dans le courant de cette semaine. J'aimerais traverser le…

— Comment voulez-vous que je le sache ? interrompit sèchement Matthieu. C'est pas parce que c'est un ami qu'il me raconte toute sa vie !

D'un regard, Matthieu sembla consulter sa famille, comme s'il était à la recherche d'une certaine approbation. Après tout, ne disait-il pas la vérité ? Pourtant, malgré ce que Matthieu venait de déclarer, James insista.

— Mais on m'a dit que vous l'aviez vu lundi dernier et que…

— Pis ça ? Je le répète : je sais pas tout de sa vie. Ça fait que je sais pas pantoute si Clovis a l'intention de revenir par ici ni quand.

Pour bien souligner son propos, Matthieu avait haussé les épaules dans un grand geste plein d'emphase. Puis, il se mit à enlever ses chaussures maculées, indiquant à Marius, d'un geste de la main, qu'il devait en faire autant.

— Pour ça, faudrait peut-être vous adresser à Baptiste, grommela-t-il avant de se redresser.

— Baptiste ?

— Le marchand général.

Il y avait de l'impatience dans la voix de Matthieu. Il avait eu une rude journée et tout ce qu'il espérait, en entrant chez lui, c'était un moment de détente avant le souper, pas une discussion au sujet de Clovis avec un grand freluquet aux cheveux orange qui venait Dieu seul sait d'où et qui avait peut-être conté fleurette à sa femme.

À cette pensée, le sang de Matthieu ne fit qu'un tour, lui montant au visage tandis que d'une voix où perçait l'enthousiasme, James tentait de détendre l'atmosphère.

— Ah oui, Baptiste. C'est vrai ! On m'en a parlé au quai.

— Vous voyez ben ! S'il y a quelqu'un qui sait si Clovis doit revenir, c'est ben le marchand général. C'est avec lui, d'habitude, que Clovis fait des affaires. Ça fait que si vous êtes venu jusqu'ici depuis le quai, vous avez perdu votre temps pis vous avez marché pour rien. Astheure, vous avez juste à faire la route à l'envers. Le magasin est drette en face de l'église. Vous pourrez pas le manquer.

Le message était clair. Sans avoir à prononcer les mots, Matthieu invitait James à quitter sa maison, et c'est exactement ce que comprit l'Irlandais. Pourquoi ? Il l'ignorait, mais il n'insisterait pas.

Comme il était toujours face à Matthieu, James se contenta de prendre sa casquette qu'il avait rangée dans la poche arrière de son pantalon et de la remettre sur sa tête. Puis il se pencha et souleva son baluchon qu'il avait laissé près de la porte.

— C'est très clair, en effet, ajouta-t-il en se redressant, d'une voix brusquement froide comme la banquise.

James jeta nonchalamment son baluchon sur son épaule.

— Comme vous dites, je ne peux pas me tromper.

Matthieu soutint son regard.

— Ben, tant mieux pour vous. Pis bonne continuation, là ! Si jamais vous voyez Clovis, vous le saluerez de ma part.

James, qui avait déjà la main sur la poignée, se retourna lentement. Il n'avait pas l'intention de saluer Matthieu avant de partir. À quoi bon perdre son temps ? Par contre, il y avait quelques personnes qu'il avait envie de remercier et c'est ce qu'il allait faire. Que cela plaise ou non à Matthieu Bouchard. Il ne comprenait toujours pas ce qui se passait exactement dans cette cuisine, mais il ne partirait pas d'ici sans avoir salué celle que tout le monde appelait Mamie et cette Emma qui l'avait si gentiment accueilli. James O'Connor n'était peut-être qu'un simple orphelin, un gars sans grande instruction, il avait tout de même appris les bonnes manières et il allait le prouver.

— Merci, madame, fit-il en soulevant sa casquette tout en soutenant le regard d'Emma. Le thé était bon, ça m'a fait du bien.

Puis, il détourna légèrement la tête qu'il inclina en signe de respect envers Mamie qui se mit à rougir comme une gamine.

— C'était ben agréable de vous entendre parler, cher !

fit-elle précipitamment pour se donner une certaine contenance. Montréal a l'air d'être une ben belle ville.

— Oui, c'est une ville agréable, approuva James tout en ramenant les yeux sur Emma.

— Vous avez une belle famille, madame, de beaux enfants dont vous pouvez être fière. Pis toi, le jeune, fit-il en s'adressant finalement à Lionel qui, tout comme Mamie, se sentit aussitôt rougir comme une pivoine, si jamais tu passes par Montréal, viens me voir au port. Je suis là du lundi au vendredi, de l'aube à la noirceur. D'après ce que j'ai cru comprendre, tu t'intéresses pas mal aux écoles, hein ?

Ce fut plus fort que lui : Lionel approuva d'un bref hochement de la tête sous le regard acéré de son père.

— Dans ce cas-là, viens à Montréal, conseilla James. C'est en plein la bonne place pour étudier. Gêne-toi surtout pas ! Ça va me faire plaisir de t'emmener visiter la ville. James ! T'auras juste à demander James. Tout le monde me connaît sur les quais.

Sur ce, sans un seul regard pour Matthieu, James ouvrit la porte et sortit.

L'instant d'après, on entendit le gravier de la cour rouler sous ses bottes, et Emma sentit ses épaules s'affaisser. Elle était déçue. Même si leur menu, en ce temps de l'année, se résumait à une enfilade monotone de poulet, d'œufs et de patates apprêtées à toutes les sauces, elle aurait bien aimé garder l'Irlandais à souper. Il racontait si bien la vie à la ville ! Peut-être même que Matthieu se serait laissé amadouer par les histoires du grand rouquin.

Sa déception fut cependant de courte durée. Quand machinalement elle se tourna vers Matthieu, ce fut un vent d'inquiétude qui lui fit débattre le cœur. Son mari, le regard impénétrable, fixait leur fils Lionel, et le long de ses cuisses, il avait les poings serrés. Encore une fois, Emma se tourna précipitamment vers le poêle pour éviter de croiser le regard de Matthieu.

Tout en soulevant le couvercle du chaudron des patates, elle renifla discrètement ce qui ressemblait à quelques larmes. Lionel n'aurait jamais dû parler d'école avec un étranger. Ça risquait de tourner au vinaigre.

Même si, finalement, il n'avait pas dit grand-chose.

Pendant ce temps, James avançait à grandes enjambées, l'estomac dans les talons. Durant un moment, il avait bien cru qu'il partagerait le repas de la famille Bouchard et cette perspective lui avait plu. Ils étaient tous gentils et s'avéraient un public attentif, ce qui plaisait encore plus à James. À cause de Matthieu, il en était certain, le repas avait été oublié et on lui avait cavalièrement montré la porte. Il était donc reparti Gros-Jean comme devant, ne sachant où il pourrait manger et dormir puisqu'il n'y avait aucune auberge au village. Il ne savait même pas si Clovis Tremblay allait revenir ici avant que ses vacances soient terminées.

Et s'il ne pouvait traverser vers Charlevoix, qu'allait-il faire de tout ce temps qui lui restait ? Plus de quinze jours, ce n'était pas rien !

Allait-il devoir retourner à Montréal faute de mieux ?

James soupira, agacé par ce contretemps. Finalement, les vacances, ce n'était pas que du plaisir !

La colère lui fit accélérer l'allure tant et si bien qu'il parvint devant le magasin général avant l'angélus du soir.

Heureusement, les gens de l'Anse-aux-Morilles n'étaient pas tous comme Matthieu. Baptiste le rassura bien vite. Clovis était censé revenir dès le lendemain si la température le permettait. Il venait pour livrer quelques courges et des citrouilles, denrées devenues rares à l'Anse, et pour six sous, repas compris, monsieur O'Connor pourrait occuper une chambre sous les combles, au-dessus du magasin.

— Comme on n'a pas d'hôtel au village, ma femme pis moi, on a eu l'idée d'offrir aux visiteurs la petite pièce inutile du grenier. Ça sert! Ça sert pas mal souvent!

Fatigué mais soulagé, James remit sans discuter le montant demandé et monta à sa chambre. Le souper suivrait dans moins de vingt minutes.

— Le temps de réchauffer les restants!

Le lendemain, il continuait de faire beau, mais la journée était plus venteuse. Debout au bout du quai, James passa deux longues heures à scruter l'horizon. Enfin, il lui crut apercevoir un mât qui, entre deux vagues, se balançait contre l'azur du ciel.

Malgré une houle assez forte, Clovis aborda le quai sans encombre, avec une habileté qui proclamait sans discussion le marin chevronné. James en fut rassuré, lui qui avait gardé de très mauvais souvenirs d'un certain voyage en mer.

Dès que Clovis mit pied à terre, James s'avança vers

lui. En quelques mots, il fut convenu que, contre un coup de main pour charroyer les caisses de la cale au magasin général, Clovis prendrait James comme passager pour retourner sur l'autre rive.

— En autant que vous ayez le pied marin. La mer est grosse aujourd'hui. Au pire, vous resterez dans la cabine avec moi. Ça tangue un peu moins.

Échaudé par son aventure avec Matthieu et craignant que Clovis ne lui ressemble, car après tout, les deux hommes étaient des amis de longue date, James préféra rester à la proue du bateau pour regarder la coque fendre les vagues dans une avalanche d'écume blanche.

En quelques instants à peine — la goélette n'avait pas encore atteint le large —, James comprit que cette traversée n'aurait aucune ressemblance avec celle effectuée entre Lévis et Québec. Elle aurait plutôt à voir avec le long voyage qui l'avait emmené depuis l'Irlande jusqu'ici.

James regarda autour de lui. Un jour, il y a de cela fort longtemps, il avait navigué sur ce même cours d'eau. Il était déjà passé par ici. Et si les souvenirs se faisaient capricieux et incertains, les émotions ressenties, elles, revenaient en force. Cette peur soudée au ventre, ces larmes retenues, cette peine immense de savoir son père et son frère disparus à jamais et l'inquiétude, la folle inquiétude, quand il voyait sa mère dépérir à vue d'œil.

James O'Connor n'avait alors que cinq ans.

Ce fut cette traversée longue et houleuse, encore plus que la visite à Grosse-Île, qui fut le retour aux sources que James espérait rencontrer durant son voyage. Un retour à ses origines pour espérer s'en détacher suffisamment afin de regarder sereinement l'avenir. Sans renier sa patrie, Irlandais il était et Irlandais il resterait, il voulait oublier la tristesse qui y était rattachée. S'il avait le cœur plus léger, libéré de toute son amertume et de ses chagrins, il allait peut-être trouver une compagne et fonder une famille.

James ne voulait surtout pas que la lignée de son père s'arrête au nom de James O'Connor.

Fouetté par le vent, agrippé au bastingage, James fit enfin le deuil de son passé et se jura de n'y puiser, dorénavant, que la force de continuer.

Quand il mit pied à terre sur la plage de Pointe-à-la-Truite puisque le quai ne serait inauguré que la semaine prochaine, James était épuisé mais plein de bonne volonté. Il s'en remettrait à Dieu pour lui tracer la voie à suivre. C'est ce que sa mère disait toujours : faire confiance au Tout-Puissant et se laisser guider par Lui. C'est ainsi qu'elle appelait le Seigneur : le Tout-Puissant. Alors, il s'en remettrait à Lui. Pour l'instant, avec les nuages qui s'empilaient sur l'horizon, il avait plus urgent à faire que de rêver à de vagues projets d'avenir. Il lui fallait trouver rapidement un gîte pour la nuit et une table pour manger.

Comme s'il avait le pouvoir de lire dans ses pensées, Clovis lui fit signe de le suivre.

— Je sais pas si la mère Catherine va pouvoir vous accueillir, expliqua Clovis tout en prenant le sac de James avec autorité pour le mettre sur son épaule, parce que d'habitude, l'hôtel du village ouvre ses portes juste au mois de juin avec l'arrivée des croisiéristes. D'un autre côté, la mère Catherine est pas mal accommodante, alors suivez-moi! Faut que je passe justement devant l'hôtel pour me rendre chez nous, m'en vas y arrêter avec vous. Si jamais la mère Catherine ou son mari étaient pas là ou si ça leur adonne pas pantoute, vous viendrez à la maison. Mon Alexandrine aussi est pas mal accommodante! On est pas trop grandement avec nos six enfants, mais pour une nuit, ça peut aller. Demain, j'irai vous mener à Pointe-au-Pic. Là, c'est sûr que vous allez pouvoir trouver un hôtel ou une auberge capable de vous accueillir.

James n'eut pas à dépasser le centre du village. L'hôtelière, une femme sans âge défini que tout le monde appelait la mère Catherine, sœur d'Albert, le forgeron, était justement sur sa galerie en train de battre quelques tapis. Son œil de commerçante repéra tout de suite l'étranger qui accompagnait Clovis. Elle afficha son plus beau sourire.

— Ben regardez-moi qui c'est qui s'en vient! lança-t-elle à l'intention de Clovis. Comme tu reviens de la plage avec un inconnu, je présume que ta saison de voyagement sur le fleuve est commencée?

— Si on veut!

Sur ces mots, le marin se tourna brièvement vers James qui, d'une phrase à l'autre depuis qu'il remontait de la plage avec Clovis, s'apercevait qu'il n'y avait guère de ressemblance entre cet homme affable et Matthieu qui lui avait semblé sur la défensive tout le temps qu'avait duré leur conversation. Comme ils étaient arrivés devant l'hôtel, Clovis fit les derniers pas qui le séparaient de l'escalier menant à la longue galerie qui flanquait la façade de l'édifice.

— J'en ai profité pour ramener un voyageur qui avait envie de traverser le fleuve pour venir sentir l'air de par chez nous! expliqua alors Clovis tandis que James le rejoignait au bas des marches.

La mère Catherine déposa son battoir et vint à la rencontre des deux hommes.

— La bonne idée! L'air de par ici est ben meilleur que celui de la Côte-du-Sud, lança-t-elle en riant.

En habile hôtelière, elle tendait déjà la main à James.

— Je parierais que vous cherchez un endroit où dormir… Je me trompe?

Le regard de la mère Catherine passa de James à Clovis avec une même interrogation.

— Non, vous vous trompez pas, répondit Clovis. Je vous présente James O'Connor. Un débardeur de Montréal venu en vacances… Mais vous? Pensez-vous pouvoir l'accommoder? Je le sais bien que d'habitude vous ouvrez pas avant…

— Tu viens de le dire, mon jeune! D'habitude… Cette année, c'est pas pareil. Avec l'inauguration du quai, on va avoir de la visite à partir de la semaine prochaine. Monsieur le maire pis monsieur le curé ont ben faite les choses! Les deux députés sont supposés nous arriver jeudi prochain, pis l'inspecteur des écoles va être là le vendredi midi quand il va revenir de l'arrière-pays où il fait sa tournée. Pis ça, c'est sans compter les architectes qui ont aidé à la construction qui ont promis d'être là. Même l'évêque de Québec, le cardinal Taschereau, est supposé venir jusqu'ici pour bénir le quai pis tant qu'à être là, il va s'occuper de la confirmation de nos jeunes. Mais lui, il va rester au presbytère, c'est ça que monsieur le curé m'a dit. N'empêche que même sans le cardinal, ça va me faire ben du monde à loger. Ça fait que comme tu vois, mon Clovis, je dépoussière mes tapis pis je me lance tout de suite dans le bardas du printemps pour que toute soit fin prêt à recevoir tout c'te beau monde-là… Pis vous, monsieur, ça serait pour combien de temps ?

James, étourdi par le verbiage de l'hôtelière, haussa les épaules, un peu décontenancé. Il n'avait pas encore réfléchi à la durée de son séjour de ce côté-ci du fleuve.

— Aucune idée, avoua-t-il bien simplement.

James regarda tout autour de lui. Le village semblait joli, ombragé par de gros arbres, sans feuilles pour le moment. Dans l'air flottait cette senteur de varech qui était rattachée à plusieurs de ses souvenirs et ça lui plaisait. James leva les yeux. L'hôtel aussi était joli, tout blanc avec des volets noirs et cette longue galerie qu'il imagina en été avec de nombreuses chaises pour se détendre. Quand son regard revint se poser sur la mère Catherine, la dame aux cheveux grisonnants l'examinait en souriant.

— Je trouve le village bien beau, confia alors James. Mais si vous avez besoin de vos chambres, je peux toujours aller à Pointe-au…

— Pas question !

L'hôtelière avait déjà calculé le profit que lui procurerait la location d'une chambre supplémentaire. Comme l'étranger avait l'air plutôt calme et bien élevé, ça lui semblait une aubaine, un petit cadeau de la Providence pour la remercier de s'être montrée si généreuse à l'égard des dignitaires qui viendraient loger chez elle la semaine prochaine. Ce n'est pas elle qui l'inventait, c'est monsieur le maire en personne qui s'était déplacé pour venir la remercier de faire un si bon prix pour les invités. Alors, tant mieux si James était là. Ça équilibrerait les additions et les soustractions dans le livre des comptes.

— C'est pas un client de plus ou de moins qui va changer grand-chose dans l'ordinaire de mes journées, déclara-t-elle en époussetant le devant de son tablier d'un petit geste sec, comme elle devait épousseter ses buffets dans la maison. Vous êtes le bienvenu. En autant que vous me laissez une petite heure pour vous préparer une chambre qui donne sur le jardin, vous pourrez rester aussi longtemps que vous le voudrez.

— Alors, si ça ne vous dérange pas, c'est marché conclu, fit James en tendant la main. Si vous permettez, je laisse mon baluchon ici et je vais me promener durant le temps que vous préparez ma chambre. Je reviens plus tard.

— C'est parfait comme ça. Vous avez tout compris. Pour à soir, si ça vous dérange pas trop, on mangerait dans la cuisine, avec mon mari. Mais à partir de demain, si vous préférez la salle à manger, je peux m'arranger pour...

— Surtout pas ! La cuisine me convient tout à fait.

Élevé dans une famille pauvre puis dans un orphelinat, James détestait les cérémonies.

— Ben dans c'te cas-là, on va faire comme vous voulez.

De toute évidence, la mère Catherine partageait la vision des choses de James, car elle accompagna ses derniers mots d'un large sourire, et d'une main leste, elle s'empara du baluchon que lui tendait Clovis.

— C'est tout, comme bagage ?

— C'est tout.

— Ben quand vous reviendrez, je l'aurai mis dans votre chambre. Astheure, va falloir m'excuser, j'ai ben de la besogne devant moi. Salut, mon Clovis, dis le bonjour à ton Alexandrine. Pis vous, monsieur James, je vous dis à tantôt !

L'instant d'après, la porte claquait derrière le dos de la mère Catherine.

— Toute une femme, s'esclaffa Clovis en revenant sur ses pas pour regagner la rue, suivi par James. L'hôtel est peut-être à son mari, mais c'est elle qui l'opère, je vous dis rien que ça ! Maintenant, vous allez venir chez nous. S'il fallait qu'Alexandrine apprenne que je vous ai laissé tout seul à errer dans le village pendant qu'on préparait votre chambre, je me ferais passer un savon ! Comme l'hiver a pas été trop dur pis que j'ai pas eu besoin de faire des ponces au gin pour guérir les grippes de tout un chacun, il devrait bien m'en rester un doigt ou deux. Vous, les Irlandais, vous devez ben boire ça, du gros gin, non ? Me semble que ça vient justement de votre pays.

James n'osa le contredire, évitant ainsi de se lancer dans un cours de géographie appliquée qui se terminerait par une étude comparative entre les préférences de la Grande-Bretagne et celles de l'Irlande où il se lancerait dans une apologie de la bière.

C'est ainsi que les deux hommes traversèrent le village tandis que Clovis faisait les honneurs de son patelin. Le temps de se rendre au bout de la rue principale et James avait appris, en vrac et en détail, le nom de tous les villageois.

— Pis ici, montra Clovis avec un large mouvement du bras, c'est la forge d'Albert Lajoie. Lui, c'est le frère de la mère Catherine pis le mari de Victoire, une amie de ma femme. C'est même eux autres qui sont les parrains de notre plus jeune, notre Léopold. La maison à côté, en jaune vif pis en blanc, c'est la sienne… Une belle maison confortable. Dommage qu'ils ayent pas d'enfants pour la remplir… Astheure, il reste juste à monter la côte pour arriver chez nous ! Notre maison, à Alexandrine pis moi, est juste au bord de la falaise. Elle est peut-être plus petite que celle des Lajoie, mais d'où elle est, même dans la cuisine, j'ai un peu l'impression d'être sur la mer. Pour moi, c'est ce qui comptait le plus quand on a construit la maison.

À ces mots, James comprit que Clovis était un vrai marin, de ceux qui ne vivent que pour la mer.

L'accueil d'Alexandrine fut chaleureux, un brin frénétique, tout à fait intense, à l'image de la jeune femme enjouée qui serra vigoureusement la main de son invité.

Les enfants étaient gentils, polis et souriants, et James, cette fois-ci, eut la réelle sensation d'être de retour à Montréal, dans la cuisine des McCord. Il connut un bref mais brutal moment d'ennui avant d'être happé par la bande de jeunes curieux qui voulaient tout savoir de la métropole.

— Montréal, c'est autrement plus gros que Québec, lança Joseph tout en jetant un regard malicieux à son père qui se vantait parfois de connaître la ville et ses mystères et faisait miroiter ses courts voyages comme s'il avait parcouru le monde. Ça m'intéresse de savoir comment ça se passe dans une vraie grande ville. Faut pas oublier qu'un jour, c'est moi qui vas être aux commandes du bateau. Ça pourrait servir, parce que j'ai pas l'intention de me contenter de faire de la *biseness* juste à Québec !

Tout heureux, James reprit un peu là où Matthieu l'avait obligé à s'arrêter et quand il se leva pour retourner souper à l'hôtel, une heure plus tard, il dut promettre de revenir.

— Croix de bois, croix de fer, si je mens, je vais en enfer.

— Pour souper demain, tiens ! Comme ça, j'aurai eu le temps de me préparer, proposa Alexandrine.

Proposition que James accepta avec plaisir. Décidément, l'humeur des gens variait beaucoup d'une rive du fleuve à l'autre !

James dut insister pour faire la route en solitaire, car tous les enfants s'étaient offerts à l'accompagner. C'est tout de même avec quelques-uns d'entre eux accrochés à son bras qu'il remonta l'allée devant la maison pour reprendre sa route.

Quand il arriva à la côte, il n'y avait plus que le chant de quelques oiseaux pour lui tenir compagnie. James poussa un long soupir de contentement. Un peu de solitude n'était pas pour lui déplaire après ces deux longues journées remplies d'émotions, de rencontres et de découvertes, lui qui vivait seul depuis si longtemps.

Le premier bruit signalant son retour dans la civilisation fut celui d'un marteau heurtant l'enclume.

James ralentit aussitôt le pas, le cœur battant la chamade, un petit frisson à fleur de peau, les sourcils froncés sur son questionnement.

Pourquoi se sentait-il subitement si fébrile ?

Après tout, ce n'était pas la première fois qu'il entendait ce bruit et ça ne serait pas la dernière non plus. À la ville comme à la campagne, les chevaux avaient besoin de soins, de fers aux pattes, et les outils, tout comme les chaudrons, nécessitaient régulièrement des réparations. Ce bruit, même à Montréal, il l'entendait régulièrement.

Alors ?

James retenait son souffle.

D'où lui venait cette envie irrésistible de descendre la côte au pas de course et d'entrer dans la forge qu'il apercevait tout en bas de la falaise, avant le tournant ? Était-ce le silence des alentours qui rendait le moment particulier, l'attraction si forte ?

James descendit la côte, l'oreille à l'affût du moindre

bruit autre que le roulement des roches sous ses semelles. Quand il perçut un rire, il ralentit encore. Il éprouvait une sensation de déjà vu, de déjà vécu. Cependant, ce fut au moment où il passa devant la forge dont la porte était restée entrouverte et qu'il vit les ombres danser sur les murs, ce fut à l'instant où il entendit clairement les voix qui s'apostrophaient joyeusement que la sensation devint alors souvenir. Oh ! Rien de bien précis, ça ressemblait plutôt à un rêve dont il aurait oublié les détails dès le réveil, mais c'était là, en lui, et c'était doux.

Jadis, James en était certain, il y avait eu dans sa vie un décor qui ressemblait à celui-ci, et la voix d'alors, celle qui dominait, c'était celle de son père, grave et mélodieuse, se mêlant à toutes les autres.

C'était il y a fort longtemps, avant le voyage depuis l'Irlande. Il n'était qu'un tout petit garçon et il tenait très fort la main de son grand frère, car l'endroit, sombre et très chaud, l'intimidait.

James dut se faire violence pour ne pas entrer dans la forge, pour vérifier cette idée folle qu'il y retrouverait peut-être son père et son frère. Puis il poussa un long soupir, la réalité le rattrapant. Il n'avait rien à faire à la forge de Pointe-à-la-Truite. On l'aurait sûrement questionné. Après tout, il n'était qu'un étranger. Un étranger qui n'aurait su que répondre si on l'avait interrogé.

Il poursuivit donc sa route, détournant la tête à quelques reprises, essayant de rattacher les souvenirs au moment présent.

Le souper de la mère Catherine, copieux et délicieux, réussit presque à tout lui faire oublier.

Il passa les jours suivants à explorer la région. Maintenant, il en était certain, en Irlande, il avait habité un village qui ressemblait à celui-ci. Il y avait une église, car dans ses souvenirs, il entendait une cloche sonner. Il y avait aussi une école au bout du chemin principal et elle avait une cloche, comme celle de l'église, qui sonnait les heures de classe.

Sans compter une forge comme celle d'Albert Lajoie. Une forge où il se rendait régulièrement avec son père et son frère.

En quelques jours à peine, James se sentit chez lui à Pointe-à-la-Truite. Le matin, il aidait la mère Catherine dans ses préparatifs et l'après-midi, il se promenait un peu partout, de la plage à la forêt.

Au gré des occasions, James s'éloigna du village pour découvrir la région. Il arpenta le rang du Cap-à-l'Aigle et visita Pointe-au-Pic où le quai, de belle dimension, pouvait recevoir les bateaux de croisière. Il lui rappela les quais de Montréal où il travaillait depuis tant d'années. Dès son retour, il remercierait son patron de lui avoir conseillé ce détour, car l'endroit était magnifique.

Il marcha aussi le long de la plage de Port-au-Persil, là où la vue du fleuve était spectaculaire, mais ses envies et ses pas finissaient toujours par le ramener à Pointe-à-la-Truite.

Cinq jours étaient passés et James ne se lassait pas de l'endroit. Il commençait à comprendre ce qu'étaient réellement des vacances et il appréciait tout ce temps qui lui appartenait librement, sans obligations.

Malgré l'ennui qu'il avait de ses amis, le retour au port de Montréal serait peut-être plus pénible que ce qu'il avait d'abord cru.

En attendant, dans deux jours, ce serait la fête à Pointe-à-la-Truite, et James avait bien l'intention d'y assister. Après, il lui resterait encore toute une semaine de repos et il ne voyait pas où il pourrait être mieux qu'ici. Même si les dignitaires repartaient pour Québec le dimanche suivant en après-midi, la mère Catherine était d'accord pour continuer de l'héberger.

— C'est pas une chambre ouverte qui va me donner ben ben de l'ouvrage. Vous pouvez rester le temps que vous voulez, monsieur James, ça me fait plaisir !

La décision s'était alors prise d'elle-même, d'autant plus que Clovis avait promis de le ramener sur la Côte-du-Sud selon ses convenances, car le train ne desservait pas encore la région.

L'inauguration du quai, la fête au village et de nouveaux amis, James n'en attendait pas tant de ce voyage. Comme il l'avait dit en riant à Clovis, justement hier soir après un souper pris en famille, le patron allait devoir se faire à l'idée que dorénavant, c'est tous les ans que son employé, James O'Connor, allait vouloir prendre des vacances.

— C'est trop agréable. Et maintenant que j'ai des amis par ici, je vais sûrement vouloir revenir régulièrement !

Le seul endroit où il n'avait pas encore mis les pieds,

c'était la forge. L'émotion du premier jour s'était estompée, bien sûr, mais l'envie d'y aller se faisait toujours aussi forte bien que plus raisonnable. Mais sous quel prétexte James s'y serait-il présenté ? Il n'arrivait pas à trouver de raison suffisamment valable pour justifier une visite et comme il ne connaissait pas vraiment les hommes qui s'y tenaient, il se contentait de regarder de loin. James O'Connor était peut-être un bon conteur, drôle et exubérant, il n'en restait pas moins qu'il était d'un naturel réservé.

Par contre, il était serviable, et cela, tout le monde le savait déjà !

C'est pourquoi, quand il entendit la mère Catherine demander à son mari s'il n'irait pas chez leur belle-sœur Victoire pour chercher les gâteaux qu'elle avait cuisinés pour l'hôtel, l'esprit de James ne fit qu'un tour. Cette Victoire dont on parlait présentement, celle qui faisait des gâteaux si bons que sa réputation avait suivi les marées pour se retrouver de l'autre côté du fleuve, n'était-ce pas la femme du forgeron ? Et ce même forgeron n'avait-il pas sa maison tout à côté de la forge, comme le lui avait dit Clovis à son arrivée au village ?

Avant même d'avoir réfléchi plus loin, James sautait sur ses pieds et proposait avec entrain de remplacer le mari de la mère Catherine :

— Laissez faire, monsieur, fit-il avec un signe de la main qui signifiait que le vieil homme pouvait rester assis. Je vais y aller. Je n'ai que cela à faire ce matin et le soleil est si bon !

Puis, se tournant vers la mère Catherine, il poursuivit, un brin ingénu :

— Si j'ai bien compris tout ce qu'on m'a raconté cette semaine, la maison de votre belle-sœur Victoire, c'est celle juste à côté de la forge, n'est-ce pas ?

— En plein ça ! C'est la maison jaune ! Vous aurez juste à passer par la porte d'en arrière. Victoire est toujours dans sa cuisine.

Mais James n'avait pas du tout l'intention de se présenter uniquement à la maison jaune. Ni par en arrière ni par en avant ! Les gâteaux n'étaient que le prétexte tant recherché pour entrer dans la forge ; il n'allait pas laisser passer sa chance.

C'est le cœur battant que James traversa le village au complet, le long de la rue principale. Il anticipait ce moment où certains souvenirs, les moins capricieux, accepteraient peut-être de se faire plus précis. Reverrait-il, en pensée, les visages de son père et de son frère, eux qui avaient vécu avec lui ces instants entre hommes, comme le disait sa mère ?

Car c'était là un autre souvenir qui avait refait surface. Sa mère, toute menue, debout sur le seuil d'une porte en bois assez basse, saluant en riant ses hommes qui sortaient ensemble.

Son père et son frère seraient-ils au rendez-vous que, de tout son cœur et de toute son âme, James leur avait donné ici, à Pointe-à-la-Truite, dans une forge qui, à première vue, ressemblait à s'y méprendre à celle qu'il avait jadis fréquentée en Irlande ?

À la forge où James entra enfin, sa casquette à la

main, il n'y avait que le forgeron, le visage rougi par la flamme intense, un lourd marteau à la main et un fer à cheval, posé sur l'enclume, qu'il tenait au bout d'une pince à longs manches. Au bruit qu'il y avait autour de l'âtre, Albert n'entendit nullement que quelqu'un venait d'entrer chez lui. Il continua de besogner, maniant habilement marteau et soufflet.

Le jeune homme en fut heureux, presque soulagé. Il aurait ainsi le loisir d'observer les lieux autour de lui, le temps de humer les odeurs, de les laisser se frayer un chemin jusqu'au monde enfoui de ses souvenirs. S'il y en avait d'autres qui existaient au tréfonds de la mémoire, peut-être se manifesteraient-ils…

James inspira profondément avant de jeter un long regard autour de lui.

Si la forge de Pointe-à-la-Truite était plus grande et moins sombre que celle dont il gardait un vague souvenir, l'atmosphère, elle, le ramena aussitôt en Irlande. La chaleur dégagée par l'âtre, l'haleine puissante du soufflet et le choc du marteau sur l'enclume trouvaient un écho certain au fond de son cœur. Il avait déjà aimé se trouver dans une forge comme celle-ci, tout comme il avait envie de pousser un long soupir de contentement maintenant. James était bien dans cette chaleur à la limite du tolérable. Lui, il la trouvait confortable. Peut-être était-ce parce que l'Irlande était un pays froid et humide, entouré d'eau. Peut-être aussi que son père les emmenait à la forge, son frère et lui, parce que leur maison était mal chauffée. Peut-être… La famille O'Connor n'avait sûrement pas quitté l'Irlande parce que tout allait pour le mieux sous leur toit.

James esquissa tout de même un bref sourire. Quoi qu'il en soit, il comprenait mieux maintenant pourquoi le soleil plombant de juillet l'affectait moins que ses compagnons de travail. Quand bien même il n'y aurait eu que cette découverte qui l'attendait au coin du feu d'une forge dans Charlevoix, le détour en aurait valu la peine. James s'estima satisfait. C'était une trouvaille de plus se rapportant à son passé. Ça ne pouvait qu'aider à mieux comprendre le présent.

C'est à cet instant qu'Albert leva les yeux et aperçut James. À son tour, il esquissa un sourire, légèrement moqueur. Clovis ne s'était pas trompé quand il lui avait parlé du visiteur.

— Cré nom! Si c'est pas l'Irlandais! lança-t-il d'une voix joviale qui plut aussitôt à James. Clovis avait raison. Avec une tignasse comme ça, on peut pas vous confondre avec quelqu'un d'autre.

À cause de ses cheveux orange, James avait souvent entendu cette boutade. Même s'il ne la trouvait plus drôle, il fit mine de chercher autour de lui avant de faire un pas vers le forgeron qui venait de déposer ses outils. Quand ils se saluèrent, James fut surpris qu'une main aux doigts aussi fins puisse cacher une telle puissance, une énergie capable de marteler le fer.

— Comme ça, c'est toi, l'Irlandais, répéta Albert en reculant d'un pas pour bien l'observer. Content de faire ta connaissance. J'ai juste entendu du bien à ton égard, le jeune, juste du bien. Je me demandais, aussi, quand est-ce que tu te déciderais à venir faire ton tour.

D'habitude, les croisiéristes qui s'installent à l'hôtel viennent tous faire un tour à un moment donné. Ça me fait bien rire! C'est comme si les forges en campagne étaient différentes de celles des villes.

James en profita pour regarder encore une fois autour de lui.

— Je dirais que c'est l'odeur qui est différente, observa-t-il au bout d'un instant de réflexion. À Montréal, l'odeur du bois et du charbon qui brûlent n'a pas la même intensité. Peut-être à cause de la senteur de la ville, justement. Une senteur pas toujours agréable et qui domine.

James secoua la tête pour donner plus de poids à ses propos.

— Ouais, c'est certain qu'à Montréal, ça sent pas aussi bon qu'ici, conclut-il en soutenant le regard d'Albert.

— Pas fou comme observation. Remarque que je peux rien vérifier rapport que je suis jamais allé en ville. Ça m'intéresse pas... Pis, toi? Qu'est-ce qui t'amène par chez nous?

— C'est les vacances qui m'ont emmené au village, expliqua James, et c'est les gâteaux de madame Victoire qui m'emmènent chez vous. C'est votre sœur Catherine qui m'envoie.

— Ah! Catherine... Elle aurait dû te dire d'aller à la maison jaune, juste à côté. Pas à la forge. Ma Victoire, c'est sûrement pas ici que tu peux la trouver.

James crut percevoir une grande tendresse dans la voix du forgeron quand il prononça le nom de sa femme et l'homme lui sembla aussitôt encore plus sympathique. Pendant ce temps, Albert continuait son monologue.

— Qu'est-ce que Victoire ferait ici, je vous le demande un peu ? Mon feu est bien trop fort pour ses gâteaux !

Heureux de sa petite blague, Albert éclata d'un grand rire qui se termina en quinte de toux.

— Maudit hiver, haleta-t-il enfin. C'est tout le temps pareil : je finis toujours par attraper une grippe qui dure toute la saison… Ça doit être la chaleur d'ici en contraste avec le frette de dehors… Bon, assez placoté, j'ai de l'ouvrage qui m'attend. Pour les gâteaux, c'est dans la maison d'à côté qu'il faut aller. Ma femme est sûrement dans sa cuisine, c'est là qu'elle passe le gros de ses journées. Passez par la porte d'en arrière, ça va aller plus vite.

James se garda bien de préciser qu'il savait déjà tout ça et sur une promesse de revenir en fin de journée, au moment où quelques villageois se réunissaient quotidiennement à la forge, il sortit du bâtiment. En quelques enjambées à peine, il se retrouva devant la maison jaune qu'il contourna sans peine par un petit sentier de pierres.

Il n'était pas encore monté sur le perron en planches décolorées par l'hiver que ça sentait déjà bon la vanille et les noix grillées, les pommes et le sucre caramélisé. James ferma les yeux à demi et huma profondément. Heureux homme que cet Albert qui avait la chance de vivre dans une maison qui sentait aussi bon !

James monta la dernière marche, mais il n'eut pas le temps de frapper qu'on lui criait d'entrer.

— Faites comme chez vous ! C'est pas barré…

James tira aussitôt la porte vers lui.

Une femme qui devait avoir son âge se tenait devant la table. Manches relevées jusqu'aux coudes, enfarinée jusqu'aux sourcils, elle avait un rouleau à pâte à la main. Une longue mèche de cheveux couleur acajou tombait devant ses yeux. Elle la releva dans un geste machinal qui, aussitôt, envoûta James.

Cette femme, probablement Victoire — qui d'autre puisque Clovis lui avait dit que le forgeron et sa femme n'avaient pas d'enfants ? — ne ressemblait en rien à celle qu'il avait imaginée, grisonnante et toute petite, courbaturée d'avoir trop fait de pâtisseries tout au long de sa vie.

Non, cette femme, celle qu'on appelait Victoire, était grande et robuste, plutôt jeune, et de surcroît, elle ressemblait étrangement à Ruth avec quelques rondeurs en plus aux bons endroits.

James en retenait son souffle.

Cette femme, l'épouse d'Albert, était celle que James avait toujours espéré rencontrer.

Intimidé au-delà des mots pour l'exprimer, James retira sa casquette et se tint dans l'embrasure de la porte, incapable d'avancer d'un pas de plus.

À des lieues de toutes ces considérations, Victoire déposa son rouleau à pâte et des yeux, elle chercha un torchon pour s'essuyer les mains. Faute de mieux, elle se contenta d'un pli de sa jupe qu'elle épousseta par la suite dans un petit geste machinal tout en contournant la table pour venir au-devant de son visiteur.

— L'Irlandais !

L'appellation fit sourire James, la même que celle d'Albert quelques minutes plus tôt. Décidément, Victoire et son mari avaient dû parler de lui à la veillée ! Ce ne fut pas suffisant, cependant, pour calmer cette fébrilité qu'il sentait grandir en lui.

Jamais femme ne lui avait semblé plus jolie, plus désirable. Et ce sourire ! Que dire de ce sourire éclatant, sinon qu'il lui allait droit au cœur !

James dut avaler sa salive pour dénouer sa gorge et arriver à articuler un petit bonjour poli.

— Je viens de la part de la mère Catherine, ajouta-t-il d'un même souffle.

— Ça, je m'en doute un peu !

La lueur de taquinerie qui traversa le regard de Victoire fit rougir James jusqu'à la racine des cheveux. Il détourna les yeux, mal à l'aise. Victoire fit celle qui n'avait rien remarqué. Elle se tourna vers la table où se côtoyaient tartes, pâtisseries et gâteaux plus alléchants les uns que les autres. Elle admira son travail puis, les poings sur les hanches, elle constata :

— Va falloir faire deux voyages, monsieur... monsieur qui, au fait ? demanda-t-elle en se tournant vers James.

Le regard de Victoire était pétillant de bonne humeur, et le jeune homme en conclut que cette femme-là était assurément heureuse dans la vie. On ne peut dégager autant de joie de vivre sans être heureux.

Cette constatation eut l'heur de le rasséréner face à la jeune femme.

— James, madame, je m'appelle James O'Connor, fit-il avec un hochement de tête en signe de politesse.

Puis il tendit la main tout en regardant Victoire droit dans les yeux.

— Heureux de vous rencontrer.

— Moi pareillement.

Victoire soutint le regard de James durant un instant, le temps de constater que l'Irlandais avait les yeux les plus bleus qu'elle n'avait jamais eu l'occasion d'admirer jusqu'à maintenant.

Oui, c'était bien là le mot qui lui était venu spontanément à l'esprit : « admirer ».

Cette fois-ci, ce fut elle qui détourna la tête.

— Voilà, déclara-t-elle en montrant de la main une table bien garnie. C'est tout ce que vous avez à transporter. J'ai sorti la brouette de la cave et je l'ai dépoussiérée. Elle est devant la porte, avec une nappe propre au fond. Comme on ne peut pas empiler mes gâteaux comme des briques, il va falloir au moins deux voyages pour tout amener d'ici à l'hôtel.

— J'ai tout mon temps… Dites-moi ce que vous voulez livrer en premier et je m'en occupe !

Quand James tourna le coin de la maison, Victoire ne put résister à l'envie de filer au salon pour le regarder s'éloigner. Autant par acquit de conscience pour s'assurer que ses gâteaux étaient entre bonnes mains que par pur plaisir de le regarder.

Une fois habituée aux curieux cheveux, Victoire

admettait en son for intérieur qu'elle trouvait que James O'Connor était un bien bel homme.

Quand il eut disparu de son champ de vision, Victoire se précipita vers la cuisine pour tout ranger. Après tout, Victoire Lajoie était reconnue pour être une bonne hôtesse ! Elle n'avait pas envie de ternir sa réputation. Quand ce James O'Connor reviendrait, sa maison serait impeccable et accueillante.

Pour le remercier !

De fait, quand James revint pour la seconde livraison de pâtisseries, une petite collation l'attendait.

— Je vous dois bien ça ! Je vous ai vu tout à l'heure, vous savez ! Vous manipuliez la brouette avec beaucoup de soin, monsieur. Venez, venez vous asseoir. Un morceau de tarte au sucre, ça se refuse pas. Vous irez porter le reste après. De toute façon, les clients de Catherine n'arrivent que demain.

James n'avait pas du tout l'intention de refuser. Le cœur lui battait aux oreilles, car, sans le savoir, par son accueil, Victoire répondait à un souhait qu'il entretenait depuis tout à l'heure. Avoir quelque temps avec Victoire. Avoir le temps et l'occasion de lui parler, de faire plus ample connaissance.

Même si James savait que ça serait inutile et peut-être douloureux.

Il s'installa donc à la table pour manger une pointe de tarte au sucre et, un peu plus tard, il demanda même, bien poliment, une deuxième tasse de thé.

Victoire parla donc de ses gâteaux et de sa clientèle. Il fallait bien meubler le silence.

James, à son tour, raconta la vie dans une grande ville et sur les quais. Il voyait bien que le sujet intéressait Victoire.

Ils dirent en même temps qu'ils aimaient la lecture.

— Un peu de tout, commenta Victoire. Mon mari ne comprend pas. Il dit que c'est une perte de temps, mais je lis quand même.

— Moi, ce sont mes amis qui ne comprennent pas. Ils disent, eux aussi, que c'est une perte de temps. Mais je lis quand même le journal tous les samedis.

Un long regard entre eux scella cette constatation.

Il semblait bien qu'ils avaient là un point en commun! Alors, Victoire déclara, le nez dans son assiette :

— J'aimerais bien visiter Montréal !

— Et moi, je mangerais bien de la tarte au sucre tous les jours.

— Un autre morceau, alors ?

Ils se surprirent à rire ensemble.

Suite à quoi, un long silence étala son malaise sur la cuisine. Silence de timidité, silence de réflexion où quelques regards se croisèrent, intimidés.

James prit congé un peu précipitamment. Maintenant que les banalités avaient été dites, il se sentait embarrassé, confus. Les mots qui lui venaient à l'esprit ne pouvaient être prononcés.

— Vous allez revenir, n'est-ce pas ?

Victoire semblait à la fois inquiète et remplie d'espoir.

James aurait bien voulu avoir le droit de dire oui. Au

lieu de quoi, il murmura en pensant à monsieur Albert :

— Peut-être.

Un « peut-être » tout plein de négation, ils le comprirent tous les deux.

Quand la porte se referma sur James, Victoire courut une fois de plus jusqu'au salon où elle resta longtemps à la fenêtre, surveillant l'Irlandais qui transportait le dernier voyage de ses fines pâtisseries.

Elle se surprit à penser qu'avec lui, elle aurait peut-être eu les enfants qu'elle avait toujours rêvé d'avoir. Puis elle secoua la tête avec commisération.

— Idiote, soupira-t-elle en s'arrachant à sa contemplation. Tu le sais bien que tu ne peux pas avoir d'enfant. Le médecin te l'a dit. Et puis qu'est-ce qui te prend tout d'un coup ? Tu es mariée et bien mariée, non ? Tu l'aimes, ton Albert, et il te le rend bien. Alors, qu'est-ce que c'est que cette folie d'aller s'amouracher d'un inconnu ? De toute façon, ce n'est qu'un étranger qui doit repartir bientôt. Tu ferais mieux de l'oublier, ma fille !

Elle savait cependant que ce dernier vœu serait difficile à réaliser.

Le lendemain à l'aube, sans en avoir parlé à personne, James quitta l'hôtel en catimini et attendit Clovis sur la plage. Il avait appris que ce matin, dès le lever du jour, le marin devait aller chercher quelqu'un sur la Côte-du-Sud. Durant la nuit, incapable de dormir, James O'Connor, communément appelé l'Irlandais depuis qu'il vivait à Pointe-à-la-Truite, avait décidé que ses vacances venaient de prendre fin. Tant pis pour la fête au village : il avait l'intime conviction que ce serait dangereux d'y assister.

« Et puis, le patron sera content de me voir revenir, pensa-t-il tout en marchant vers la plage. Et moi de retrouver mes amis. »

Sur son lit, il avait déposé une somme rondelette à l'intention de la mère Catherine. Comme elle ne savait pas lire, il n'avait laissé aucun message.

DEUXIÈME PARTIE

Été 1891 ~ Été 1893

CHAPITRE 8

Sur la Côte-du-Sud, début septembre 1891, au collège de Sainte-Anne-de-la-Pocatière

Aidé par un confrère de classe, Lionel avait monté sa lourde malle jusqu'au dortoir. Il avait peu de choses à transporter et il aurait préféré utiliser une petite valise comme plusieurs de ses compagnons, mais sur ce point, Emma, catégorique, avait tenu son bout.

— C'est tout ce qu'on a, avait-elle constaté dans la poussière mordorée du grenier qui dansait à contre-jour devant la fenêtre en forme de hublot. Si cette malle-là était assez bonne pour transporter ma dot de Pointe-à-la-Truite jusqu'ici, elle devrait faire l'affaire pour trimbaler ton petit bagage jusqu'au collège. Aide-moi à la descendre pis je veux plus en entendre parler, m'as-tu compris ?

Depuis que sa mère lui avait ouvert tout grand les portes du collège, Lionel n'osait plus lui tenir tête. Sait-on jamais, s'il fallait qu'elle change d'idée !

Aujourd'hui âgé de dix-sept ans, il était pensionnaire au collège de Sainte-Anne-de-la-Pocatière depuis deux ans déjà. Le jeune homme qu'il était devenu détestait la promiscuité du dortoir. Cette longue pièce aux lits cordés les uns à côté des autres n'offrait aucune intimité, mais comme ce n'était guère mieux chez lui, il avait appris à s'en contenter. Il y dormirait tous les soirs jusqu'à la Toussaint, première sortie autorisée pour les pensionnaires du collège.

Face à son lit, Lionel disposait de deux petits tiroirs dans un long meuble blanc qui longeait tout un mur du dortoir. Cette sorte de longue commode, construite en même temps que le collège, servait à ranger les quelques vêtements civils que les étudiants pouvaient porter durant les fins de semaine. Les deux tiroirs suffisaient donc amplement puisque, depuis quelques années, tous ceux qui fréquentaient le collège devaient porter le «suisse», uniforme obligatoire que sa mère avait acheté de seconde main à un ancien élève.

— C'est à prendre ou à laisser, mon garçon. Tu acceptes ce vieux costume ou tu laisses tomber l'école pis tu rejoins ton père aux champs. J'ai pas les moyens de t'acheter des vêtements neufs.

— Pis monsieur le curé, lui ?

Emma avait levé les yeux au ciel.

— Faudrait pas pousser ta chance trop loin, Lionel, ni ton père dans ses derniers retranchements.

Lionel avait donc serré les dents et ravalé sa déception. Au moins, irait-il au collège dès le mois de septembre; c'était un gros acquis.

Un acquis dont sa mère était finalement la seule et unique instigatrice, il ne devait surtout pas l'oublier.

Lionel avait peut-être mauvais caractère, il n'en était

pas moins intelligent et pouvait comprendre ces choses-là. Il se promit donc d'être reconnaissant envers Emma au lieu de passer son temps à rouspéter. Ce serait sûrement à son avantage.

On était alors à l'été 1889, l'année où l'Irlandais était venu chez eux.

Un point tournant dans la vie de leur famille, d'ailleurs, que cette visite. En effet, à la suite du passage de l'Irlandais, plus rien, jamais, n'avait été pareil sous le toit de Matthieu Bouchard. À commencer par Matthieu lui-même.

Pourtant, James O'Connor n'était resté, tout au plus, qu'une petite heure, et on ne l'avait plus jamais revu par la suite. On avait appris qu'une semaine plus tard, il était repassé par le village en direction de Kamouraska pour prendre le train, mais c'était tout. Comment un homme aussi gentil avait-il pu bouleverser la vie familiale des Bouchard en si peu de temps ? Lionel se le demandait encore. Ce n'était sûrement pas à cause de ses propres questions, tout à fait anodines, concernant les écoles de Montréal ! À moins d'être un parfait imbécile, on ne pouvait en vouloir à quelqu'un pour si peu. Or, son père n'était pas un imbécile. Alors, pourquoi afficher une mauvaise humeur récurrente depuis ce jour-là ? Lionel avait beau se torturer les méninges, il ne voyait pas.

À moins que ça ne soit la visite que sa mère avait faite au directeur du collège quelques jours plus tard. Ou celle qui avait suivi, dès le lendemain, chez monsieur le curé. Probablement que ça avait joué même si le nom des Bouchard n'avait jamais été prononcé en chaire le dimanche, contrairement à celui des Painchaud quelques années plus tôt. Aujourd'hui, Lionel comprenait pourquoi ce nom de famille avait jadis ponctué le sermon du curé. Le fondateur du collège, l'abbé Charles-François Painchaud, était un vague parent de ce Ti-Jean Painchaud, le premier bénéficiaire des largesses de la paroisse. N'empêche que le curé Bédard aurait pu exiger que leur nom à eux, les Bouchard, aussi soit mentionné. Après tout, c'était une partie de l'argent de la paroisse qui servait à payer les études de Lionel. Exactement ce que son père disait ne pouvoir accepter. Pourtant, malgré la discrétion entourant son entrée au collège, Lionel avait vite compris que le simple fait que sa mère ait entrepris des démarches avait déplu à son père au plus haut point. Les regards qu'ils avaient alors échangés étaient éloquents. Mais de là à empoisonner l'atmosphère durant des années ?

C'était à n'y rien comprendre.

Ce que Lionel comprenait encore moins, c'était comment son père avait pu changer de point de vue avec autant de facilité. C'était lui qui l'avait encouragé, motivé, incité à lire et même parfois soutenu contre sa mère. Durant des années, c'était son père qui avait fait miroiter les plus beaux métiers.

— Un gars intelligent comme toi peut tout faire dans la vie ! Notaire, avocat, médecin. Même curé !

Souvent, Lionel et son père, quand ils se retrouvaient seuls aux champs, avaient parlé de ces études

que peu de gens pouvaient se permettre d'entreprendre. Le problème de l'argent avait été abordé, bien
sûr, mais Matthieu considérait les résultats scolaires
comme étant de la toute première importance.

— Avec les résultats que tu as, mon fils, tu peux
quand même te permettre d'espérer un peu. On sait
jamais.

Voilà ce que Matthieu disait à Lionel à l'époque où
il l'avait déchargé des corvées ménagères pour qu'il
puisse lire et étudier.

La visite de l'Irlandais avait tout changé. Du moins,
c'est ce que Lionel déduisait des jours, des semaines et
des mois qui avaient suivi la brève rencontre avec James
O'Connor, comme si le simple fait de se montrer insis-
tant à propos de l'école, surtout devant un étranger, lui
avait fermé les portes du savoir à tout jamais et instauré
une ère de mauvaise humeur chronique sous le toit de
Matthieu Bouchard et surtout dans sa tête.

Heureusement, Emma veillait, et c'est grâce à elle si
Lionel avait pu se présenter au collège de Sainte-Anne-
de-la-Pocatière. Le jeune garçon de l'époque n'avait
jamais su qu'elles avaient été les réelles tractations entre
sa mère et le directeur ou le curé, et aujourd'hui, il n'y
pensait plus que très rarement. Cependant, quelques
jours après la visite de l'Irlandais, Emma lui avait
annoncé que s'il aidait aux champs durant tout l'été, au
mois de septembre suivant, il serait admis au collège.

Lionel avait donc retroussé ses manches malgré le
dégoût que lui inspiraient le travail de la terre et le soin
des animaux.

C'est ainsi qu'il avait mérité sa place au collège et il y étudiait depuis cet automne-là. Avec l'aide du père Josaphat, il s'était efforcé, dans un premier temps, de rattraper et, par la suite, de suivre le groupe de son âge. En deux ans, Lionel avait réussi à étudier la matière des Éléments latins, de la Syntaxe, de la Méthode et de la Versification. Quatre années d'étude en deux! Tout un tour de force, mais jamais Lionel n'avait rechigné à la tâche, ce qui l'avait mis dans les bonnes grâces de la direction du collège, d'autant plus qu'il avait eu d'excellentes notes. Il aimait apprendre, se plaisait à l'école, et cette année, c'est avec satisfaction qu'il attaquait les Belles-Lettres, comme la plupart des jeunes de son âge. S'il était fier de lui, si Emma et Mamie l'avaient chaudement félicité et que même le curé Bédard avait souligné sa bonne attitude, Matthieu, lui, avait passé les exploits de son fils sous silence.

Lionel soupira au souvenir de l'été qu'il venait de passer, plutôt maussade de température et d'atmosphère à la maison.

Chaque année, à la rentrée, Lionel avait un bref moment d'introspection comme celui qu'il venait d'avoir. Jamais il n'aurait pu imaginer que c'est à sa mère qu'il devrait tout, que c'est elle qui lui permettait d'avoir ce privilège inouï de pouvoir étudier comme il en avait tant rêvé. Or, c'était un fait: il y a deux ans, en quelques jours à peine, la vapeur avait été renversée à son sujet. Désormais et pour longtemps encore, Emma serait son alliée, tandis que son père continuerait de le bouder.

Lionel se pencha au-dessus de la malle pour retirer ses derniers effets: quelques sous-vêtements et une petite trousse de toilette que Mamie avait confectionnée dans une poche de farine usée. La vieille femme y avait même brodé ses initiales sur le dessus. La délicatesse de cette pensée avait touché Lionel, et c'est avec empressement qu'il y avait rangé son blaireau, son rasoir et le gros pain de savon tout neuf que sa mère lui avait donné hier soir.

— Astheure que tu te rases, ça va être utile d'en avoir un plus gros, avait-elle souligné, plus émue qu'elle ne voulait le laisser voir, tout en emballant le savon dans un bout de papier brun. Avec celui-là, tu devrais te rendre jusqu'au mois de novembre sans problème.

Son fils, son Lionel avait commencé à se raser! L'enfant cédait peu à peu sa place à l'homme.

Et c'est un peu à tout cela que Lionel pensait tandis qu'il finissait son installation. Demain, dans les rires et les éternuements dus à la poussière, les jeunes hommes s'entraideraient à monter les valises et les malles au grenier du collège. Ce serait la dernière journée des vacances. Après-demain, les cours reprendraient, et Lionel savait très bien qu'à partir de ce moment-là, il aurait tellement d'étude et de devoirs qu'il en oublierait la maison et tous ses tracas.

Une, par contre, qui n'oubliait pas, c'était Emma. L'humeur de Matthieu et les insinuations du curé ne le permettaient pas.

Emma se souvenait fort bien que tout avait commencé par une visite qu'elle n'avait pas voulue, mais qu'elle avait appréciée, celle de l'Irlandais, suivie par un moment d'impatience injustifiée de la part de Matthieu.

Le reste découlait d'un coup de tête.

Emma n'avait pas du tout apprécié l'attitude de son mari le jour où l'Irlandais, assis à leur table, racontait la vie d'une grande ville comme Montréal. Pour une fois que les enfants avaient l'occasion d'avoir du bon temps, Emma n'était toujours bien pas pour la leur refuser même si elle savait pertinemment que son mari ne serait pas content de cette visite. Pourquoi ? Elle l'ignorait, mais c'était un fait : depuis qu'ils étaient mariés, Matthieu et elle, jamais il n'y avait eu de contact avec le voisinage, sauf quand le travail de la ferme l'exigeait. Elle ne connaissait de ses voisines que le nom et l'adresse, et parfois le sourire quand elle les croisait à la messe.

Au début de leur vie à deux, Emma ne s'en plaignait pas. Matthieu et elle étaient si amoureux qu'ils se suffisaient à eux-mêmes, et pour compagnie, dans les heures creuses de la journée, il y avait Mamie qu'Emma avait bien vite adoptée ! Les deux femmes s'entendaient à merveille, et l'ordinaire de la maison s'en trouvait allégé.

Puis il y avait eu les enfants. Beaucoup d'enfants en peu de temps. Emma en avait oublié à quel point l'amitié avait été une denrée précieuse pour elle. La jeune mère n'avait plus le temps de penser à ses petites envies personnelles, n'avait plus le temps de penser à autre chose qu'au quotidien d'une famille nombreuse comme la sienne. Elle se couchait tous les soirs épuisée et se levait le lendemain à peine plus reposée.

Si la visite d'Alexandrine avait réveillé certains vieux souvenirs particulièrement chers à son cœur, la naissance des jumeaux, elle, avait replacé certaines valeurs au bon endroit dans l'échelle des priorités d'Emma.

La peur de mourir s'était occupée de tout le reste.

Confinée à sa chambre par le médecin, Emma avait eu de longs mois pour penser et réfléchir. La décision n'avait pas été difficile à prendre : malgré un corps vieilli prématurément, elle était encore jeune et elle avait bien l'intention de profiter au maximum du temps qui restait devant elle. Dorénavant, elle se donnerait la permission de goûter au moindre petit plaisir.

La visite de l'Irlandais avait donc fait partie de ces bons moments qu'elle voulait désormais s'offrir. Ça avait été un plaisir bien anodin, avait-elle jugé, mais qui permettait de fabriquer de beaux souvenirs afin d'éclairer les journées plus sombres. Si Matthieu avait la chance de changer de décor une fois par année en se rendant à Québec pour marchander son avoine en compagnie de Clovis, ce n'était pas son cas à elle. La visite de l'Irlandais avait changé la perspective des choses, et Emma avait compris qu'elle aussi avait droit à certains plaisirs. À partir de ce jour-là, elle avait pu au moins rêver de villes et de rues animées puisqu'elle avait maintenant des images plein la tête, car James savait merveilleusement bien raconter la vie dans une grande ville. Quand Matthieu revenait de Québec, il ne savait que parler de la cathédrale.

Malheureusement, sans raison évidente, Matthieu avait clairement signifié à l'Irlandais qu'il serait préférable qu'il parte. Quand Emma l'avait vu passer devant sa fenêtre de cuisine parce qu'il s'en allait alors que la présence de Matthieu avait déposé une chape de silence sur la cuisine, la jeune femme avait retenu ses larmes. Elle venait de saisir avec une douloureuse acuité que les rêves aussi avaient leur importance dans une vie.

Que dire alors des rêves que l'on pouvait réaliser ?

Quand elle s'était enfin retournée face à sa cuisine et qu'elle avait vu le regard que Matthieu posait sur Lionel, quand elle avait aperçu ses poings colériques fermés le long de ses cuisses parce que le jeune homme avait eu le culot de poser des questions sur les écoles de Montréal, Emma avait su tout de suite ce qu'elle allait faire. Ce qu'elle devait faire.

Si elle, elle n'était pas vraiment heureuse, ses enfants, eux, le seraient ! Coûte que coûte !

Le lendemain, dès que Matthieu était parti à l'autre bout de la terre pour fermer la cabane à sucre, ce qui prendrait au moins une bonne partie de la journée, Emma avait elle-même attelé leur vieux cheval à la carriole et elle s'était rendue au collège.

Dans son antique sac à main de soie moirée qui datait de ses années de jeune fille, elle emportait le dernier bulletin de Lionel.

Elle avait alors âprement discuté avec le principal. Sa famille n'était pas riche, soit, mais ils étaient honnêtes et bon travaillants. Lionel était un jeune garçon intelligent et il méritait sa chance.

Au bout de nombreux palabres, ils s'étaient entendus sur un prix raisonnable couvrant tout juste le coût des repas et du matériel scolaire.

— Cela suffira, madame, vous m'avez convaincu ! Que votre fils soit à la hauteur de vos prétentions et de nos attentes, et nous serons satisfaits.

Emma ressortit du collège fière d'elle-même, mais aussi agacée par la sensation désagréable de n'avoir fait que la moitié du chemin. C'est que le montant demandé, même justifié, était encore beaucoup trop élevé pour les modestes moyens de la famille Bouchard.

Qu'à cela ne tienne !

Le lendemain, alors que cette fois-ci Matthieu préparait ses semis, Emma était partie pour le village. À pied, pour ne pas attirer l'attention.

— Je vous confie la maison, Mamie. Pis tous les enfants qui sont dedans ! Je sais pas trop quand je serai de retour.

— T'as l'air d'un Indien sur le sentier de la guerre, chère. Comme si tu étais investie d'une mission ! Crains pas, je m'occupe de toute !

La longue marche jusqu'au village avait permis à Emma de se préparer à affronter le curé.

Cette fois-ci, elle n'avait pas eu à argumenter vraiment longtemps. Sans le dire ouvertement, le curé Bédard avait laissé entendre qu'il était un peu surpris qu'on n'ait pas pensé à lui avant !

— Avec tous les efforts que Lionel a faits et les résultats obtenus, je croyais que vous aviez compris qu'il était appelé à faire de grandes choses…

Le ton employé suintait de reproches sous-entendus.

— Je sais.

Connaissant suffisamment le curé Bédard, Emma avait baissé les yeux. Si elle voulait arriver à ses fins, elle devrait se montrer humble et soumise même si intérieurement elle bouillonnait. Au prix d'un effort incroyable, Emma avait réussi à se maîtriser et elle avait même porté une oreille attentive aux propos du prêtre qui se complaisait dans les longs monologues. Elle savait fort bien que s'il acceptait de les aider, il y aurait un prix à payer pour sa générosité. En ce sens, elle pouvait comprendre l'attitude de Matthieu et même accepter sa réticence à demander de l'aide au curé. Mais avaient-ils le choix ? Lionel, après avoir été si fortement encouragé à étudier, devrait-il faire les frais de leur fierté ? Emma estimait que non et c'est pourquoi, ce matin-là, marchant sur son orgueil, elle avait exposé leur situation en quelques mots et que peu après, les yeux baissés dans une attitude obséquieuse qui lui répugnait, elle avait subi sans broncher le long discours d'un homme prétentieux et verbeux qui semblait prendre un plaisir infini à embêter les gens autour de lui.

— Si vous saviez le nombre de demandes que l'on m'a faites au fil des années ! Je ne peux toutes les accepter, vous le comprendrez, n'est-ce pas Emma ? S'il n'y allait que de mon pain quotidien, je ferais les sacrifices qui s'imposeraient, soyez-en convaincue. Malheureusement, il y va aussi de l'entretien du temple de Dieu et de ses dépendances, et cette année, la grange à dîme a bien besoin d'être chaulée. Ce presbytère ne m'est que prêté, vous savez, et si mon sacerdoce me guide vers d'autres cieux, je ne pourrai alors que m'incliner avec humilité et rendre à l'Église le bien qui lui appartient dans une condition impeccable. Vous le comprenez, n'est-ce pas ?

— Bien sûr, avait alors approuvé Emma dans un souffle.

Ce qu'Emma comprenait un peu moins bien, cependant, c'était le pourquoi de ce long détour. Où donc le curé cherchait-il à l'emmener ? Avait-il déjà choisi de dire non ? Alors, qu'il l'exprime clairement et qu'on en finisse ! Dans ce cas, Emma sortirait du presbytère pour entrer dans l'étude du notaire, à deux pas d'ici, car il n'était pas dit qu'elle retournerait chez elle les mains vides.

— … Vous comprenez tout ce que je vous explique, j'en suis certain. Le cimetière, l'écurie, le poulailler…

C'est alors qu'Emma avait légèrement et brièvement levé les yeux, un peu décontenancée. Le curé Bédard allait-il s'amuser à faire l'inventaire de tous les biens de l'Église, durant un long moment encore, avant de lui annoncer platement qu'il ne pouvait acquiescer à sa demande d'aide ?

Le regard perdu par la fenêtre de son bureau, le prêtre jouait négligemment avec un lourd coupe-papier en laiton poli et il avait l'air de s'ennuyer tout aussi prodigieusement qu'elle. Emma avait retenu de justesse un long soupir de contrariété.

« Il s'ennuie autant que moi. Raison de plus pour passer à autre chose et vite, s'était-elle alors dit avec impatience. D'autant plus qu'on dirait ben que notre curé, malgré tout ce que j'espérais, ne veut vraiment rien entendre de ma demande. »

— Par contre…

À ces mots, Emma s'était imperceptiblement redressée sur sa chaise. Oubliant ses dernières pensées, elle avait prêté une attention particulière aux propos de son curé.

— Par contre, vous êtes une famille de bons chrétiens, avait poursuivi le prêtre, toujours sans regarder Emma. Je n'ai aucun doute là-dessus. À vous tous, vous formez une famille dont la paroisse est fière.

La paroisse !

Emma avait tout de suite entendu par là que c'était lui, et nul autre, qui était fier de la famille Bouchard. Dans un instant, il allait y venir et parler de leurs nombreux enfants, Emma en était persuadée. Comme de fait, encore quelques mots pompeux et le curé ajoutait :

— Quelle gloire pour nous tous de la paroisse et pour moi, son pasteur, que cette belle famille de Canadiens français ! Je parle de vous à l'occasion, vous savez, quand je dois me rendre à l'archevêché. C'est pourquoi je vais essayer de faire quelque chose pour vous, d'autant plus que notre Lionel a parlé de sacerdoce, n'est-ce pas ? Quoi de plus honorant pour des parents que d'offrir leur fils aîné à Dieu et à l'Église tout en continuant de répondre aux exigences du Seigneur en lui donnant des fils et des filles, car vous êtes encore jeune, n'est-ce pas ? Vos jumeaux se portent-ils bien ? Quel âge ont-ils déjà ? Il me semble que ça fait un certain temps que nous n'avons pas eu le plaisir de baptiser un petit Bouchard! Est-ce que je me trompe?

Le message était à peine voilé: le curé les aiderait pourvu qu'Emma continue à enfanter le plus souvent possible et que lui puisse s'en glorifier auprès de ses supérieurs comme s'il y était pour quelque chose!

— C'est si beau, une grande famille de quinze, seize enfants. Vous ne trouvez pas?

Malgré la colère qu'elle avait senti gronder en elle, Emma avait rassuré son curé: Matthieu et elle continueraient de rendre gloire à Dieu!

— Après tout, pourquoi pas vingt?

Le curé n'avait pas entendu le sarcasme, et il fut alors convenu qu'il se mettrait d'accord avec le directeur du collège pour le paiement des frais inhérents aux études de Lionel.

C'est à ce prix qu'Emma avait trouvé les moyens d'envoyer son fils Lionel au collège. À ce prix et à celui d'essuyer la colère de Matthieu.

Le soir même, dans leur chambre à l'heure du coucher, Matthieu était sorti de ses gonds.

— De quel droit es-tu allée quêter, quémander en mon nom, en notre nom, sans m'en parler? Tu n'as donc aucune fierté?

Il crachait ses mots en fustigeant Emma du regard. Malgré un nœud de désappointement dans la gorge, la jeune femme avait quand même soutenu le regard de son mari. Quand il avait enfin consenti à se taire, elle avait alors demandé:

— Qu'est-ce que ça veut dire, pour toi, le mot «fierté»?

Il n'y avait aucune colère dans la voix d'Emma, uniquement une infinie tristesse, une immense déception. Elle avait naïvement cru que si toutes les démarches étaient faites, Matthieu se plierait de bon gré devant les faits accomplis.

Elle avait naïvement cru que son mari et le père de ses enfants serait à la fois soulagé de n'avoir rien eu à faire ou à dire et heureux pour leur fils Lionel qui pourrait ainsi réaliser son grand rêve d'étudier.

De toute évidence, il n'en serait rien.

— Pourquoi s'en faire pour si peu ? avait-elle encore demandé parce qu'elle ne comprenait pas cet entêtement. Personne n'est au courant, à part le curé Bédard et le directeur du collège. Il me semble que…

— C'est déjà trop, avait coupé sèchement Matthieu.

— Tu trouves que c'est trop cher payer pour le bonheur de notre garçon ?

— Ouais, je trouve que c'est beaucoup trop cher… C'est toi-même qui le disais : si un jour nos enfants font de grandes études, c'est à nous autres qu'ils le devront. Pas à la charité. Et j'ai plié devant tes arguments.

Matthieu était-il en train de dire qu'Emma était la seule responsable de cette discussion ? Du moins, est-ce là ce qu'elle comprit. À sa tristesse se greffa alors un début de colère tandis que Matthieu poursuivait sur sa lancée.

— Me semble que c'est pas dur à comprendre que pour un homme comme moi qui donne le meilleur de ses années à sa famille, il espère que sa femme sera toujours une alliée à ses côtés. Si je dis qu'on a pas les moyens de payer le collège à Lionel, c'est pas à toi de décider autrement pis de me jouer dans le dos. Moi, quand j'étais jeune, j'ai pas insisté quand mon père m'a dit que je pourrais pas étudier pour devenir curé comme je le souhaitais. J'ai compris ce qu'il me disait pis j'ai respecté son choix. C'était lui le père, c'était donc lui qui savait ce qui était bon pour moi. C'était ben décevant, c'est sûr, mais c'est aussi ça, la vie. Un paquet de déceptions !

— Mais comme tu l'as déjà dit, dans ton cas, y avait pas juste l'argent qui était en cause. Tes notes aussi ont joué dans...

La gifle avait interrompu brutalement Emma, la laissant confondue, blessée et humiliée.

À court de mots et d'arguments, Matthieu avait osé lever la main sur elle.

Les yeux agrandis par la peur, une main posée sur sa joue brûlante, Emma avait reculé d'un pas.

Horrifiée, elle venait de comprendre qu'entre Matthieu et elle quelque chose d'essentiel venait de mourir et que ce n'était pas uniquement la fierté bafouée ou l'orgueil blessé qui faisaient parler ou agir son mari ainsi.

C'était la jalousie.

Ce regard dur qui détaillait Emma à ce moment-là, impénétrable et pourtant bouillant, lançait des flammes.

Comme deux jours auparavant quand Matthieu avait aperçu l'Irlandais. C'était exactement le même regard qu'à l'instant où Matthieu avait aperçu l'Irlandais assis à sa table.

Instinctivement, à ce souvenir-là, Emma avait reculé d'un second pas tandis que tant de choses lui venaient à l'esprit, déferlantes de moments à deux, de décisions incomprises, de situations inattendues...

Matthieu Bouchard était un homme jaloux et il l'avait toujours été. Seul l'amour avait aveuglé Emma, l'empêchant de voir qui était réellement ce jeune homme calme et timide qui la courtisait.

Mais là, présentement, tout semblait si clair, si limpide.

Matthieu était jaloux des hommes pouvant poser les yeux sur sa femme au point où, quand ils étaient jeunes, il disait préférer les longs moments en tête à tête aux réunions bruyantes des amis.

Emma n'y avait vu qu'un grand sentiment de tendresse.

Matthieu était jaloux au point d'avoir fui leur village pour s'installer là où personne ne les connaissait.

Emma n'y avait vu qu'une façon de se rendre la vie plus facile.

Et plus récemment, il s'était mis à être jaloux de voir que leur fils réaliserait probablement son grand rêve de devenir prêtre, alors que lui avait dû remiser ses ambitions.

Dans ses réticences, Emma n'avait vu que de la fierté malmenée.

Mais derrière les apparences, il y avait tout un monde de mesquineries qu'elle aurait préféré ne jamais découvrir.

La jalousie...

Voilà pourquoi les Bouchard ne se mêlaient pas aux autres paroissiens, pourquoi Matthieu acceptait si facilement de faire les courses à la place d'Emma, pourquoi ce même Matthieu répondait toujours que Clovis n'avait jamais le temps d'accepter les invitations d'Emma à venir manger avec eux quand il était de passage à l'Anse-aux-Morilles, pourquoi il ne voulait pas que Lionel poursuive ses études, pourquoi il avait mis l'Irlandais à la porte, pourquoi il jugeait inutiles les rencontres à l'école du rang et frivoles les petits spectacles de fin d'année...

Pourquoi, pourquoi, pourquoi...

Étourdie, Emma avait quitté la chambre.

— Je vais prendre un thé. Si tu en veux un, tu n'as qu'à descendre.

Matthieu n'était pas descendu.

Deux mois plus tard, Emma avait remercié le Ciel pour une fausse-couche venue la soulager d'une terreur qui l'empêchait de dormir. Après tout, Dieu avait peut-être entendu ses prières et la famille Bouchard, malgré ce que Matthieu espérait — il ne s'en cachait pas —, s'arrêterait aux jumeaux Célestin et Antonin qui, eux, continuaient de grandir en santé malgré une grande différence de poids et de morphologie.

Les mois puis les années avaient passé et aujourd'hui, Emma était allée reconduire Lionel au collège. Entre la mère et le fils, aussi curieux que cela puisse paraître, une belle complicité était née.

— Je vais m'ennuyer de vous, maman.

— Moi aussi, mon grand. Moi aussi.

Ils étaient restés assis dans la carriole durant un long moment. Emma aurait bien voulu parler, confier la tristesse ressentie à le voir partir pour deux longs mois. Quand Lionel était à la maison, Matthieu était moins sévère, comme s'il avait peur de ce fils devenu un homme plus grand que lui. Emma aurait voulu aussi être capable de dire sa hantise d'avoir un autre enfant. Mais une mère ne parle pas de ces choses-là à son fils. Il n'y avait personne à qui elle pouvait en parler. Elle avait donc tenté de cacher ses larmes tandis que Lionel triturait un coin de sa veste.

— Deux mois, ça va passer vite, tu vas voir, avait-elle déclaré, espérant ainsi dénouer la tension du moment.

— Pour moi, oui, j'ai tellement d'étude, avait constaté Lionel. Mais vous…

Mais vous…

Emma avait alors compris que Lionel, à sa manière, avait peut-être deviné bien des choses.

— À la Toussaint, quand tu seras avec nous, on mangera une belle grosse dinde. Je sais que tu aimes ça.

— Merci, maman. Vous êtes pas mal fine de toujours penser à vos enfants. Ce que j'aime, ce que Gilberte préfère, ce qui ferait plaisir à Marius, à tous les autres, à Mamie…

Il n'y avait plus que Matthieu à qui Emma ne cherchait plus à plaire et Lionel l'avait remarqué. Alors, il n'avait pas osé prononcer son nom.

— Faites attention à vous, maman. Je vais prier pour tous vous autres.

— Moi aussi, j'vas prier pour toi. Pis continue de me faire honneur avec tes belles notes… Mamie pis moi on est comme deux petites filles à la veille de Noël quand tu reviens chez nous tellement on a hâte de voir ton bulletin. Même si la pauvre vieille sait pas lire, elle connaît quand même un peu ses chiffres pis tes notes sont ben importantes pour elle…

Emma s'était essuyé le visage, où quelques larmes s'étaient mises à couler malgré sa volonté de ne rien laisser voir de sa tristesse.

— Bon, assez larmoyé! avait-elle lancé en reniflant. Ça peut pas être pire cette année que les autres fois, hein, mon grand? Faut que je rentre, j'ai un souper à préparer. T'es sûr que tu peux t'arranger avec ta grosse malle?

— Oui, je suis sûr. Je vais aller chercher un confrère pour m'aider. J'ai vu quelques visages à la fenêtre, là-bas, tout en haut, rassura-t-il en pointant le toit de la grosse bâtisse de pierres grises.

Puis, dans un geste spontané, Lionel, qui habituellement se gardait bien de montrer quelque émotion que ce soit, s'était penché vers sa mère et avait déposé un baiser furtif sur sa joue. Embarrassé, craignant d'être aperçu par quelqu'un, il s'était vite redressé.

— À bientôt, maman. Je vais vous écrire.

Tout en parlant, il avait sauté en bas de la carriole.

Quand Emma avait tourné dans la rue principale au bout de l'allée, elle avait jeté un bref coup d'œil derrière elle. Debout à côté de sa malle, Lionel la saluait d'un large mouvement frénétique du bras. Elle avait alors ravalé ses dernières larmes et sur un dernier au revoir, elle avait fouetté le dos du cheval d'un bref coup sec des rennes et elle était repartie au petit trot.

Mamie l'attendait sur la galerie, se berçant énergiquement, à en user les planches. Quand Lionel n'était pas là installé en train de lire, c'est elle qui occupait l'unique chaise berçante que possédaient les Bouchard.

— Pis, chère ? demanda-t-elle dès qu'Emma mit pied à terre, confiant son attelage à Gilberte venue au-devant d'elle, notre Lionel est-tu ben rendu ?

— À l'heure qu'il est, il doit être en train de vider sa malle.

Emma monta l'escalier d'un pas lourd.

— T'as ben l'air esquintée ! Pas trop d'ennui, chère ? Me semble que t'as les yeux un peu rouges.

— Ça doit être le vent pis la poussière, Mamie. Juste le vent pis la poussière, répéta-t-elle un peu précipitamment en se laissant tomber sur la dernière marche de l'escalier. Le temps est ben sec depuis quelques jours.

Puis elle poussa un long soupir à l'instant où d'un coup de talon, Mamie remettait en branle le balancement de sa chaise.

— C'est ben ce que je me disais… C'est vrai que le temps est sec.

Durant un moment, Emma n'entendit que le frottement des patins de la chaise contre le bois usé de la galerie. Puis il y eut le piaillement d'un oiseau, suivi du meuglement d'une vache.

— Ah oui… J'allais oublier… Matthieu fait dire de

pas l'attendre pour souper, chère. Y' est parti au champ d'avoine avec Marius, Gérard pis Louis...

Emma se sentit aussitôt plus légère. Elle n'aurait pas à expliquer ses yeux rougis une seconde fois. Si Mamie acceptait souvent de faire semblant de la croire, il en allait tout autrement avec Matthieu.

— Si c'est comme ça, on leur gardera chacun une bonne assiettée dans le réchaud du poêle.

— C'est exactement ce que je me disais, chère. C'est pour ça que j'ai mis la vieille poule qu'on a tuée hier dans un chaudron avec un p'tit morceau de lard. A' va cuire pour un boutte pis on rajoutera plein de légumes du jardin. Ça se garde facilement au chaud.

— Vous avez préparé le souper ?

Mamie ne répondit pas. Elle se contenta de faire un clin d'œil à Emma avec un petit sourire en coin.

— Pourquoi pas ? murmura-t-elle en reportant les yeux sur l'horizon où le soleil commençait à descendre. Faut ben s'entraider un peu, non ? Y' reste juste à passer par le jardin pour casser des fèves pis arracher quelques carottes pis des patates.

— Ben merci, Mamie. Ça sera toujours ça de moins à faire dans ma journée... J'vas en profiter, tiens, pour cuire un gâteau. Le temps de me changer, de passer par le poulailler me chercher des œufs pis j'vas faire un gâteau éponge.

— C'est là que tu vas faire plaisir à Gilberte, chère. Tu sais combien elle aime ça, du gâteau éponge !

— Je le sais. Pis moi aussi, j'aime ça... Avec de la crème pis un peu de sucre d'érable... Bon ! soupira

Emma en jetant un coup d'œil autour d'elle. Un coup de cœur, faut que je me lève. Si je reste assis ici une minute de plus, j'aurai plus le goût de rien faire.

— Pis ça vaut pour moi, chère, lança joyeusement Mamie.

Elle se releva en grimaçant. Les douleurs à ses articulations allaient toujours en augmentant.

— Pendant que tu te changes, moi, je passe au poulailler… On se rejoint dans la cuisine.

Sans attendre de réponse, la vieille dame descendit l'escalier en s'agrippant fermement à la rampe.

Emma la suivit des yeux jusqu'au moment où elle disparut au coin de la maison, une eau tremblante perlant à ses paupières.

— Pourquoi chercher ailleurs ce qui me pend au bout du nez ? murmura-t-elle en se relevant à son tour. J'ai ici, auprès de moi, une femme merveilleuse qui peut être à la fois une amie, une mère et une grand-mère. Si j'ai besoin de parler, elle est là. Et je sais qu'elle peut être aussi muette qu'une tombe.

De se le dire et de se le répéter fit se dégager chez Emma une bonne chaleur à hauteur du cœur.

Sur une promesse d'être plus proche encore de la vieille dame, elle entra dans la maison qui sentait bon la poule qui cuisait lentement sur un rond du poêle. Elle inspira profondément, les yeux mi-clos.

Quand elle attaqua l'escalier qui montait aux chambres, un frêle sourire avait remplacé les larmes.

CHAPITRE 9

Pointe-à-la-Truite, mai 1892

Le temps était doux, presque trop doux. C'était inhabituel en cette période de l'année. Les pluies froides du printemps avaient rapidement cédé leur place à celles plus chaudes mais aussi plus violentes de l'été.

— Curieux printemps cette année.

Assis sur la galerie, profitant d'une soirée particulièrement agréable sous un ciel qui lentement virait à l'indigo, Clovis admirait la lune orangée qui se levait, frôlée par deux longs nuages qui s'effilochaient devant elle tout au long de l'horizon. Son reflet tremblant traçait une flèche dorée qui pointait leur maison sur les eaux du fleuve. L'humidité ambiante était aussi lourde que celle d'une belle soirée du mois de juillet.

— On se croirait en plein été, ajouta-t-il à l'intention d'Alexandrine après avoir aspiré une longue bouffée sur sa belle pipe en écume. On a droit à un début de saison précipité, comme pour l'année 1889.

Clovis secoua sa pipe contre le talon de sa chaussure.

— Si le temps change pas, j'vas profiter du vent qui s'est levé aujourd'hui pour traverser vers l'Anse demain. Tu le sais : j'aime mieux voguer à voile pis Baptiste m'a fait savoir par Napoléon qu'il voudrait des poches de patates. De leur bord, y' en reste pu ben ben. J'vas y aller avec les garçons.

Assise tout près de Clovis, Alexandrine s'émerveillait elle aussi d'une lune particulièrement spectaculaire. De leur cuisine, derrière elle, parvenait le murmure des voix des plus vieux qui faisaient leurs devoirs. En fait, il n'y avait que le petit Léopold qui n'allait pas encore à l'école et pour Joseph, ce serait la dernière année à user son fond de culotte sur les bancs de la classe de mademoiselle Cadrin. Il avait décidé, tout seul et au bout d'une longue réflexion, comme le faisait régulièrement Clovis, qu'à partir du début de la saison de navigation, il suivrait son père tous les jours, au grand plaisir de ce dernier. Une autre génération de Tremblay qui prendrait la mer ! Mais ça, ça serait uniquement à partir du mois de juin, c'est Alexandrine qui l'avait exigé.

— Tu vas toujours ben finir l'année qui est commencée, mon Joseph. Tu suivras ton père par la suite.

C'est pourquoi Alexandrine répliqua rapidement à l'annonce de Clovis.

— Pis l'école, elle ? demanda-t-elle sans quitter l'horizon des yeux. Demain, y a de l'école pour tout le monde.

— Ben pour une fois, nos deux grands vont la manquer, leur école. J'y ai ben pensé pis y a pas d'autre solution.

Alexandrine retint un soupir d'impatience devant

cette manie qu'avait Clovis de toujours réfléchir pour lui-même sans la consulter. Joseph avait de qui retenir. Tel père, tel fils! Alors, ce soir comme trop souvent, hélas! Clovis avait attendu à la dernière minute pour aviser Alexandrine de ses décisions. C'était bien là le seul défaut que la jeune femme trouvait à son mari.

— J'ai besoin d'aide pour décharger le bateau, poursuivait Clovis sans tenir compte du pincement des lèvres d'Alexandrine tout en rajoutant du tabac dans le fourneau de sa pipe. Comme ça, je pourrais espérer revenir dans la même journée. Des poches de patates, c'est pesant. Tout seul, j'y arriverais pas. Mais à deux, Joseph pis Paul devraient être capables de m'aider pour la peine. Sans remplacer complètement Alcide qui peut pas venir comme d'habitude, ça devrait avoir de l'allure. Comme ça, on pourrait être de retour avant le souper.

— C'est vrai, Alcide est malade.

Leur voisin et ami, le compagnon le plus fidèle quand Clovis avait besoin d'aide, Alcide Couture, avait attrapé une pneumonie durant l'hiver. Il avait failli en mourir et si tout danger était passé, il devait quand même rester au repos pour quelques semaines encore.

— Ben ça sera comme tu veux, Clovis, même si ça m'inquiète ben gros de savoir nos deux gars sur le bateau avec toi. Les grandes marées sont pas encore passées.

— Pis y a des années où on n'a pas vraiment de grandes marées, constata Clovis de sa voix la plus calme. Pour une fois, les glaces des battures les ont pas attendues pour lever pis gagner le large. Depuis quelques jours, la mer est belle.

— C'est vrai, je peux pas t'obstiner là-dessus.

Un bref silence suivit ces quelques mots. Puis, d'une voix évasive, Alexandrine souligna :

— C'est Victoire qui me disait justement hier que dans l'almanach du peuple de chez Beauchemin, ils ont prédit du gros temps pour cette semaine. Une lune rouge de même, ça doit être ça que ça annonce. Ce qui me fait dire que pour demain, tu devrais peut-être...

Clovis échappa un petit rire sec, interrompant ainsi Alexandrine.

— Tu viendras pas me dire que tu crois à ces balivernes-là ? Que tu crois à tout ce qui est écrit dans l'almanach ?

Piquée au vif par le ton narquois de son mari, Alexandrine se tourna vivement vers lui.

— Pourquoi pas ?

— On a de la misère à prédire le temps pour le lendemain pis eux autres, ils pourraient le faire une année à l'avance ? Voyons donc, Alexandrine !

Ainsi remise face au gros bon sens, la jeune femme esquissa un pâle sourire.

— C'est vrai que c'est un peu bête, admit-elle finalement en reprenant sa pose, les yeux sur l'horizon. Mais la lune, elle ? Tu trouves pas qu'elle est ben spéciale à soir ?

— Ouais... Mais c'est pas la première lune un peu plus rouge que d'habitude à se lever sur la Pointe pis ça change rien à mes intentions. À moins d'un vent à écorner les bœufs demain matin, je pars pour l'Anse avec nos gars.

Au ton employé, Alexandrine comprit qu'il ne servirait absolument à rien d'insister, d'autant plus que son argumentation n'était pas très solide.

— Mais promets-moi quand même d'être prudent, murmura-t-elle.

— Je suis toujours prudent.

— Ça aussi, c'est vrai, concéda-t-elle facilement pour une seconde fois. Mettons que j'ai rien dit... Astheure, j'vas rentrer pour prévenir les garçons. S'ils sont pour partir avec toi, vaudrait mieux qu'ils se couchent pas trop tard.

Le lendemain, Alexandrine se leva à l'aube, elle aussi, pour regarder ses hommes partir, comme elle appelait affectueusement ses deux grands garçons et son cher Clovis.

— Pis vous écoutez votre père ! ordonna-t-elle en refermant les pans de la veste que portait le jeune Paul.

— Maman !

C'est Joseph qui venait de parler. Resplendissant, il prenait l'avertissement de sa mère avec un grain de sel. Rien ne lui plaisait autant que de partir avec son père pour une longue journée sur l'eau. Ce n'étaient surtout pas les recommandations d'Alexandrine qui allaient poser un éteignoir sur sa joie, d'autant plus que cette journée était soustraite à celles passées à l'école.

En effet, la semaine dernière, Joseph avait affiché à la tête de son lit deux feuilles arrachées à un vieux calendrier passé date. Tous les soirs avant de se coucher, l'adolescent biffait la journée qui venait de s'écouler. Pour lui, le compte à rebours était commencé et le 24 juin au matin, il serait un homme! Et c'est vraiment l'allure qu'il avait quand le jeune de bientôt seize ans marchait aux côtés de Clovis. Leurs enjambées avaient maintenant la même portée.

Un peu plus taciturne, Paul suivait en traînant de la patte. Pas très grand, il aurait bientôt douze ans et pour lui, une journée en mer était une journée de punition. Par contre, il ne dénigrait pas la marine, bien au contraire. Les bateaux, leur capacité de flotter et leur maniement le fascinaient. Depuis que son père lui avait apporté de la ville un gros livre qui parlait des navires marchands et des navires de guerre, des bateaux à voiles et de ceux qui fonctionnaient à la vapeur, avec quelques dessins à l'appui, le jeune garçon passait tout son temps libre à feuilleter son livre, à le lire et le relire.

— Un jour, c'est moi qui vas dessiner les bateaux de toute la famille, disait-il, le regard rempli d'espoir et de fierté anticipée. Ceux de papa, c'est ben certain, mais ceux de Joseph, aussi.

Même si à cet âge-là, le jeune Paul avait le temps de changer d'avis bien des fois encore, ni Alexandrine ni Clovis n'auraient eu l'idée de le contredire. Bien au contraire! Ils l'avaient pris tellement au sérieux qu'une vieille boîte de conserve cachée au fond d'une penderie de leur chambre se remplissait depuis quelques années. Si dans un an ou deux, leur fils, persistant dans son idée, parlait encore de partir pour étudier à la ville, ils auraient tout ce qu'il faut pour souscrire à sa demande. Et si jamais le contraire se produisait, ce serait peut-être le petit Léopold qui en profiterait.

— Un jour, disait Clovis en riant, les Tremblay de chez Clovis ici présent vont former une compagnie à eux autres tout seuls ! Paul va dessiner pis construire des bateaux que moi, devenu vieux, j'vas vendre aux plus offrants. Pis Joseph, lui, prendra ma place pour naviguer avec Léopold comme matelot !

Quand Clovis parlait ainsi, le gamin d'à peine trois ans grimpait sur les genoux de son père pour l'écouter raconter ses fantaisies, l'air ravi.

En attendant ce jour béni, Alexandrine les écoutait rêver et discuter, un sourire légèrement moqueur sur les lèvres.

Ce matin-là, donc, quand ils partirent tous les trois ensemble et qu'Alexandrine estima qu'ils devaient être rendus à la plage, elle sortit de la maison par la porte de la cuisine et courut jusqu'à la falaise au bout de leur terrain pour les voir s'embarquer. À partir du quai, c'était beaucoup plus facile d'appareiller aujourd'hui qu'à l'époque où ils échouaient les bateaux sur la grève.

Alexandrine ne quitta son poste que lorsque la goélette de son mari eut gagné le large, se dirigeant droit devant vers l'autre rive qu'on n'apercevait pas vraiment ce matin à cause de la brume qui semblait flotter sur la houle.

Mais alors qu'elle était en train de se retourner, cette même brume avala brusquement le bateau qui disparut à ses yeux. Songeuse, une subite crampe au ventre signalant son inquiétude, Alexandrine rebroussa chemin.

Elle aurait dû insister pour tous les garder à la maison. Il était trop tôt dans la saison pour songer à traverser sur la Côte-du-Sud. Et puis le ciel était chagrin ce matin et hier soir, la lune était trop rouge.

Le soleil ne parut que sur l'heure du dîner, apportant un réel soulagement à Alexandrine. Encore une fois, elle s'était inquiétée pour rien.

L'heure du repas fut donc joyeuse et quand elle se retrouva seule avec le jeune Léopold, Alexandrine décida de profiter de cette journée ensoleillée et légèrement venteuse pour enlever tous les rideaux de la maison afin de les laver.

— Tu vas m'aider, Léo! Toi aussi tu vas frotter avec la planche pis quand j'vas étendre les rideaux sur la corde, c'est toi qui vas me donner toutes les épingles à linge.

Le bambin leva un sourire radieux vers sa mère. Un rien l'amusait, une peccadille lui faisait plaisir, ce qui faisait dire à Victoire que cet enfant-là était une bonne pâte, tout comme sa marraine.

L'après-midi passa sans qu'Alexandrine ait le temps de s'inquiéter, et ce fut bientôt l'heure de préparer le souper, car les plus grands arrivaient justement de l'école.

Machinalement, Alexandrine tourna les yeux vers le fleuve. Gris comme le ciel, le cours d'eau était calme, très calme. Devait-elle s'en réjouir ou s'en inquiéter?

Au même instant, de l'autre côté du fleuve, Clovis et

ses fils achevaient de charroyer les poches de patates de la cale du bateau à la charrette de Baptiste, le marchand général. Le ciel avait été gris et lourd toute la journée, l'humidité, harassante, mais heureusement, il n'avait pas plu.

— Un dernier voyage jusqu'à la charrette pis on va pouvoir repartir. Grâce à vous deux, on va arriver à temps pour souper... ou presque. C'est votre mère qui va être contente !

Dans la demi-heure, ils embarquaient tous les trois à bord de la goélette et faisaient demi-tour. Direction, la maison ! Au loin, au-dessus du village de Pointe-à-la-Truite, le ciel était toujours bleu, comme si le couvert nuageux s'était arrêté en plein milieu du fleuve à l'heure du midi et qu'il était resté là. Tant mieux : pour Alexandrine, la journée avait dû être belle.

Ce fut la noirceur ambiante, enveloppante et un peu lugubre, qui alerta Clovis. Il y avait comme une menace qui planait sur le bateau.

Délaissant l'horizon, il regarda derrière lui.

Au-dessus des Appalaches, le ciel n'était plus d'un ton de saleté, de ce gris poussiéreux comme il l'avait été durant toute la journée. Non. Présentement, le ciel virait à l'anthracite. Le regard fixé sur l'autre rive, droit devant lui, Clovis n'avait pas vu l'amoncellement noir et sinistre qui venait du sud-ouest. En détournant la tête, il avait aussitôt senti son cœur s'affoler. Les nuages fonçaient droit sur eux et pas question de faire demi-tour. D'où il était, le marin voyait le vent qui malmenait brutalement les arbres de la côte.

Impossible d'espérer accoster sans dommages.

Clovis savait par instinct, avant même qu'elle fonde sur lui, que la tempête serait dure.

Il constata que la pluie tombait déjà dru sur l'Anse-aux-Morilles.

Clovis reporta son attention devant lui. Il allait pousser les machines, mettre toute la vapeur pour passer devant l'orage.

Il avait déjà évité des tempêtes de ce genre.

Durant quelques minutes, il y crut vraiment. Le bateau fendait les flots avec rapidité quand une forte secousse lui fit agripper le gouvernail. Une secousse, une seule, mais formidable, venait de changer la mise.

Le vent dardait déjà la goélette, s'en amusait comme un chat joue avec une souris. Heureusement que c'était le calme plat, tout à l'heure, et qu'il n'avait pas mis les voiles, sinon l'orage aurait pu démâter le bateau.

Sans crier gare, le vent venait de partout.

Ce complice quand il gonflait la voile par beau temps s'était sournoisement métamorphosé en ennemi. Le pire des ennemis quand l'orage le faisait se déchaîner.

Clovis eut une pensée pour Alexandrine. Elle allait bien se moquer de lui quand il rentrerait. Il entendrait parler de l'almanach de Beauchemin et de ses prédictions jusqu'à la fin de ses jours.

Des deux mains, les muscles des bras tendus par l'effort, Clovis tenait fermement le gouvernail. Il ne pouvait délaisser la cabine pour partir à la recherche de ses deux garçons sinon le bateau risquait de se revirer comme une crêpe. De la main, il ouvrit la fenêtre à sa droite, retint le battant que le vent cherchait à refermer et il se mit à crier.

— Joseph, Paul ?

La dernière fois qu'il avait vu ses fils, ils étaient à la proue du bateau et s'amusaient à regarder la coque fendre les vagues. Clovis s'était même dit que c'était surprenant de voir Paul aux côtés de Joseph, lui qui n'aimait pas l'eau.

C'était juste avant la noirceur subite et le coup de vent.

Le temps de regarder par-dessus son épaule, durant les quelques instants où son attention avait été sollicitée ailleurs, et Joseph et Paul avaient disparu.

Clovis ne voyait plus ses fils et le cœur voulait lui sortir de la poitrine. Il se dit alors qu'ils avaient dû se mettre à l'abri.

— PAUL, JOSEPH !

Clovis criait à s'en arracher la gorge, le cœur battant à tout rompre à cause de l'effort qu'il devait fournir, à cause de l'inquiétude qui l'étreignait, à cause de la peur qui l'enveloppait de ses doigts glacés.

Clovis ne s'en apercevait pas, mais les larmes s'étaient mises à ruisseler sur ses joues. Larmes d'appréhension, d'impuissance, d'angoisse.

Son instinct de père lui criait de tout lâcher pour rejoindre ses fils. Ils avaient sûrement besoin de lui.

Son instinct de marin lui dictait de ne pas abandonner le gouvernail. Les risques de se perdre corps et biens étaient trop grands.

Pourquoi aussi n'avait-il pas exigé que Joseph et Paul

restent avec lui dans la cabine ! Si Alexandrine avait été là, elle l'aurait ordonné. Quand la mer n'était pas d'huile, dès que la surface de l'eau se mettait à frissonner un peu plus fort qu'à la normale, Alexandrine voulait toujours avoir les enfants auprès d'elle.

Du revers de la manche, Clovis essuya son visage en reniflant.

Lui, il n'avait jamais demandé aux garçons de le suivre comme son ombre et s'il agissait comme ça, n'imposant rien, c'est qu'il se sentait en confiance. Il avait toujours été à l'aise sur l'eau. Il se moquait même parfois des inquiétudes d'Alexandrine. Il lui répétait que la mer était son amie et qu'il n'en avait pas peur. Bien sûr, il s'était souvent mesuré à elle. Il n'en était pas à son premier grain. Clovis Tremblay avait essuyé bien des tempêtes au fil des saisons. Avec son père, d'abord, quand il n'était qu'un gamin, puis avec ses compagnons quand il avait hérité du bateau familial et même parfois avec ses fils depuis qu'ils avaient commencé à le suivre dans ses voyages.

S'il était moins exigeant qu'Alexandrine, Clovis avait tout de même mis ses deux garçons en garde en disant et en répétant moult fois, sinon à chaque voyage, que la mer était une compagne parfois capricieuse.

Mais pour les rassurer, il ajoutait toujours que lui, Clovis Tremblay, il n'avait jamais perdu contre elle.

Joseph, un brin fanfaron, et Paul, toujours craintif, l'avaient cru, chacun pour une raison qui lui était propre. Quand est-ce que leur père leur avait menti ?

— JOSEPH, PAUL ?

Agrippé au gouvernail, Clovis continuait de s'époumoner même s'il savait qu'à travers les meuglements du vent et les coups de semonce du ressac contre la coque, sa voix ne pourrait jamais rejoindre ses fils.

Épuisé, ruisselant de sueur, les bras et les mains brûlants de douleur, mais tenant bon, Clovis se surprit à prier, lui qui n'était guère porté sur les choses de l'Église, tant sur ses croyances que sur ses rites. Pour lui qui était en contact quotidien avec la nature, c'était sur l'eau et nulle part ailleurs qu'il sentait la présence de Dieu dans sa vie.

Et dans sa chambre à coucher, au moment de la naissance de chacun de ses enfants. À ses yeux, le miracle était trop grand dans sa perfection pour que l'Homme en soit l'unique artisan.

Mais comme ce soir on aurait dit que la mer prenait sa revanche sur toutes ces fois où il s'était vanté de l'avoir vaincue, Clovis sentait le besoin d'une force plus grande que lui.

Clovis demanda un miracle à Dieu. Ni plus ni moins. Lorsque la mer s'associait au vent et aux vagues comme en ce moment, Clovis la respectait. La goélette, pourtant de belles dimensions, n'était plus qu'une coquille de noix ballottée par le tangage, et Clovis n'était plus qu'un capitaine impuissant qui s'en remettait à Dieu pour sceller leur sort.

Ou encore une fois il vaincrait avec l'aide de ce Dieu qui ordonnerait aux éléments de se calmer, ou il mourrait emporté par les eaux.

Dès le premier jour où il avait mis le pied sur un

bateau, Clovis savait que cette fatalité pouvait le frapper. Tous les marins du monde le savent. Si Clovis l'avait accepté pour lui-même, il ne pouvait cependant l'envisager pour ses fils.

Alors, en attendant que Dieu décide, il se battrait. À la limite de ses forces, il poursuivrait la lutte. Il avait promis de ramener Joseph et Paul à la maison et c'est ce qu'il ferait.

Avec l'aide de Dieu.

— Papa ?

Le cœur de Clovis bondit si fort qu'il faillit échapper le gouvernail. Il détourna la tête. Debout dans l'encadrement de la porte, Paul s'agrippait au chambranle pour ne pas tomber.

— Dieu soit loué !

Clovis poussa un long soupir de soulagement, l'énergie lui revenant subitement, entière.

Si Paul était là devant lui, tout allait bien. Joseph connaissant mieux la mer et ses dangers, il avait dû se mettre à l'abri.

Sûrement, n'est-ce pas, qu'il l'avait déjà fait ?

Si l'instant d'avant, Clovis était prêt à s'en remettre à Dieu pour dénouer la situation, maintenant, il avait une raison valable de se battre. Seul s'il le fallait.

Et il allait le faire pour ses fils, pour sa famille. Un jour, dans un avenir lointain, tous les trois, ils raconteraient l'histoire avec une certaine gravité dans la voix et personne ne voudrait les croire.

— Viens ici, Paul, viens proche de moi. Assis-toi sur le plancher pis bouge pus. On va s'en sortir, tu vas voir.

C'est un grain, un gros, je te l'accorde, mais j'en ai vu d'autres, beaucoup d'autres...

Obligé de ramener les yeux devant lui, et ceci, très vite, Clovis ne remarqua ni le regard vide de son fils ni ses gestes d'automate quand il se laissa tomber sur le plancher, incapable de rejoindre son père. Ses jambes ne le portaient plus et des deux bras, il continuait d'étreindre le chambranle de la porte tandis qu'une flaque d'eau allait s'élargissant tout autour de lui. La peur l'empêchait d'agir.

Poussée par le vent mais rabattue par les vagues, la goélette resta coincée au milieu du fleuve durant plus de deux heures.

La nuit était tombée et la noirceur n'en était que plus grande.

Puis lentement, le vent commença à s'assagir, les vagues se firent moins hautes, moins anarchiques.

Quand Clovis comprit qu'une fois encore, il avait gagné contre sa meilleure amie et sa plus grande rivale, sa première pensée fut pour Alexandrine. Merci, Seigneur, il la retrouverait. Malgré la fatigue du corps et l'épuisement de l'esprit, Clovis esquissa un sourire.

La belle Alexandrine lui passerait tout un savon, mais il se jura qu'il ne riposterait pas.

Sa seconde pensée fut pour ses deux fils et les moteurs qu'il devait remettre en marche pour rentrer à bon port.

— Paul? Viens ici, mon homme. Va falloir que tu tiennes le gouvernail pendant que je vais descendre mettre du charbon. On a besoin de toute notre vapeur pour rentrer à la maison. Je vais en profiter pour retrouver Joseph et lui dire de venir nous rejoindre. Allons, viens ! On risque plus rien maintenant.

C'est comme si Paul n'avait rien entendu. Il resta accroupi sans bouger. Clovis se dit alors que la peur devait le paralyser. Avec une infinie douceur, il l'aida à se relever, à marcher jusqu'au gouvernail et il l'obligea à y poser fermement les deux mains.

— T'es tout détrempé, mon pauvre garçon, pis tu trembles comme une feuille. La pluie était forte tout à l'heure…

Machinalement, Clovis frictionna les épaules de Paul.

— T'as juste à garder le cap. Tu sais comment faire, je te l'ai déjà montré. Tu gardes les yeux sur la lumière, là-bas, pis ça va aller. Je serai pas parti longtemps.

Paul se cramponna au gouvernail comme il avait étreint un coin du mur et sans un mot, il fixa droit devant lui. Son regard était toujours aussi vide.

Clovis mit du charbon tout en appelant Joseph. La tempête avait dû lui faire peur à lui aussi, car il était bien caché. À moins qu'il ne se soit endormi…

— Joseph ?

Clovis tendit l'oreille. Outre les derniers soubresauts du vent et les assauts de la houle contre la coque, il ne perçut aucun bruit. Ni voix, ni appels, ni ronflements, car Joseph ronflait depuis qu'il était tout petit.

Quand il remonta à la cabine, Paul était toujours à son poste. D'une main chaude et ferme, Clovis le remercia d'une pression sur l'épaule.

— Ça va aller… Si tu veux te rendre utile, va

chercher ton frère. Il a vraiment de l'eau de mer dans les veines pour s'être endormi par un temps pareil !

Paul recula d'un pas, mais il ne quitta pas la cabine. Le temps d'ajuster le cap du bateau, d'allumer un fanal, car la nuit était noire comme de l'encre, et Clovis se retourna vers Paul.

C'est alors, dans la demi-clarté de la cabine, que son regard croisa celui de son fils.

C'est alors que le cœur de Clovis comprit même si l'esprit, lui, s'y refusa dans un premier temps.

Paul qui craignait l'eau et Joseph qui en riait...

Paul qui avait dû fuir l'avant du bateau dès le premier coup de vent et Joseph qui avait dû rester, fasciné par l'immensité des vagues, lui qui disait qu'elles n'étaient jamais assez grosses...

Clovis ressentait encore dans tout son être le coup de butoir de ce premier coup de vent. En pensée, il revit la goélette piquer du nez avant de se redresser presque à la verticale sur la vague suivante.

L'instant d'après, Clovis avait remarqué l'absence des garçons et c'est là qu'il s'était mis à les appeler, à les appeler, à les appeler...

Seul Paul avait fini par répondre...

Clovis secoua la tête dans un frénétique geste de déni.

Pas Joseph, pas lui.

En juin, il serait son second, ils en parlaient souvent le soir à la veillée et tous les deux, ils avaient tellement hâte que l'école finisse.

Joseph, son aîné. Le bébé, l'enfant, le grand garçon et maintenant le jeune homme dont il était si fier.

Un gémissement monta de la poitrine de Clovis. Un gémissement qu'il retint quand il posa encore une fois les yeux sur Paul.

De la main, Clovis attira son fils vers lui et passant un bras autour de ses épaules, il le serra très fort contre sa poitrine.

— Joseph ? Où est Joseph, Paul ? Le sais-tu, toi ?

Dans l'ultime soubresaut d'un espoir insensé suggérant que tout n'était qu'un mauvais rêve, qu'il y avait une explication, devant une réalité comprise mais non acceptée, Clovis questionnait, espérait une réponse qui ferait s'évanouir le cauchemar.

Paul avait probablement tout vu. Il saurait peut-être ramener les rires parce que lui, il savait où se cachait son grand frère. Entre enfants, parfois, on échange des secrets. Joseph avait peut-être une cachette à bord de la goélette, une cachette que lui, Clovis, ne connaissait pas.

Peut-être.

Mais quand pour la seconde fois, Clovis demanda à Paul où se trouvait Joseph, l'enfant, toujours sans dire un mot et frissonnant de tout son corps, tourna son regard vers les flots et d'un mouvement à peine perceptible du menton, il montra la crête des vagues.

C'est ainsi que Paul tua le dernier espoir de Clovis.

Joseph s'était noyé, passé par-dessus bord.

Clovis n'eut aucune difficulté à imaginer la scène. Il avait déjà vu périr des compagnons, un cousin. Une vague trop haute, un bateau qui tangue, un coup de vent imprévu, et un homme disparaît. Un moment, il est là à vous parler, l'instant d'après, il n'y est plus. Parfois on peut le repêcher, alors on se moque de lui. Parfois il coule à pic, alors on pleure et on maudit la mer avant qu'elle nous envoûte à nouveau.

Joseph à la proue du bateau, insouciant. La vague et le vent associent leurs forces et l'instant d'après Joseph n'est plus.

À ses côtés, son petit frère Paul qui a probablement tout vu.

Le bras de Clovis se referma étroitement sur les épaules de son fils dans un geste de réconfort et de possession. Jamais, de toute leur vie, ils n'avaient eu autant besoin l'un de l'autre qu'en ce moment.

Sachant qu'il ne servirait à rien de revenir sur leurs pas — la mer était trop grosse et l'eau trop froide pour que Joseph ait pu nager tout ce temps —, Clovis garda le cap vers Pointe-à-la-Truite.

C'est ainsi qu'ils traversèrent le fleuve : le père et le fils étroitement enlacés.

Quand Alexandrine aperçut la goélette qui revenait vers elle, des larmes de soulagement glissèrent sur ses joues. Elle se signa trois fois pour remercier Dieu d'avoir écouté ses prières.

Le plus gros de l'orage, c'est sur la plage qu'Alexandrine l'avait vécu. Sur le quai, ça aurait été trop dangereux.

Le souper tirait à sa fin quand les premiers signes de tempête avaient secoué la maison. De diffuse qu'elle avait été durant toute la journée, comme chaque fois que ses fils accompagnaient leur père, l'inquiétude d'Alexandrine s'était aussitôt faite vertigineuse. Confiant alors la maisonnée à Anna, elle avait enfilé une veste de laine bouillie et contre tout bon sens, elle avait fait face au vent et s'était précipitée vers le village et la plage.

Une heure plus tard, à l'instant où la bourrasque commençait à s'essouffler, Alexandrine était montée sur le quai et les cheveux soulevés par le vent, une main en visière pour protéger ses yeux de la pluie qui continuait de la fouetter sans relâche, elle s'était mise à prier de toute son âme et à scruter l'horizon.

Quand elle avait cru apercevoir un bateau, elle avait retenu son souffle.

Était-ce Clovis qui revenait ?

Quand elle avait reconnu la silhouette familière de la goélette, elle s'était signée trois fois, mélangeant ses larmes aux gouttes de pluie.

— Merci, mon Dieu !

La gratitude envers la vie qu'Alexandrine avait ressentie à ce moment était à la hauteur de l'inquiétude qu'elle avait connue.

Elle avait l'impression que le cœur voulait lui sortir de la poitrine et elle était toute tremblante.

Quelques hommes venus constater l'état de leurs bateaux après un tel orage se portèrent au-devant de la goélette qui approchait. Ils aidèrent Clovis à accoster puisque personne ne sortit de la cabine pour le faire. Benjamin monta à bord pour s'occuper des cordages.

Il ne redescendit pas tout de suite.

Alexandrine se dit que le bateau avait peut-être subi

des avaries, et Benjamin était un spécialiste des moteurs.

Elle était fébrile. Elle languissait de se blottir dans les bras de Clovis, de serrer ses fils tout contre elle.

Et tant pis si Joseph n'aimait plus tellement les démonstrations affectueuses en public: il aurait droit, tout comme Paul, à un bruyant baiser maternel.

Puis Benjamin ressortit de la cabine. Alexandrine reconnut tout de suite Paul que l'homme tenait dans ses bras comme on porte une jeune mariée et elle sut sans la moindre ambiguïté qu'elle aurait mal, très mal. Déjà les battements de son cœur étaient douloureux.

Ensuite, ce fut Clovis qui parut, le visage défait. Il survola la petite foule des villageois agglutinés sur le quai, l'œil hagard, comme incertain. C'est alors que son regard repéra Alexandrine et il s'arrêta sur elle.

On n'entendait que le murmure du vent si sage maintenant qu'on aurait pu douter de la tempête que l'on venait de vivre, et Clovis, lui, ne voyait plus qu'Alexandrine. Quand il se mit à marcher sur le pont de sa goélette, il tituba comme un homme ivre ou un vieillard trop faible. Victor, un vieil ami, se précipita vers lui pour l'aider à descendre du bateau. De toute évidence, ce marin aguerri avait besoin d'aide.

Même de loin, même sans lune, Alexandrine vit que Clovis avait pleuré. Ce visage ravagé ne pouvait mentir. Mais cette douleur ne la rejoignit pas. Pas tout de suite, pas maintenant. Elle avait trop à faire pour préparer son cœur à encaisser la douleur qui serait probablement insupportable.

Quand Benjamin descendit sur le quai, il y eut un

murmure dans la foule. Quelques hommes partirent en courant. Il fallait prévenir le curé, les parents. Alexandrine ne s'aperçut pas de cette animation. Tendue comme une corde sur le point de se rompre, elle n'avait d'yeux que pour le bateau.

Mais qu'est-ce qu'il attendait, lui ?

Puis ce fut au tour de Clovis de mettre pied à terre.

Alexandrine l'ignora. Elle tendit le cou et continua de dévorer le bateau des yeux.

Quand donc Joseph allait-il descendre ?

Alexandrine se tordait les mains d'inquiétude. Elle fit un pas, un second, puis elle comprit.

Plus personne ne débarquerait du bateau.

La mer était venue chercher son dû comme elle l'avait déjà fait avec tant de familles du village.

Le cri de douleur d'Alexandrine, plus fort que le vent qui avait tout balayé, plus puissant que la tempête qui avait tout ravagé, dut s'entendre jusqu'à l'Anse-aux-Morilles.

Clovis se précipita, jouant du coude pour éloigner les amis qui s'étaient approchés de lui.

Quand il voulut prendre Alexandrine dans ses bras, elle le repoussa des deux mains et fermant les poings, elle se mit à marteler sa poitrine.

Clovis n'avait pas le droit de revenir sans Joseph, pas le droit.

Stoïque, Clovis laissa Alexandrine lui labourer la poitrine, se disant qu'il l'avait mérité. Même si la mer était calme à leur départ de l'Anse, il aurait dû garder les garçons avec lui.

La culpabilité lui était venue en approchant du quai, quand il avait aperçu Alexandrine debout face au fleuve.

Quand la pluie de coups perdit de sa violence, quand Clovis comprit que la colère se transformait peu à peu en détresse, il saisit les bras d'Alexandrine, les bloqua fermement pour l'empêcher de frapper et la retint près de lui. Puis, obligeant sa femme à lever les yeux, Clovis plongea son regard dans le sien et d'une voix rauque, il murmura :

— Pardon.

Un mot, un seul, mais qui disait tout, et Alexandrine capitula. Épuisée, meurtrie jusqu'à l'âme, elle abandonna sa tête à l'épaule de Clovis.

C'est ensemble, tous les deux, qu'ils avaient donné la vie à Joseph. C'est ensemble, tous les deux, qu'ils pleureraient son absence.

Les funérailles eurent lieu le samedi suivant en l'absence du corps.

Entourés de leurs enfants, à l'exception du petit Léopold que Victoire prit sous son aile le temps que son amie se remette de ce terrible malheur, Alexandrine et Clovis pleurèrent toutes les larmes de leurs corps. Venu de la Côte-du-Sud, même Matthieu assista à la cérémonie.

— Emma regrette, elle attend du nouveau et le médecin préférait qu'elle reste à la maison, avait-il chuchoté à l'oreille de Clovis. Tu diras son amitié à ta femme quand elle sera en état de l'entendre.

La dernière prière, celle que l'on dit habituellement au cimetière, fut récitée au bout du quai, et le vent, qui soufflait du nord ce jour-là, l'emporta, ballottée sur la crête des vagues, jusqu'à Joseph.

Une petite réception réunissant tous ceux qui avaient assisté à la cérémonie fut improvisée chez les parents d'Alexandrine. Victoire avait préparé quelques douceurs au cas où, et Marie-Ange, la mère d'Alexandrine, sortit ses tasses en porcelaine pour l'occasion. Puis chacun rentra chez soi, sauf Matthieu qui en profita pour visiter ses parents qu'il n'avait pas vus depuis des lustres. S'il prenait le temps d'aller à la ville au moins une fois par année, Matthieu n'en avait pas pour visiter les siens. La ferme était trop exigeante, écrivait-il invariablement. Le lendemain matin, il fit aussi un saut chez les parents d'Emma pour leur remettre la lettre écrite par leur fille. Matthieu se proposa de la lire, mais Ovide et Georgette Lavoie déclinèrent son offre d'une seule voix. Prudence, leur seconde fille, la lirait quand elle serait de passage.

— Savoir que notre Emma nous attend, là, à travers les mots qu'elle a pris le temps d'écrire pour nous autres fait durer le plaisir. Tu feras savoir à notre fille qu'on va lui répondre par l'entremise de sa sœur dès que l'occasion va se présenter.

Le surlendemain, après une dernière visite chez Clovis, Matthieu embarqua sur la goélette de Grégoire Malenfant. Comme c'était lui qui avait assuré sa traversée vers Pointe-à-la-Truite, ce serait lui, cette fois-ci encore, qui le ramènerait sur la Côte-du-Sud.

CHAPITRE 10

Montréal, septembre 1892, sur la rue Sainte-Catherine

James y avait mis du temps, des efforts et quelques larmes, mais il croyait y être parvenu.

La belle Victoire n'était plus qu'un souvenir de voyage.

Oh! Un souvenir particulièrement agréable, il en convenait, mais un simple souvenir tout de même.

Après un an de tergiversations avec lui-même et deux autres années pour que le temps fasse véritablement son œuvre, c'est à l'automne 1892 que James se déclara guéri!

Il faut dire, cependant, que Ruth l'avait beaucoup aidé par ses explications de femme, et Donovan aussi, par ses conseils d'homme. De fait, toute la famille McCord avait aidé James O'Connor à reprendre le contrôle de son existence, par sa présence et par ses rires.

Heureusement, car à son retour de voyage, James n'en menait pas large.

Évidemment, dès son arrivée à Montréal, il avait bien tenté de cacher ses émotions et ses déceptions à ses amis. Après tout, ses états d'âme d'amoureux désenchanté ne les concernaient pas. Qu'il ait eu la curieuse idée de tomber amoureux, sur un seul regard, d'une femme mariée habitant, de surcroît, à l'autre bout du fleuve ou presque, ne regardait personne à part lui.

Toutefois, malgré toute la volonté qu'on lui connaissait et une conviction inébranlable, James n'avait pu garder son secret et faire en sorte que rien ne paraisse. Dans les faits, ça n'avait pris que quelques jours pour que le chat sorte du sac.

En vérité, alors qu'on insistait de toutes parts pour qu'il raconte son aventure, Ruth et Donovan ayant organisé une petite soirée en son honneur, dès que James avait ouvert la bouche pour essayer de raconter son voyage, tout un chacun autour de lui avait compris que quelque chose n'allait pas.

La verve du conteur semblait tarie.

On l'avait pressé de questions, rien n'y avait fait. À première vue, sans raison valable, James était devenu aussi hermétique qu'une huître.

— Ça ne me tente pas, avait-il servi en guise d'explications. Je suis fatigué. On se reprendra une autre fois. Après tout, un voyage, c'est un voyage.

James O'Connor trop fatigué pour raconter son voyage ? Allons donc ! Leur serait-il revenu malade ?

Ce soir-là, on s'en était retournés chez soi frustrés et remplis d'interrogations sans réponses.

Que s'était-il donc passé pour que James O'Connor, reconnu pour ses talents de conteur émérite, revienne de ce voyage atteint d'un mutisme aussi subit qu'inattendu ?

Le lendemain, ayant compris qu'il valait mieux faire certains efforts s'il voulait garder son secret, James remerciait chaleureusement son patron de lui avoir conseillé le détour par Charlevoix.

— Le plus bel endroit au Québec, à n'en pas douter !

Comme James avait le regard particulièrement brillant en prononçant ces quelques mots, le patron s'était engoncé dans sa fierté. Il l'avait dit et répété : Charlevoix était, effectivement, le plus bel endroit au monde. James venait de le confirmer.

— Je savais que tu aimerais…

Puis après une courte introspection, le patron avait levé un regard chargé d'incompréhension.

— Mais pourquoi, alors, être revenu aussi tôt ? Je t'avais permis trois semaines de repos, pas deux.

James avait haussé les épaules, décontenancé, rougissant.

— Comme ça.

Et, se croyant inspiré, il avait ajouté :

— Le travail me manquait.

Ce matin-là, patron et employé s'en étaient tenus à ce mensonge qui n'en était qu'un demi, et James avait repris sa place sur le quai au grand plaisir de Lewis et Timothy qui, de ce jour, s'étaient mis à le taquiner à propos du voyage qui lui avait mangé la langue.

Edmun, le vendredi suivant à la taverne, avait été le premier à mettre des mots sur le malaise qui semblait planer sur les deux semaines d'absence de James.

— Quoi que tu en dises… Non, je me reprends, quoi que tu n'en dises pas, moi, je crois que le voyage a été au-delà de tes espérances… Ne s'agirait-il pas d'une femme, par hasard ? Il n'y a que les femmes pour faire taire les hommes.

James, avec son teint pâlot de rouquin, n'avait pu cacher la rougeur subite qui avait maquillé ses joues. En guise de réponse, il s'était malhabilement raclé la gorge avant de lever la main pour commander deux bières.

— À Joe Beef ! s'était-il empressé de lancer avant qu'Edmun ne le prenne de vitesse.

Dès le lendemain, par un beau samedi matin, il demandait conseil à Ruth. Cela faisait plus d'une semaine que James était de retour, et on attendait toujours le récit de ses aventures.

— Je n'ai ni mère ni sœur à qui me confier.

Ruth, qui s'attendait à certains aveux, n'avait pas été surprise de la demande. Elle avait haussé les épaules.

— Je peux être les deux si tu en sens le besoin. Alors, James ? Qu'aurais-tu à confier ainsi ?

Le jeune homme avait réfléchi un long moment avant de lancer :

— Le rêve d'une vie !

Et pour une première fois depuis son arrivée, James avait enfin raconté son voyage dans le détail, omettant, cependant, la visite au cimetière de Grosse-Île. Puisqu'il avait définitivement choisi de tourner la page et qu'il avait décidé de regarder résolument vers l'avenir, il ne sentait pas le besoin d'en parler.

Mais le reste, tout le reste, y était passé! Et cette fois-ci, James y avait mis tout son talent habituel pour en faire une narration précise et imagée.

D'abord, le train, Lévis et Québec.

— Merveilleux moyen de transport. Rapide et confortable. Et que dire de la ville de Québec, sinon qu'elle est moderne et belle? Savais-tu que les rues sont éclairées à l'électricité? C'est magique! Je me demande bien quand on en fera autant pour Montréal!

Puis, il y avait eu Montmagny.

— Une ville en pleine expansion, je te dis rien que cela! Montréal n'a qu'à bien se tenir! À Montmagny, tu sais, j'ai rencontré uniquement des gens accueillants et serviables.

Il faisait ainsi référence au vieux pêcheur qui l'avait conduit à Grosse-Île. Il n'avait pas besoin de s'épancher sur son bref séjour à cet endroit.

Avait suivi la brève visite de l'Anse-aux-Morilles.

— Drôle d'endroit et drôles de gens! On y trouve un quai tout ce qu'il y a de plus fonctionnel, avec un achalandage, ma foi, fort enviable, d'après ce que j'ai pu comprendre, car la saison était trop jeune encore pour le constater de mes yeux. Mais curieusement, le train passe tout droit et va s'arrêter au village d'à côté. Je cherche encore à comprendre pourquoi. Il y a aussi les Bouchard que je crois ne pas avoir très bien compris! Pourtant, à première vue, cette famille ressemblait à la vôtre, à Donovan et toi. La mère, une certaine Emma, bien qu'un peu plus jeune, me faisait penser à toi. Beaucoup d'enfants, un sourire large et facile. Il y avait aussi une grand-mère, curieuse de tout, et un fils aîné rempli d'intérêt pour les écoles de Montréal. Manifestement un garçon intelligent qui espère aller loin dans la vie, ça se voit et s'entend. Ce Lionel est assurément un fils que bien des parents aimeraient avoir... Mais le père, lui, ce Matthieu Bouchard, que puis-je en dire? Sévère, autoritaire, sans rien d'amical. Il n'a définitivement rien en commun avec mon ami Donovan. J'ai eu l'impression que tout le monde, dans cette famille, avait peur de lui. De l'épouse si souriante quand il n'était pas là aux jeunes enfants curieux qui se sont tus en sa présence, en passant par la grand-mère si gentille qui s'est renfrognée juste à le voir, tout le monde a rentré la tête dans les épaules quand Matthieu Bouchard s'est pointé à la porte de la cuisine... Ouais, une bien drôle de famille! J'aurais aimé rester plus longtemps pour mieux les connaître, mais le père m'a montré la porte assez rapidement.

Puis il avait narré la traversée avec un Clovis qui était vite devenu un ami.

— Là, c'est vrai que j'ai rencontré des gens qui nous ressemblent. Joyeux pour la fête, sérieux pour le travail, sincères en amitié. Une vraie belle famille que ces Tremblay! Le fils aîné parle de prendre la relève du père dans quelques années et le second, le jeune Paul, veut construire des bateaux! Comme John qui travaille avec Donovan à titre de menuisier et Charles qui est devenu maçon! Je te le dis, Ruth: les Tremblay nous ressemblent vraiment beaucoup, à nous, les Irlandais, et je crois que tous ici vous les aimeriez! Pour ça, pour cette rencontre, je ne pourrai jamais assez remercier mon patron de m'avoir conseillé ce détour par la rive nord du fleuve Saint-Laurent.

Sur ces mots, James avait fait une pause. Une pause suffisamment longue pour que, devant ce qu'il venait de lui dire et un peu surprise qu'il n'ait rien raconté avant, Ruth s'exclame :

— Que voilà un beau voyage, James ! Et ma foi, je t'envie de l'avoir fait ! Pourquoi n'en avoir rien dit, l'autre soir, devant tous nos amis ?

James avait alors levé les yeux vers Ruth.

— C'est que l'histoire n'est pas terminée, avait-il murmuré dans un soupir qui pouvait être autant de regret que d'ennui.

Nouvelle pause, plus courte cette fois, et James avait repris avec un débit plus lent, comme si le conteur en lui avait à chercher tous les mots pour bien exprimer sa pensée. C'est alors que Ruth avait tendu l'oreille avec attention.

— Dans ce village de Pointe-à-la-Truite, il y avait une forge, avait lentement, pour ne pas dire péniblement, commencé James. Une forge qui a fait remonter des souvenirs auxquels je n'avais pas pensé depuis mon arrivée au Canada. Ce feu très chaud, ces ombres toutes longues sur les murs, un peu angoissantes, et ce bruit du marteau contre l'enclume... J'ai revu mon père et mon frère, Ruth, dans cette forge qui ressemble à s'y méprendre à une autre que j'ai jadis fréquentée... là-bas, en Irlande, avait complété James en pointant l'est d'un geste de la tête.

Il y avait une gravité particulière dans la voix de James, une solennité qui exigeait respect et silence, ce qu'avait accordé Ruth, elle qui habituellement aimait diriger les conversations. Elle avait donc attendu patiemment que James reprenne de lui-même.

— Le simple fait de mettre les pieds dans cette forge et je me suis revu enfant. J'ai eu alors une image très claire de la maison de mon enfance et de ma mère. J'ai senti la pression de la main de mon frère sur la mienne et celle de mon père ébouriffant mes cheveux... J'aurais pu en pleurer, mais au contraire, ça m'a fait du bien. Ça m'a fait chaud à la poitrine, avait-il expliqué, une main sur le cœur.

Soutenant le regard de Ruth, James avait pris une profonde inspiration avant de continuer.

— Cet Albert le forgeron, un homme de bien, aurait pu facilement devenir un ami, lui aussi. Un ami que j'aurais eu plaisir à visiter au fil des années, tout comme Clovis et sa famille. Malheureusement, je ne retournerai jamais à Pointe-à-la-Truite. Jamais.

— Pourquoi ?

La curiosité l'avait emporté sur les résolutions de Ruth. Elle ne comprenait pas ce que James cherchait à prouver. Pourquoi se refuser le plaisir de revoir des amis, alors que manifestement on en a envie ?

— À cause de Victoire, avait alors murmuré James, détournant le regard pour fixer le mur de planches peintes en jaune, juste devant lui, dans la cuisine des McCord. Je ne pensais pas qu'on puisse, d'un simple regard, tomber amoureux d'une femme, mais c'est exactement ce qui est arrivé, avait-il confié avant d'ajouter dans un souffle : « Cette femme m'a tout de suite fait penser à toi. »

C'était la première fois que James laissait entendre que Ruth aurait pu l'attirer si elle avait été libre. Celle-ci, à la fois flattée et embarrassée, avait brièvement détourné les yeux comme James venait tout juste de le faire. À part son Donovan, Ruth n'avait jamais imaginé qu'elle puisse inspirer qui que ce soit avec son allure massive et ses cheveux de feu. Quelques secondes pour savourer cette petite découverte et elle revenait à James qui avait l'air profondément malheureux.

— Peux-tu m'en dire plus ? Je ne veux pas me montrer indiscrète, sois-en assuré, mais parler aide parfois à mieux comprendre, à mieux accepter. Mais à toi de décider...

De toute évidence, c'était déjà entièrement décidé, car James avait aussitôt enchaîné d'une voix, ma foi, plutôt enflammée.

— Comme je te l'ai dit, elle s'appelle Victoire.

À ce nom, le regard de James s'était alors illuminé, et la voix s'était faite plus claire.

— C'est l'épouse du forgeron et curieusement, elle est beaucoup plus jeune que son mari. Je n'ai pas demandé d'explications... Ce que je sais, par contre, comme me l'a dit Clovis alors qu'il me faisait l'inventaire de son village quand on se rendait chez lui, le forgeron et son épouse Victoire n'ont pas d'enfants. Un grand malheur dans leur vie, paraîtrait-il. C'est pourquoi, un bon matin, Victoire, se sentant désœuvrée, s'est mise à la cuisine. Aujourd'hui, on lui commande tartes et gâteaux d'un peu partout dans la région. C'est une belle façon d'occuper son temps, n'est-ce pas ?

Quelques instants d'intériorité et James avait repris sur le même ton.

— C'est une belle femme, tu sais. Ses cheveux d'acajou me font penser à ceux de ma mère et son sourire, comme je te l'ai dit, ressemble au tien. Je peux très bien comprendre le forgeron : cette femme a tout ce qu'il faut pour plaire à un homme même s'il est beaucoup plus âgé qu'elle. Le pire, je crois, dans tout ça, c'est que cette attirance que j'ai ressentie m'a semblé partagée. Certains gestes, certains regards disent beaucoup de choses, n'est-ce pas ? Le temps d'une pointe de tarte mangée en sa compagnie, dans sa cuisine qui sentait bon la brioche, et je savais déjà que tous les deux, nous sommes curieux devant le monde qui nous entoure, que nous aimons la lecture et les histoires. Si j'aime raconter, elle aime écouter. Si sa campagne me repose, elle aimerait connaître ma ville. Et ces regards entre nous... Pourtant, malgré tout ce que je viens de te dire, Victoire est une femme heureuse. C'est évident ; son sourire ne peut mentir. Alors, je n'avais plus qu'à m'incliner et partir... En me promettant de ne jamais revenir.

Devant cette confession, ça avait été au tour de Ruth d'avoir un bref moment de silence fait de réflexion et d'appréciation. Elle le disait depuis leur toute première rencontre : James O'Connor était un homme d'exception.

— Cette décision de te retirer est tout à ton honneur, James O'Connor, avait-elle finalement déclaré. *Sincerly...* À nous, maintenant, de te faire oublier qu'en Charlevoix, il y a une femme qui pourrait te plaire. Et dis-toi bien, au cas où tu voudrais reprendre la route des vacances mais que tu hésiterais, dis-toi qu'il y a sur cette terre d'autres paysages aussi beaux à découvrir et d'autres gens aussi gentils à rencontrer.

— *Maybe...*

Quelques mois plus tard, James avait admis que l'absence avait fait son œuvre. Ses amis, que Ruth et Donovan avaient mis à moitié dans la confidence, s'étaient occupés du reste, et James avait compris qu'il était, malgré tout, un homme comblé.

C'est ainsi que le sourire lui était revenu en même temps que son plaisir à raconter, et en cet automne 1892, plus de trois ans après son voyage, il ne pensait plus que rarement à Victoire. Chaque fois qu'il le faisait, c'était avec une émotion ressemblant à une petite nostalgie teintée d'une pointe d'amitié, celle qui n'avait pas eu la chance d'éclore. Dernièrement, à défaut d'avoir la possibilité de le faire de vive voix, James avait envoyé une lettre à Clovis, lui disant son ennui de Charlevoix et de sa famille.

« J'espère que tout va bien pour vous. Chaque fois que j'arrive au travail et que je pose les yeux sur ce fleuve qui va d'ici à chez vous, j'ai une pensée pour ta famille. Je m'ennuie de vous tous. Malheureusement, je ne peux avoir de vacances pour l'instant. Plus tard peut-être ? Transmets mes salutations à la mère Catherine et à tous ceux que j'ai pu croiser lors de mon séjour. Si tu en as le temps, donne de tes nouvelles et que Dieu vous garde tous. James O'Connor. »

Arrivée probablement en juin dernier à Pointe-à-la-Truite, sa lettre était restée sans réponse, ce qui avait attristé James. Puis, il était passé à autre chose. On ne peut traverser toute une vie en ressassant une déception, James le savait fort bien et depuis fort longtemps. Ça aurait été à lui de se manifester bien avant s'il avait voulu entretenir l'amitié entre eux. Aujourd'hui, le temps avait passé : Clovis devait être occupé ailleurs.

Et James aussi !

En effet, depuis quelques mois, une certaine Lysbeth était entrée dans sa vie. Lointaine cousine de Donovan, la jeune femme venait d'enterrer père et mère à quelques mois d'intervalle et, de ce fait, se retrouvait orpheline et propriétaire d'une petite maison dans le quartier de Griffintown. Âgée de trente-cinq ans, Lysbeth Carmichael avait, jusqu'à ce jour, partagé son temps et son cœur entre un emploi de vendeuse de nappes chez Ogilvy's et les soins à donner à ses parents. La disparition rapide de ces derniers la laissait passablement désorganisée. Il y avait tant à faire pour tout régler ! Le temps que Lysbeth se reprenne en mains, Donovan avait donc décidé de la prendre sous son aile, et c'est ainsi que James l'avait rencontrée après la grand-messe d'un beau dimanche, en mai dernier.

Les taches de son parsemant ses joues et son regard

d'émeraude avaient grandement contribué à paver la route des fréquentations entre eux. La propension de Lysbeth à ne jamais lever le ton avait eu, elle aussi, une grande importance dans l'attirance que James avait rapidement ressentie pour la jeune femme. Ce trait de caractère ressemblait trop à sa mère pour qu'il y reste insensible.

Faute d'un autre interlocuteur, dès le temps des lilas terminé, James demandait à Donovan la permission de fréquenter officiellement la belle Lysbeth et au début de ce mois de septembre, alors que les pommes venaient d'envahir les marchés, il lui demandait sa main.

Elle lui fut accordée sans résistance aucune.

La seule ombre au tableau, selon James, c'était d'avoir à quitter sa logeuse qui elle-même avait appris la nouvelle avec une ondée soudaine sur les joues.

— Comprenez-moi bien, monsieur James, avait-elle précisé d'une voix mouillée venant de derrière son mouchoir, ce n'est pas de tristesse que je pleure ainsi. C'est d'ennui anticipé. Depuis le temps qu'on se connaît... Vous étiez un peu le fils que je n'ai jamais eu.

James avait entendu cet emploi du passé comme si quelque chose devait mourir entre eux. La sensation lui fut aussitôt désagréable.

— Et si je vous promettais de revenir ? fit-il, la voix remplie d'espoir, tant pour sa logeuse que pour lui-même. Le dimanche, tiens, avec Lysbeth dans un premier temps, puis avec mes enfants ! Vous pourriez être cette grand-mère qu'ils n'auront pas. N'oubliez pas que

Lysbeth et moi, nous sommes tous les deux orphelins.

Le sourire de la logeuse eut alors l'intensité d'un rayon de soleil entre deux cumulus, et la longue inspiration qui gonfla sa poitrine fut l'arc-en-ciel qui domine les nuages, chargé de promesses joyeuses.

— Je ferai des bonbons aux patates et je tricoterai des chaussons de laine. Des bleus et des roses.

C'est ainsi que ce matin, marchant d'un pas allègre sur la rue Saint-Antoine, James se dirigeait vers la rue de la Montagne et le magasin Ogilvy's pour choisir les alliances. Comme Lysbeth se trouvait à l'instant même derrière son comptoir de nappes en lin fin, elle rejoindrait James sur son heure de dîner.

Quand il ressortit du magasin, de longues minutes plus tard, il avait les alliances dans une boîte et une jolie bague dans une autre. Il fallait bien que la cagnotte serve à quelque chose puisqu'il n'y aurait ni meubles ni maison à acheter. L'étincelle de bonheur aperçue dans le regard de Lysbeth, au moment où elle avait glissé le bijou orné d'un saphir à son doigt, avait mis le cœur de James en liesse.

« Qu'il est donc agréable de rendre les gens heureux ! » s'était-il dit en embrassant sa promise sur les deux joues.

Mise dans la confidence, Ruth avait promis de préparer un repas fin pour souligner l'événement, et ce soir, au moment du dessert, James offrirait la bague pour célébrer dignement les fiançailles des deux tourtereaux. Sa logeuse ayant été invitée, elle avait tenu à fournir le gâteau. Pour les remercier toutes deux, James décida donc d'emprunter la rue Sainte-Catherine pour retourner chez lui, dans l'espoir de croiser la boutique d'un fleuriste.

Peu enclin au magasinage, James regardait tout autour de lui, détaillant les commerces qui l'entouraient. C'est alors que son regard fut attiré par la vitrine d'une pâtisserie où les desserts offerts, plus appétissants les uns que les autres, rivalisaient en couleurs et en formes.

L'image fut amplement suffisante pour ramener James directement sur le quai de Pointe-à-la-Truite et le temps d'un soupir léger comme la brise, il fut de retour dans la cuisine de Victoire.

Que devenait-elle ? Cuisinait-elle toujours ses merveilleux desserts ? Probablement puisque Clovis lui avait affirmé qu'elle n'aurait jamais d'enfants. En effet, dans un tel cas, que faire d'autre de ses journées alors que son mari s'activait sans doute encore devant le feu de sa forge ?

James s'approcha de la vitrine.

Une tarte toute dorée et quelques brioches, un gâteau de noces et quelques pâtisseries…

James se surprit à comparer cet étalage avec ce qu'il avait vu sur la table de Victoire. Il dut avouer que les gâteries de cette dernière n'auraient déparaillé aucune vitrine, bien au contraire !

Mais alors qu'il mettait une main en visière pour découvrir l'intérieur du magasin, le nez contre la vitre, James fut bousculé par une dame qui en ressortait de toute évidence un peu pressée.

À sa main gantée de dentelle, une boîte de carton léger se balançait au bout d'une ficelle argentée.

L'image fut immédiate, et James revit la brouette où il avait transporté les pâtisseries de Victoire, déposées sur une nappe bien repassée et recouvertes d'un linge propre.

Sans même y réfléchir, James poussa la porte et entra dans ce temple du sucre et de la farine qui sentait bon la levure et la cannelle.

Contre la caisse enregistreuse aux touches blanches et dorées comme les brioches en vitrine, une pile de cartons de différentes grandeurs attira son regard.

Quand, à son tour, James ressortit du commerce, encore une fois au bout de longues minutes de palabres finalement intéressantes, une petite boîte se balançait au bout de ses doigts. Demain matin, pour déjeuner, il partagerait une brioche à la cannelle avec sa logeuse. Sous son bras droit, un long paquet emballé de papier brun et dans sa poche, tout contre la bague à saphir, l'adresse d'un moulin à papier dans la région de Trois-Rivières. C'est là que le pâtissier avec qui James venait de discuter commandait ses boîtes de carton pour emballer ses produits. Elles arrivaient sous forme de feuilles qu'on n'avait plus qu'à plier pour former la boîte.

Quelle idée ingénieuse !

Exactement ce dont Victoire avait besoin, James en était convaincu !

Le lundi midi, sur son heure de dîner, James se présenta au bureau de poste le plus proche du quai où il travaillait. On l'assura que son colis partirait avant la fin de la journée. Ainsi donc, Victoire recevrait bientôt quelques échantillons de ces merveilleuses boîtes ainsi que l'adresse où se les procurer.

L'envoi était accompagné d'une courte lettre où James annonçait son mariage prochain et refaisait ses salutations à tous ceux qui pouvaient encore se souvenir de lui, en particulier à Albert le forgeron.

Ainsi présenté, James se doutait bien que le message ferait le tour du village de Pointe-à-la-Truite sans autre forme de requête.

Le colis arriva en octobre par une magnifique journée de ce qu'on appelle aujourd'hui l'été des Indiens. La chaleur faisait penser à l'été, la brise était tout en douceur et le ciel, d'un bleu de faïence. Seul le feuillage des arbres proclamait l'automne sans équivoque et flamboyait d'un dernier éclat avant de disparaître pour le long hiver trop blanc.

Le message qu'un colis adressé à son nom venait d'arriver au village parvint à Victoire sur l'heure du dîner, par la bouche d'Albert, son mari.

— Paraîtrait-il qu'il y aurait un paquet pour toi au bureau de poste, fit-il sans préambule entre deux bouchées. Un gros. C'est Isidore qui me l'a dit tantôt en passant par la forge.

Victoire haussa les épaules. Il y avait trop d'imprécision dans la première phrase de son forgeron de mari pour qu'elle y prête foi.

— Tu connais Isidore, répondit-elle de la même façon, entre deux bouchées. Il aime bien enjoliver les choses. Le colis n'est peut-être, en fin de compte, qu'une simple lettre de ma cousine Adrienne.

Albert insista.

— Isidore m'a pourtant dit qu'il tenait la nouvelle de Ferdinand.

— Oh!

L'intérêt de Victoire venait d'être titillé, et Albert le vit dans son regard. Ferdinand ne mentait jamais, ses dires méritaient donc qu'on s'y attarde. À l'exception du marchand général, peu de gens recevaient de gros colis à Pointe-à-la-Truite. Les vêtements et autres objets d'accommodation transitaient toujours par le magasin de Jules Laprise avant d'arriver à destination. Le colis adressé à Victoire en devenait donc autrement intéressant!

— Si c'est Ferdinand qui l'a dit, c'est autre chose, admit enfin la principale intéressée. Dès le repas terminé et la vaisselle rangée, j'irai chercher ce qui m'attend au bureau de poste, promis. Je n'ai aucune idée de ce que ça peut être, par exemple. Je n'ai commandé aucun livre récemment.

C'étaient là les seuls colis que Victoire recevait en son nom à l'occasion, en plus de ceux que Clovis lui apportait directement de Québec.

— La journée est belle, poursuivit-elle en servant une large part de gâteau à son mari, la promenade sera agréable. Pour l'instant, je ne peux en dire plus.

Loin de lui l'idée de se moquer, mais c'est tout de même en souriant qu'Albert attaqua son dessert arrosé de crème épaisse. Quand Victoire prenait ce petit ton précieux pour lui parler, héritage sans nul doute de ses nombreuses heures de lecture durant l'hiver qui étendait longuement ses froidures sur le village, Albert ne pouvait faire autrement que de sourire.

Effectivement, un colis aussi long que plat attendait Victoire au comptoir du bureau de poste. Malgré l'évidente curiosité du maître de poste, tout guindé dans son uniforme officiel, Victoire prit le paquet, remercia bien poliment l'employé et s'en retourna chez elle. Quelques regards dépités la suivirent jusque de l'autre côté de la porte du magasin général, car c'était là que le Département des bureaux de poste du Canada louait un espace pour y installer son comptoir, un peu en retrait des activités marchandes.

Une lettre, bien collée sur le paquet, accompagnait l'envoi.

Sans prendre le temps de retirer son chapeau, Victoire s'installa à la table, arracha l'enveloppe et la décacheta.

Elle ne reconnaissait pas l'écriture et c'est donc remplie de curiosité qu'elle se pencha sur la lettre.

Outre l'identification d'usage, James s'y présentait.

« C'est moi, James O'Connor ! »

Bien malgré elle, Victoire esquissa un sourire.

« J'espère que vous ne m'avez pas oublié ! » poursuivait l'Irlandais.

Suivaient le bon souvenir qu'il gardait de Pointe-à-la-Truite et l'annonce de son mariage prochain avec Lysbeth Carmichael, une douce amie, avant qu'il passe, de but en blanc, à l'objet principal de son envoi.

« J'ai cru que ça pourrait vous intéresser. Comme vous le constaterez, madame Victoire, c'est tout simple mais fort pratique. J'espère que vous en ferez bon usage. J'ai inclus les coordonnées du moulin à papier qui confectionne spécialement ces boîtes. »

Le temps d'expliquer en détail l'utilité des cartons envoyés à l'intention de la cuisinière, cartons qu'on n'avait qu'à replier pour fabriquer des boîtes, et la lettre se terminait par des salutations adressées à tous ceux qui pouvaient se rappeler son passage au village, spécialement à Albert dont il gardait un excellent souvenir, avant la signature : « En toute amitié, James O'Connor, dit l'Irlandais. »

Songeuse, Victoire laissa tomber la lettre sur la table. L'Irlandais !

Il n'y avait, pour sa part, que de bons souvenirs, emmêlés à une émotion particulière, qui se rattachaient au passage de cet homme dans leur village. En fermant les yeux, Victoire pouvait même revoir l'intensité de son regard et la flamboyance de ses cheveux. L'image était aussi claire et précise que l'aurait été une photographie tirée d'un album. Pourtant, à l'époque, Victoire ne s'était pas attardée à entretenir de vains regrets !

Plus pragmatique que James, et surtout plus mariée que lui au moment de leur rencontre, Victoire n'avait pas nourri d'inutiles émotions durant un long moment. N'empêche que le simple fait d'apprendre que James avait quitté le village en douce, avant même les célébrations de l'inauguration du quai, avait apporté un éclairage complémentaire aux interrogations de Victoire.

Manifestement, elle ne s'était pas trompée : certains regards, et surtout quelques silences maladroits et curieusement placés dans la conversation, disaient bien ce qu'il y avait à dire.

L'attirance ressentie était vraisemblablement partagée.

Victoire s'y était attardée durant un moment — qui ne l'aurait pas fait ? Elle s'était attristée de son départ précipité durant quelques jours supplémentaires, c'était de bon aloi. Puis, comme la saison touristique commençait, elle avait été happée par le tourbillon des commandes et elle n'avait plus pensé du tout à lui.

Depuis, seules les premières chaleurs de mai ramenaient invariablement le souvenir de l'Irlandais, année après année, le temps d'une moue de déception, de regret ou d'ennui, selon l'état d'esprit du moment.

Sauf cette année, la mort de Joseph ayant pris tout le monde par surprise, Victoire et Albert plus que tous les autres. En effet, le petit Léopold avait partagé leur vie durant presque un mois le temps qu'Alexandrine et Clovis reprennent contact avec la réalité quotidienne et que Victoire et Albert comprennent, un brin mélancoliques, qu'ils auraient sans nul doute fait d'excellents parents.

Et voilà que le bel Irlandais se manifestait de nouveau par l'envoi d'un colis susceptible de lui faciliter la vie, selon ses propres mots.

C'est donc qu'il pensait encore à elle.

Toujours aussi songeuse, le cœur battant peut-être un tout petit peu plus vite que nécessaire, Victoire retira son chapeau et le posa sur la table tout à côté du paquet qu'elle souleva des deux mains pour le soupeser durant un instant. Sa première impression se confirma: assez lourd, plutôt encombrant, ce paquet devait cependant améliorer le transport de ses pâtisseries.

D'un regard autour d'elle, Victoire chercha la paire de ciseaux qu'elle vit accrochée au clou à côté de l'évier. Voilà ce dont elle avait besoin pour couper la ficelle qui, de plusieurs tours tant en longueur qu'en largeur, retenait le papier brun assez rigide qui emballait le paquet. Victoire fit mine de se relever pour aussitôt se laisser lourdement retomber sur sa chaise et d'un soupir, elle repoussa une curiosité pourtant normale.

Pour éviter tout malentendu ou toute mauvaise interprétation, Victoire attendrait son mari pour ouvrir le colis, car sait-on jamais ce que le vieil homme pourrait penser d'un tel envoi!

En attendant, elle préparerait un veau à la crème comme Albert l'aimait tant, avec des petits oignons et des petits pois, beaucoup de petits pois. Dans la glacière reposait justement une belle pièce de viande que Victoire devrait apprêter de ce pas si elle voulait qu'elle soit tendre à souhait pour l'heure du souper.

Le soir venu, ce fut donc l'odeur alléchante d'un mijoté qui guida Albert jusqu'au perron de la maison.

La température n'avait pas varié depuis le matin. Toujours au beau fixe, elle permettait de laisser portes et fenêtres entrouvertes, malgré le fait que le soleil se couchait déjà derrière la montagne. C'est ainsi que depuis le coin de la maison, un franc sourire éclaira le visage fatigué d'Albert Lajoie. Un tel parfum ne pouvait tromper : encore une fois, sa Victoire s'était surpassée et le souper serait plus que bon.

C'est en voyant le paquet posé au beau milieu de la table, coincé entre les assiettes et les couverts, qu'Albert se souvint que Victoire avait reçu un colis. De toute évidence, la curiosité de sa femme n'avait pas été éveillée puisque l'encombrant paquet n'avait pas été déballé. Albert se tourna vivement vers Victoire.

— Tu ne l'as pas ouvert ? demanda-t-il un peu surpris tout en pointant le pouce vers le colis qui patientait sur la nappe.

— Je t'attendais. De toute façon, je sais ce qu'il contient sans l'avoir vu. Regarde ! L'explication est là.

C'est à ce moment qu'Albert vit la lettre.

— Lis ! C'est l'Irlandais qui nous écrit.

— Oh, l'Irlandais !

Si Victoire avait été surprise et heureuse de recevoir cette lettre, il ne faisait aucun doute qu'il en allait de même pour son mari. Son sourire était large et franc. Victoire en fut soulagée, et c'est le cœur léger qu'elle attendit qu'il finisse de lire la lettre.

Albert, ne partageant pas avec Victoire l'engouement de la lecture, prit un bon moment pour parvenir jusqu'à la signature. Quand il leva les yeux, le vieil homme avait effacé son sourire. Il semblait triste, ou plutôt déçu.

— C'est quand même curieux, tu ne trouves pas ?

murmura-t-il avec une drôle d'intonation, Victoire ne sachant trop s'il s'adressait vraiment à elle ou s'il réfléchissait à haute voix. Je pensais justement à lui, à James l'Irlandais, il n'y a pas si longtemps de ça.

— Ah oui ? Et pourquoi donc ?

Albert souleva une épaule incertaine.

— Je me demandais pourquoi il était parti si vite...

Victoire haussa un sourcil inquisiteur.

— Après trois ans, tu t'es mis à penser à lui comme ça, sans raison ? Curieux, en effet.

— Pas si curieux que ça, comme tu dis...

Albert soupira.

— C'est à cause de Léopold.

Si Albert s'imaginait être clair dans ses propos, Victoire, elle, comprenait de moins en moins. Quel rapport pouvait-il bien y avoir entre un Irlandais venu brièvement les visiter trois ans auparavant et le petit Léopold qui était leur filleul ?

— Et si tu m'expliquais ?

— C'est très simple...

Tout en parlant, Albert tira une chaise à lui et s'y laissa tomber en expirant bruyamment. Depuis quelque temps, chaque journée d'ouvrage apportait son lot de fatigue et de courbatures.

— Quand on a gardé notre filleul au printemps dernier, poursuivit-il en guise d'explication, j'ai vite compris que je prends définitivement moins de temps à vieillir que ce petit sacripant en met à grandir.

Victoire, fine mouche, commençait déjà à comprendre. Ce n'était pas la première fois que le sujet était abordé. Néanmoins, elle fit celle qui ne voit rien.

— Ah bon... Ce qui veut dire ?

— Que les chances que je casse ma pipe avant que Léopold soit en âge de me succéder à la forge sont grandes.

C'était bien ce que Victoire avait compris. Son cœur se serra.

— Allons donc !

— Puisque je te le dis...

Un certain malaise s'insinua aussitôt dans la pièce. Pour se donner une certaine contenance et surtout pour cacher son désarroi, Victoire, qui en avait complètement oublié le colis, prit l'assiette de son mari. Lui tournant le dos, elle se dirigea vers la cuisinière. Victoire retira aussitôt le couvercle du chaudron et elle se mit à remplir la lourde assiette de poterie à petits gestes expéditifs.

— Tu en penseras bien ce que tu veux, Albert Lajoie, lança-t-elle par-dessus son épaule, avec une pointe d'humeur dans la voix pour camoufler sa tristesse, et tu m'excuseras de ne pas partager ton point de vue, mais ça ne m'explique pas pourquoi le fait que Léopold soit encore tout petit t'a fait penser à la visite de l'Irlandais.

— C'est juste que je pense que l'Irlandais, encore jeune mais pas trop, pis ben en forme de par son métier, aimerait peut-être ça, travailler à la forge.

Victoire qui était revenue à la table, déposa l'assiette de son mari un peu brusquement.

— Ah oui ? L'Irlandais ? Hé ben... Il te l'a dit ?

— Pantoute.

Une fois ce constat fait, laissant Victoire sur son appétit, Albert prit une première bouchée et se mit à la mastiquer avec énergie.

— C'est bon, ton ragoût, Victoire. Ben bon.

Victoire leva les yeux au plafond.

— Essaye pas de noyer le poisson, Albert Lajoie! Tu ne t'en tireras pas comme ça, je veux plus d'explications.

— J'ai rien d'autre à dire que c'était écrit dans sa face.

— Bien sûr! C'était écrit dans la face de James O'Connor qu'il aimerait ça devenir forgeron… Comment ça se fait que je n'y ai pas pensé toute seule?

La voix de Victoire était sarcastique, tout comme son propos, ce qui n'empêcha pas Albert de s'entêter.

— Puisque je te le dis! L'Irlandais était heureux de se retrouver dans ma forge, c'était ben clair. Pis surtout, la chaleur de mon feu l'incommodait pas. Laisse-moi te dire que c'est plutôt rare. D'habitude, le monde se plaint de la chaleur pis se tient loin du soufflet pis du feu. Pas lui. Au contraire, il aimait ça!

— T'as vu ça, toi?

— Pas dur à voir, ma pauvre Victoire! Quand un homme, un étranger en plus, s'approche de mon feu d'un bon pas pis qu'il tend les mains devant lui comme pour se réchauffer, c'est signe qu'il est à l'aise. C'est pour ça que je me suis mis à penser à lui quand j'ai compris que le petit Léopold était pas à la veille de me remplacer. C'étaient des accroires, notre affaire, de se dire que j'avais enfin trouvé un héritier dans la personne de notre filleul. Dans le fond, pour être honnête, j'ai rien trouvé pantoute, sauf que je l'aime ben, ce p'tit-là, pis que sa présence est comme un rayon de soleil. Mais pour le reste, la forge pis toute…

Victoire sentit son cœur se serrer. Brusquement, la conversation devenait beaucoup trop sérieuse et lourde de sens.

— Ça change rien, ça, que Léopold soit encore bien petit, plaida-t-elle, tant pour s'en convaincre elle-même que pour rassurer son mari.

— Au contraire, ça change tout. C'est pas toi, Victoire, qui va entretenir le feu de ma forge en attendant que Léopold aye grandi. Pis c'est pas toi, non plus, qui va pouvoir y montrer le métier.

Victoire balaya les objections de son mari du bout de sa fourchette même si elle savait que son mari avait raison. Elle détestait quand Albert se mettait à parler de sa vieillesse toute proche comme il le faisait présentement. Elle piqua un gros morceau de veau et se dépêcha de le porter à sa bouche pour s'éviter d'avoir à répondre. Quand tristesse, impatience et inquiétude s'entremêlaient dans son cœur, les paroles qui lui venaient à l'esprit n'étaient pas toujours très tendres et la plupart du temps, Victoire les regrettait aussitôt prononcées. Valait mieux s'abstenir !

Durant quelques instants, Victoire et Albert mangèrent donc en silence, chacun perdu dans ses pensées, le bruit des fourchettes contre les assiettes occupant toute la place. Puis Victoire s'arrêta brusquement, déposa sa fourchette au fond de son assiette et leva les yeux vers son mari.

— Je peux comprendre ce que tu ressens, Albert, admit-elle enfin.

Le ton de Victoire s'était radouci. De toute évidence, il ne restait plus que la tristesse en elle.

— J'aime pas ça parler de ce qui s'en vient devant nous, avoua-t-elle d'une voix chagrine, tu le sais. Mais, en même temps, je te comprends d'avoir des inquiétudes. La forge, c'est toute ta vie.

— La forge pis toi.

À ces mots tout pleins de tendresse, Victoire se sentit rougir, et les larmes qu'elle avait réussi à contenir jusque-là lui montèrent aux yeux. Elle aurait voulu répondre à cette marque d'affection, mais elle avait la gorge trop serrée.

— C'est pour ça que je veux avoir quelqu'un pour s'occuper de la forge, poursuivit Albert tandis que Victoire reniflait son émotion.

Albert enveloppa la main de sa femme avec la sienne dans un geste de protection puis il la serra affectueusement.

— Allons donc ! Faut pas pleurer pour ça, Victoire ! Même si moi je serai plus capable d'y voir, à la forge, ça veut pas dire que j'vas mourir pour autant.

— C'est vrai.

Un réel soulagement enveloppait ces deux mots. Victoire redressa les épaules et essuya son visage, un peu plus rassurée.

— T'as bien raison, mon homme !

Tranquillement, la foi de la jeunesse reprenait le pas sur les inquiétudes soulevées par Albert.

— Le jour où tu vas décider de te reposer, c'est là qu'on va avoir besoin de quelqu'un pour nous aider, approuva-t-elle avec un certain entrain… Je comprends mieux. Et toi, tu penses que l'Irlandais pourrait faire l'affaire ?

— Je pensais, Victoire, je pensais ! Quand j'ai lu sa lettre, j'ai vite compris que mon chien était mort.

— Comment ça ? Bien au contraire ! Il me semble que de savoir qu'il pense encore à nous autres, c'est bon signe, non ?

— Ça aurait pu, oui, s'il avait pas ajouté qu'il était pour se marier dans pas longtemps.

— C'est vrai, il a aussi écrit qu'il devait se marier.

— Tu vois ! C'est pour ça que j'ai dit que mon chien était mort. Un homme en train de se marier, avec une fille de la ville en plus, ça pense pas trop trop à s'éloigner de ses amarres.

— Tu penses ?

— J'en suis sûr.

— Ben on va trouver quelqu'un d'autre !

— Il y en a pas de quelqu'un d'autre, Victoire. J'ai fait le tour des jeunes de la paroisse, autant en pensées qu'en paroles, crois-moi, pis la forge intéresse personne. Ou c'est trop dur comme métier, qu'on me répond, ou c'est trop chaud, comme je te disais t'à l'heure. Rosaire, le fils à Grégoire, m'a même dit que des forges, y en aurait pu d'icitte à pas longtemps pis que c'est pus un métier pour les jeunes. Selon lui, en ville, les tramways vont bientôt marcher à l'*estricité* pis en campagne, c'est les moteurs qui vont remplacer les chevaux.

— Pis nos chaudrons, eux autres ?

Pour rassurer son mari, Victoire venait de changer son fusil d'épaule. Elle qui habituellement se faisait l'ardent défenseur des nouvelles technologies s'insurgeait maintenant contre le modernisme.

— C'est qui qui va les réparer, nos chaudrons, hein ? Pis les ronds de poêle qui cassent ? Non, non, ça se peut pas que les forges disparaissent comme ça. Si personne n'est intéressé à prendre la relève ici, à Pointe-à-la-Truite, on va aller cogner aux portes des villages d'à côté, Albert ! Pis si ça suffit pas, on, on... On va se rendre jusqu'en ville s'il le faut ! C'est pas les marins qui manquent chez nous pour aller porter notre message jusqu'à Québec, au besoin.

— C'est vrai que vu comme ça...

Le sourire qu'Albert leva vers sa femme semblait si fragile que Victoire en fut bouleversée.

— Vu de n'importe quelle manière, on va finir par trouver une solution, déclara-t-elle avec tant de conviction dans la voix que même Albert osa y croire. Fie-toi sur moi, mon mari : le jour où tu vas décider d'arrêter, il va y avoir quelqu'un avec toi pour prendre la relève.

Tout en parlant, Victoire retira les assiettes et les porta à l'évier. Quand elle revint à la table, elle tendait la paire de ciseaux à son mari, tant par curiosité de voir enfin les fameuses boîtes que par envie de changer de conversation.

— Astheure, mon homme, tu vas m'ouvrir le paquet envoyé par l'Irlandais! Te rends-tu compte?

Curieusement, il y avait une réelle jubilation dans la voix de Victoire malgré la conversation lourde de perspectives difficiles qui venait de se dérouler entre son mari et elle. Il y avait de cela bien longtemps, avant même son mariage avec Albert, Victoire avait décidé de vivre au jour le jour. Cette décision l'avait bien servie jusqu'à maintenant et elle n'allait pas en changer ce soir. Pour le moment, tout allait relativement bien, non? Même s'il vieillissait, Albert avait encore la forme. Alors, pourquoi se mettre martel en tête et commencer à échafauder le pire des scénarios?

Devant l'hésitation de son mari, Victoire insista d'un petit geste sec, les anneaux des ciseaux tendus vers lui.

— Qu'est-ce que t'attends? Si on a bien compris ce qui est écrit dans la lettre, j'aurais enfin des boîtes pour transporter mes gâteaux pis mes tartes. Depuis le temps que j'y pense sans trouver de solution… Envoye, Albert! Ouvre-moi ça, ce paquet-là, qu'on jette un œil sur la merveille!

CHAPITRE 11

Dix mois plus tard, en juin 1893,
à l'Anse-aux-Morilles, chez les Bouchard

L'année scolaire tirait à sa fin et Emma s'était mise à compter les jours qui la séparaient du retour de son fils Lionel.

— Encore deux dodos, Antonin, pis ton grand frère Lionel va être de retour. Es-tu content ?

Le bambin, qui aurait cinq ans à la fin de l'été, hochait la tête pour faire plaisir à sa mère, mais pour lui, le nom de Lionel ne signifiait pas grand-chose, sinon qu'il y aurait un adulte de plus dans la maison. Un adulte très grand, encore plus grand que son père, c'était intimidant. En plus, Lionel avait un visage sévère et une voix grave. Depuis quelque temps, depuis que Lionel portait la moustache, il l'intimidait, tout comme il impressionnait son jumeau Constantin, d'ailleurs. Ils en parlaient ensemble, le soir, sous les couvertures.

Il en allait tout autrement pour Emma. Depuis que Lionel fréquentait le collège, il ne l'intimidait plus du tout et elle trouvait que la moustache lui donnait un air viril qui lui seyait fort bien.

Quand il était au loin, Emma pensait souvent à son fils et relisait ses lettres quasiment tous les jours. En ce moment, à cette perspective d'un retour imminent et malgré le temps qu'elle trouvait fort long et l'angoisse qui lui étreignait le cœur en permanence, Emma esquissa un sourire malicieux.

Qui aurait pu imaginer qu'un jour, Lionel serait celui de ses enfants dont elle serait le plus proche ?

C'est Mamie qui avait raison quand elle disait qu'on ne sait jamais ce qui nous pend au bout du nez. En fait, elle avait souvent raison, cette vieille dame dont Emma appréciait la présence un peu plus chaque jour, surtout maintenant qu'elle devait s'en remettre à elle pour voir à l'essentiel dans la maison. À elle et à Gilberte, qui avait dû quitter l'école tout juste après Pâques malgré ses protestations véhémentes.

— Comment ça, je retourne pas à l'école mardi prochain ?

Malgré ses quatorze ans révolus, Gilberte avait encore des allures de gamine, et Matthieu n'arrivait toujours pas à la prendre au sérieux même s'il venait de lui confier le soin de toute leur famille. Quand il l'avait vue se dresser sur ses ergots comme un petit coq de basse-cour, il avait affiché un sourire moqueur, ce qui avait aussitôt attisé la colère de sa fille. Gilberte avait haussé le ton à un point tel que Matthieu en avait ravalé son sourire, impressionné qu'un si petit bout de femme puisse avoir autant d'énergie.

— Astheure que j'arrive à lire à peu près dans le sens du monde, comme tous les autres, pis que ça commence à m'intéresser pour de vrai tout ce qui se dit à l'école, me v'là obligée de rester ici ?

À ces mots, Matthieu avait détourné la tête, montrant par là que les arguments de Gilberte n'avaient pas la moindre importance à ses yeux. Pour lui, nul besoin de fréquenter l'école très longtemps pour apprendre à tenir maison. Et comme c'est ce qui attendait Gilberte d'ici quelques années à l'instar de la plupart des jeunes filles de son âge…

— C'est ça qui est ça, Gilberte, avait-il affirmé avec une certaine fatalité dans la voix. T'auras beau te lamenter jusqu'à demain matin, ma pauvre fille, t'auras pas le choix.

Pour Matthieu, ça allait de soi qu'une aînée de famille remplace la mère en cas d'urgence.

— Ta mère a besoin de toi, pis c'est ça l'important pour astheure. On verra à l'école après, en autant que ta mère aye pas besoin de tes services.

— Ben voyons don, vous !

La patience n'avait jamais été la vertu dominante de Matthieu. Devant l'entêtement de Gilberte, du plat de la main, il avait asséné un violent coup sur la table. L'amusement ressenti, il y avait de cela quelques instants à peine, était disparu, remplacé par l'irritation. La tape sur la table avait été si violente que Gilberte en avait sursauté. Craintive, elle avait reculé d'un pas.

— Assez argumenté, Gilberte ! Oblige-moi pas à lever le ton, ça me tente pas pantoute. J'ai eu une grosse journée pis je suis fatigué.

Sachant qu'elle risquait une gifle si elle continuait

d'insister, Gilberte avait poussé un soupir à fendre l'âme avant de sortir précipitamment de la cuisine pour monter à l'étage en martelant chacune des marches de l'escalier d'un pied colérique.

Encore une fois, Emma était condamnée à garder le lit, c'est donc dans la chambre de ses parents que Gilberte était allée se réfugier.

Une longue conversation entre femmes lui avait permis de mieux comprendre la situation, à défaut d'accepter de bon cœur de prendre la relève devant le fourneau et un peu partout dans la maison.

— Pourquoi moi ?

Emma avait longuement réfléchi avant de répondre. Elle avait l'intuition que les quelques mots qu'elle dirait auraient une importance capitale dans la suite des choses et la vie de sa fille. Prétendre que son statut d'aînée avait tout dicté serait trop facile.

— Pourquoi toi, ma Gilberte ?

— Oui, pourquoi moi ? Pis répondez-moi surtout pas que c'est parce que je suis la plus vieille. Si c'est le cas, moi j'vas vous renvoyer que c'est pas juste !

— C'est vrai qu'à première vue, ça peut paraître injuste. De toute façon, c'est pas ce que j'avais l'intention de dire.

Emma parlait lentement pour trouver le mot juste et la façon susceptible de bien expliquer la situation.

— Si je te répondais, à la place, que c'est parce que t'es la seule à qui je fais suffisamment confiance pour me remplacer, est-ce que tu comprendrais un peu mieux ce qui se passe ?

Gilberte avait dessiné une moue à demi convaincue.

— Ouais... Peut-être. Mais Mamie, elle ? Elle pourrait pas se débrouiller toute seule, comme l'autre fois, quand les jumeaux sont nés pis que vous avez été couchée durant un long boutte ? Je pourrais l'aider le soir après l'école pis le matin avant de...

— Mamie a plus vraiment l'âge de s'occuper d'une grosse famille comme la nôtre, avait tranché Emma, d'une voix ferme mais toujours aussi conciliante. À son âge, cinq ans, c'est beaucoup ! Ce qu'elle était capable de faire sans problème à la naissance des jumeaux, elle le fait avec plus de difficulté aujourd'hui.

Emma avait l'impression de marcher sur la pointe des pieds. Il ne fallait surtout pas brusquer Gilberte, elle qui avait le caractère vif et la réplique prompte.

— C'est déjà beau de voir tout ce que la vieille dame arrive à faire dans une journée, tu penses pas, toi ?

— Peut-être.

— En plus, avait poursuivi Emma qui sentait que les réticences de Gilberte commençaient à faiblir, même si on a tendance à l'oublier tellement on est habitués de la voir là, Mamie est pas une vraie parente. Si elle le voulait, elle pourrait ne rien faire du tout et de notre côté, on aurait rien à exiger d'elle.

Gilberte, déçue de voir que sa proposition n'était pas retenue, avait soulevé une épaule hésitante.

— Si vous le dites.

De toute évidence, Gilberte était déçue même si sa colère était tombée. Elle était restée silencieuse un long moment, puis elle avait regardé sa mère et elle avait ajouté :

— C'est vrai, ça, que vous me faites confiance ?

Sans répondre, Emma avait ouvert tout grand les bras. Instantanément, Gilberte était venue la rejoindre sur le lit et elle s'était blottie tout contre elle.

On était alors en avril, au soir du jeudi saint. C'était une belle soirée de printemps, et la brise qui entrait par la fenêtre avait enfin des senteurs de varech, ce qui signifiait que l'hiver était bel et bien fini. Emma s'en souvenait encore. Elle était enceinte de trois mois et lors de sa visite, l'avant-veille au matin, le médecin avait exigé qu'elle garde le lit.

— Ça fait quatre grossesses de suite que vous ne menez pas à terme, ma pauvre madame Bouchard. Qu'est-ce que vous voulez que je vous dise d'autre ? Si vous ne restez pas allongée, ça va encore se reproduire. Et encore, et encore… Votre corps est fatigué, usé. On n'a pas le choix.

— Êtes-vous en train de me dire que j'vas être obligée de rester couchée durant les six prochains mois ?

En guise de réponse, un simple haussement d'épaules avait suffi.

— Je peux-tu au moins prendre ma journée de demain ? Avec mes dix enfants, faut que je m'organise quand même un peu.

— D'accord, mais pas un jour de plus. C'est la seule façon de faire si vous voulez avoir un beau bébé en santé.

Emma avait pincé les lèvres jusqu'à tracer une ligne d'amertume sur son visage, tant pour retenir l'éclat de fureur qui grondait en elle que pour s'empêcher de crier sa peur de mourir. Elle n'en voulait pas, de ce bébé, pas plus qu'elle ne voulait de cette grossesse. S'il n'en tenait qu'à elle, que Dieu lui pardonne, elle entraînerait tous ses enfants dans une grande farandole pour danser jusqu'à en perdre le souffle ; elle irait courir et grimper la montagne avec eux jusqu'à l'épuisement. Peut-être qu'ainsi, il n'y aurait plus de grossesse, plus d'accouchement, plus de bébé...

C'est alors que son regard affolé avait croisé celui du médecin.

— Vous savez, Emma...

C'était la première fois que le médecin s'adressait à elle en utilisant son prénom, et Emma l'avait ressenti comme une marque d'amitié de sa part.

Ou peut-être une mise en garde...

Son cœur s'était mis alors à battre comme un fou.

Emma avait péniblement avalé sa salive. Sans doute que les paroles qui suivraient seraient de la toute première importance.

— Vous savez, Emma, dans votre cas, les accouchements n'ont jamais été faciles. Je veux donc que vous sachiez que celui-ci, même si vous passez les prochains mois au repos, ne sera probablement pas plus facile. Vous me comprenez bien, n'est-ce pas ?

À ces mots, Emma avait eu la sensation que l'air se raréfiait dans la pièce.

— Je crois, oui, avait-elle articulé avec difficulté. Vous êtes en train de me dire, avec vos mots ben polis pis pas très clairs, que je risque encore une fois d'y laisser ma peau. Est-ce que je me trompe ?

— C'est un risque, oui, avait admis le médecin sur

un ton hésitant. Pas une certitude, comprenez-moi bien, mais un risque. Il aurait été infiniment plus prudent d'éviter cette grossesse.

Assise sur son lit, Emma s'était mise à triturer un coin de la couverture, seule marque de son habituelle timidité, de son embarras, car son regard, lui, était planté résolument dans celui du médecin.

— Ça, c'est à mon mari qu'il aurait fallu le dire, pas à moi, avait-elle articulé d'une voix sourde.

— Je l'ai fait, rassura le médecin avec empressement, détachant son regard de celui d'Emma, visiblement mal à l'aise. C'était mon devoir de médecin de parler à votre mari, n'est-ce pas ? Alors, je l'ai fait, et deux fois plutôt qu'une. Mais il m'a répondu que toute sa vie reposait dans les mains de Dieu et que c'est Lui qui prenait ce genre de décisions-là.

Un coup de poignard au cœur n'aurait pas fait plus mal. Matthieu ne l'aimait-il donc pas plus que cela ?

Comme si Emma avait retenu son souffle durant l'explication du médecin, elle avait poussé une longue expiration avant de rétorquer dans un murmure :

— Alors, c'est qu'il n'a rien compris.

Puis le médecin était parti, promettant de revenir le mois suivant.

Emma ne l'avait pas suivi jusqu'au rez-de-chaussée. Allongée sur son lit, elle avait longuement fixé le plafond, la tête prise dans un étau, l'esprit secoué par une tempête de pensées folles.

Elle aurait voulu être capable de tenir tête à Matthieu, capable de trouver les arguments pour le convaincre que Dieu ne voulait sûrement pas qu'une mère abandonne toute sa famille dans l'espoir d'avoir un autre bébé. Qu'Il ne voulait probablement pas qu'elle risque sa vie pour avoir un autre bébé.

Elle aurait voulu être capable de toucher une corde sensible dans l'âme de son mari, mais elle ne savait comment s'y prendre. Ce même Dieu que Matthieu avait évoqué devant le médecin avait toujours été au cœur de leur relation, et Emma ne se sentait pas la force de se battre contre Lui.

Et elle n'avait personne à qui en parler. Sa mère, sa sœur et Alexandrine étaient loin, si loin d'elle. Et Mamie, tout comme Victoire, d'ailleurs, ne connaissait rien à ces choses de la maternité. Aux yeux d'Emma, c'était un peu comme si la vieille dame ne savait rien de l'intimité qui peut exister entre un homme et une femme puisqu'elle n'avait pas enfanté. Alors, Emma n'avait jamais osé aborder ce sujet avec elle.

Ce fut à partir de ce moment-là qu'Emma avait baissé les bras et décidé de ne pas se battre.

On voulait qu'elle reste au lit, elle resterait au lit. Encore une fois, elle écouterait sa famille vivre à distance, alors qu'elle aurait plutôt voulu écouter ce que son cœur lui conseillait de faire.

Ainsi, son mari serait content, le médecin serait content et même le curé serait content. Ne lui avait-il pas refusé l'absolution, lors de sa dernière confession, en février dernier, prétextant qu'elle empêchait la famille ?

— Nous qui étions si fiers de votre belle famille !

Cela fait maintenant de bien nombreuses années que nous n'avons pas célébré le baptême d'un autre petit Bouchard ! Pour une femme comme vous, forte et si jeune encore… Alors, pour l'absolution, nous verrons une prochaine fois. Réfléchissez, priez le Seigneur de vous éclairer et revenez nous voir !

Emma avait baissé les yeux sans donner d'explications même si cette attitude laissait entendre que le curé Bédard avait raison. Tant pis. Il n'aurait rien compris de toute façon. Heureusement, il ne pouvait plus exercer de chantage contre elle, utilisant les études de Lionel comme monnaie d'échange. En effet, devant des résultats scolaires largement au-dessus des normes habituelles, depuis qu'il faisait sa théologie, Lionel s'était joint aux séminaristes de Québec et on faisait appel à lui à titre de professeur suppléant. Il pouvait dorénavant régler lui-même les frais inhérents à ses études. Ainsi, le curé Bédard n'avait plus rien à dire sur le sujet, et Matthieu, plus aucune raison de râler.

Curieux hasard, le mois suivant, comme pour donner raison au curé, Emma Bouchard n'avait pas eu ses règles. Pour une treizième fois en dix-neuf ans, elle était enceinte. Le curé aurait donc pu l'absoudre de ses quelques péchés véniels, car sans le savoir, Emma était déjà enceinte.

Ce fut donc en ruminant sa rancœur qu'Emma avait traversé le printemps. Depuis la semaine sainte, elle était alitée encore une fois, comptant les jours et les nuits, écoutant les conversations à travers les planches mal jointes, fermant les yeux chaque fois que Matthieu levait le ton et serrant les poings quand elle entendait le claquement d'une gifle à la suite d'une discussion plus virulente.

Heureusement, dans moins de deux jours, Lionel serait là.

À cette pensée, Emma poussa un long soupir de contentement.

Quand son aîné était à la maison, Matthieu prenait moins de place, parlait moins fort et levait moins la main, comme s'il craignait les réactions de son fils. Tout comme Marius, d'ailleurs. Avançant en âge lui aussi, le second fils d'Emma ressemblait de plus en plus à son père. La décision était même déjà prise : un jour, quand Matthieu en aurait assez de s'échiner de l'aube au crépuscule et qu'il aurait fini de rembourser toutes ses dettes, car il en restait encore beaucoup, la ferme lui reviendrait. Comme il travaillait mainte-nant autant que Matthieu et qu'il avait des allures d'homme, Marius se permettait de répliquer aux plus jeunes et même de les corriger à l'occasion.

Cloîtrée dans sa chambre, Emma n'y pouvait pas grand-chose.

— J'ai-tu hâte, un peu, que Lionel arrive, murmura-t-elle en fermant les yeux parce que de la cuisine lui parvenaient des éclats de voix qui n'auguraient rien de bon. S'il était là, ça ne se passerait pas comme ça. C'est toujours plus calme quand Lionel est là.

Quand Lionel arriva enfin, par un beau mardi après-midi d'été, Emma l'attendait avec impatience, assise dans son lit, surveillant par la fenêtre les allées et venues sur le rang. Dès que Lionel passa la porte, il eut le réflexe de grimper l'escalier, deux marches à la fois, pour rejoindre Emma, conscient que le temps devait être terriblement long pour elle.

Un petit coup sec contre la porte et Lionel entrait dans la pièce. De toute évidence, sa mère avait fait les frais d'une toilette plus soignée. Lionel se doutait que c'était probablement pour lui. Les cheveux d'Emma étaient attachés, elle portait une robe de nuit fraîchement repassée et dans l'air flottait la bonne odeur d'un savon parfumé.

— Ça sent pas mal bon ici, lança-t-il en s'approchant pour embrasser Emma.

— C'est Mamie qui a demandé à Gilberte d'aller m'acheter du savon doux chez Baptiste, expliqua Emma en rougissant. Elle prétend que si je dois rester couchée, notre savon est trop fort pour ma peau.

— Pourquoi rougir, maman ? Laissez-vous gâter un peu.

— C'est juste que c'est cher sans bon sens, ces savons-là. Ça vient d'Angleterre, tu sauras ! Mais assez parlé de moi. Recule un peu pis laisse-moi te regarder… T'as les traits tirés, mon garçon. T'as l'air fatigué.

— C'est vrai, je suis fatigué. Le semestre m'a semblé long. Avec l'épidémie de grippe qu'on a connue au collège, j'ai eu pas mal de remplacements à faire. En plus de mes études, bien entendu. Il était temps que l'été arrive.

— Alors là, parle pour toi ! Moi, je me demande comment j'vas réussir à traverser la saison sans mourir de chaleur. Dès que c'est humide un peu, je m'endure plus dans mon lit. Les draps viennent tout collants !

— Je m'en doute un peu…

Curieusement, au lieu de compatir avec sa mère, tout en parlant Lionel avait ébauché un sourire malicieux.

— Donnez-moi quelques jours, maman, et je vous reviens là-dessus, lança-t-il, énigmatique.

Emma eut beau insister, cajoler, menacer, Lionel refusa d'en dire plus et durant au-delà d'une semaine, il filait à la grange dès le déjeuner expédié. Emma se doutait bien que son fils lui préparait une surprise, mais quoi ? Impossible de le deviner. Elle garda les deux oreilles bien ouvertes, elle tendit le cou pour surveiller la cour par la fenêtre à sa gauche et le rang par la lucarne à sa droite, rien à faire.

Ce fut par un beau dimanche matin qu'Emma eut enfin une réponse à toutes les interrogations qui lui avaient traversé l'esprit, ces derniers jours, occupant son temps d'une façon somme toute agréable.

La famille était partie à la messe. Seuls Mamie et Lionel étaient restés à la maison. C'est Gilberte qui le lui avait dit avant de partir.

— Comme d'habitude, Mamie reste ici avec vous. Vous avez pas à vous inquiéter de rien. Si vous avez besoin de quelque chose, vous aurez juste à sonner votre petite cloche, pis elle va venir. Lionel aussi, y' reste ici.

À ces mots, Gilberte avait fait une pause et en levant les yeux vers sa mère, elle avait déclaré, manifestement interloquée :

— Pour un futur curé, vous trouvez pas que c'est un peu bizarre qu'il manque la messe comme ça ?

Effectivement, c'était particulier, Emma en convint en riant.

— Que veux-tu que j'y fasse, ma pauvre Gilberte ? À son âge, ton frère est capable de prendre ses décisions tout seul. T'auras juste à le rajouter dans tes prières, juste à côté de moi. Astheure, file avant que ton père s'impatiente.

Gilberte quitta la chambre sur une pirouette sous le regard attendri d'Emma. Que Mamie reste avec elle, c'était normal et habituel, car la vieille dame prétextait que la future mère ne pouvait rester seule. Mais Lionel ?

Songeuse, Emma regarda la charrette tourner au bout de l'allée pour s'engager sur le rang. C'est Marius qui conduisait l'attelage avec Matthieu assis à ses côtés. À l'arrière, Gilberte semblait avoir de la difficulté à maintenir les deux jumeaux. Quand Emma les perdit de vue, Marie se joignait à sa sœur pour tenter de calmer les deux galopins.

Un coup frappé à sa porte lui fit tourner la tête.

— Maman ? Je peux entrer ?

Lionel se tenait dans l'embrasure de la porte.

— Tant que tu veux, mon garçon. J'ai tout mon temps !

La blague, si c'en était une, fit sourire Lionel.

— Et moi, j'ai peut-être une surprise pour vous.

— Une surprise ! Voyez-vous ça ! C'est pour ça que t'es pas allé à la messe, mon garçon ?

Curieusement, Lionel se mit à rougir.

— Tout à fait !

Son assurance sonnait faux, mais Emma préféra l'ignorer pour le moment. Elle avait tout un été devant elle pour questionner Lionel. Pour l'instant, c'était la surprise et rien qu'elle qui l'intéressait.

— C'est drôle, mais je m'en doutais un peu que tu manigançais quelque chose. Quelle sorte de surprise ? Tu m'as acheté des chocolats ? Non, c'est trop cher. Tu m'as cueilli des fleurs !

— Pas du tout. Je n'ai rien acheté et Mamie non plus.

— Parce que Mamie est dans le secret ?

— Je n'ai pas eu le choix, j'avais besoin d'elle. Venez, elle nous attend en bas.

— Ben voyons donc, toi !

Brusquement Emma n'avait plus du tout envie de rire.

— T'es pas drôle pantoute, Lionel Bouchard. Tu le sais que j'ai pas le droit de me lever. Pourquoi me faire des accroires si c'est pour me narguer ? Pas dans l'état où je me trouve. C'est pas gentil. C'est ben assez dur comme ça sans avoir en plus…

— D'accord, maman. Je suis maladroit et je comprends votre réaction. Laissez-moi vous expliquer et après, je suis certain que vous allez vouloir me suivre.

Et Lionel d'expliquer qu'avant même de quitter le collège, il avait profité d'une visite du médecin auprès d'un des séminaristes pour demander si sa mère devait absolument garder le lit.

— Le lit, non, mais elle doit rester allongée, par exemple.

— Et si on installait une chaise longue sur la galerie ou en bas dans la cuisine, est-ce qu'elle pourrait descendre nous rejoindre ?

— Le temps de monter et descendre l'escalier, ça pourrait aller, oui.

C'est ainsi que Lionel avait eu l'idée de fabriquer une chaise longue pour sa mère, avec de vieilles planches trouvées dans la grange, tandis que Mamie, de son côté, avait cousu un coussin bien rembourré pour la rendre confortable.

Le sourire d'Emma fut assurément la plus belle des récompenses que Lionel pouvait recevoir pour ses efforts. En plus, elle savait à quel point les travaux manuels déplaisaient à son fils.

— Merci, Lionel, fit-elle, émue aux larmes. Je pense que j'ai jamais eu de plus beau cadeau que celui-là. T'es ben sûr que le docteur est d'accord ? Oui ? Ben dans ce cas-là, va m'attendre dans le corridor.

Emma était rose de plaisir.

— Faut que je prenne ma robe de chambre qui est dans l'armoire avant de descendre en bas.

Ce fut ainsi qu'Emma retrouva sa place auprès des siens. Même confinée à sa chaise, elle trouva mille et une façons de s'intégrer à la vie familiale en aidant l'un et l'autre, et l'été passa.

Dans une semaine, Lionel repartirait. Maintenant qu'elle n'était plus isolée sans autre chose à faire que de regarder le temps passer, Emma s'en affligeait un peu moins. Par contre, la peur de l'accouchement lui était revenue lors de la dernière visite du médecin même si lui semblait moins inquiet.

— Bonne nouvelle: à première vue, il n'y a qu'un seul bébé, avait-il affirmé après l'examen d'usage. Ça laisse présager un accouchement moins long et peut-être aussi moins pénible.

— Est-ce que ça veut dire que les risques sont moindres?

— Non...

L'hésitation du médecin était bien tangible.

— J'aimerais pouvoir vous dire le contraire, malheureusement, je ne le peux pas. J'ignore comment ça va se passer. J'ignore si on va avoir droit à autant de saignements qu'au moment de la naissance de vos jumeaux. La science a ses limites et pour une fois, je serais enclin à dire comme votre mari: il faut parfois savoir s'en remettre à Dieu. Lui seul peut décider, je crois bien. Chose certaine, je serai là. Vous n'avez qu'à envoyer quelqu'un pour me chercher dès les premières douleurs.

— Je vois...

À retrouver une vie qui ressemblait à la normale, Emma en avait oublié ses craintes. En ce moment, elles lui revenaient en vagues déferlantes. Elle avait tendu une main tremblante au médecin quand il avait quitté sa chambre.

Le lendemain, après le déjeuner, elle demandait à Gilberte de lui monter son nécessaire d'écriture.

— Le bel ensemble en cuir que mes amies m'ont

donné en cadeau de noces quand elles ont su que je venais m'installer ici, sur la Côte-du-Sud. Je veux leur écrire avant la naissance du bébé. Après, je n'aurai plus de temps à moi. Tu diras à Mamie que je vais sonner ma petite cloche quand je serai prête pour faire ma toilette avant de descendre.

Le soir même, Emma demanda à s'installer sur la galerie même si le fond de l'air n'avait plus ses douceurs de l'été.

— Avant de monter me coucher, ça va me faire du bien de respirer un peu de fraîcheur.

— Pas de trouble, chère ! Gérard pis Louis vont t'installer ta chaise sur la galerie pendant que moi, j'vas voir aux jumeaux pis que les filles vont nous faire la vaisselle.

— Merci, Mamie. Je le sais pas comment on aurait pu passer à travers l'été si vous aviez pas été là.

— Si ça avait pas été moi, chère, ça en aurait été une autre… C'est de même qu'il faut voir ça dans la vie. Astheure, profite du soleil baissant avant qu'il s'en aille jusqu'à demain. Y' est ben beau à soir !

— C'est en plein ce que j'avais l'intention de faire.

— Si les p'tits sont pas trop durs à coucher, j'vas venir te rejoindre. J'aime ça, moi aussi, prendre le frais avant la noirceur.

— Bonne idée. En attendant, si vous voyez Lionel, dites-y donc que j'aimerais ça le voir.

Lionel la rejoignit sur la galerie dans les minutes qui suivirent, et ce fut à son fils qu'Emma confia ses lettres. Contrairement à son habitude où elle se contentait de glisser le rabat dans l'enveloppe, cette fois-ci, Emma les avait cachetées avec un sceau de cire.

— Tiens, prends ça, Lionel.

— Qu'est-ce que c'est ? demanda-t-il, les sourcils froncés sur sa curiosité.

— Comme tu peux le lire, commenta Emma d'une voix grave, la première est pour toi pis la seconde pour mon amie Victoire. Ce que c'est, t'as pas besoin de le savoir tout de suite. T'as même pas besoin de lire ta lettre tout de suite. Celle pour Victoire, par contre, je voudrais que ça soye toi qui la donnes en mains propres à Clovis. Penses-tu que tu peux faire ça pour moi ?

— C'est certain que je peux faire ça. Mais je ne comprends pas ce…

— T'as rien à comprendre pour astheure, mon garçon. Pis peut-être ben que t'auras jamais besoin de comprendre. Pour astheure, ce que j'ai écrit a pas vraiment d'importance. C'est si ça se passe mal durant la naissance du bébé que ça va en avoir.

— Parlez pas comme ça, maman.

— J'ai pas le choix, Lionel, de parler comme ça. En ce moment, je parle de ma famille, je pense à ma famille pis il faut que je prévoye tout. C'est le docteur lui-même qui me l'a dit: des risques que ça vire mal, y en a. Exactement comme y en avait à la naissance des jumeaux. Pis si c'est le cas, si ça vire mal, je compte sur toi. Tu comprends ce que je veux dire ?

La gorge nouée, Lionel se contenta d'un signe de tête pour signifier qu'il avait compris.

— Je savais que je pouvais compter sur toi. Demain, tu vas donner la lettre de Victoire à Clovis, pis tu vas lui demander de la livrer le plus vite possible. Essaye de faire ça discrètement. J'ai pas envie que toute la paroisse se pose des questions, pis ton père non plus. Ta lettre à toi, cache-la ben comme faut. Au besoin, tu la liras quand… quand la naissance sera passée, si jamais ça va pas comme on l'espère. Si je m'en remets, pis dis-toi que c'est ce que je veux le plus au monde, tu me redonneras ta lettre sans la lire.

— Pis votre amie Victoire, elle ?

— Victoire ?

Emma porta les yeux sur l'horizon, tout juste à côté du soleil couchant, là où elle savait que son amie habitait dans la jolie maison jaune au bout de la rue principale, à côté de la forge.

— Ça sera à elle de dire comment elle se sent dans tout ça, murmura Emma. Mais l'un dans l'autre, je sais que je peux compter sur Victoire. Les souvenirs que je garde d'elle en disent long sur le genre de femme qu'elle est devenue. En lisant ta lettre, si jamais un jour tu la lis, tu vas comprendre. En attendant, oublie ce que je viens de dire, Lionel. Fais juste ce que je t'ai demandé, pis oublie tout. Raconte-moi plutôt comment tu vois l'année qui vient. Après tout, c'est la dernière que tu passes au collège !

À suivre…

À paraître en octobre 2013 :

Les héritiers du fleuve

Tome 2

1898~

NOTE DE L'AUTEUR

Comme le temps passe vite. Je me revois, il y a de cela un an à peine, assise ici, dans ce même bureau que je trouvais étriqué. Je me sentais à l'étroit, j'étouffais, et j'avais peur que les mots désertent ma pensée. Puis un matin, il y a eu Emma, Victoire et Alexandrine qui m'y attendaient et les murs de la pièce se sont ouverts sur l'univers de ces trois femmes que je ne connaissais pas encore. L'horizon était subitement sans limite et l'envie de me lancer dans une nouvelle aventure en leur compagnie est vite devenue irrépressible. J'ai oublié l'étroitesse des lieux pour découvrir un monde fait de labeur et d'amour, d'espoir et de déception, de peur et de générosité, de rires et de larmes. J'ai humé avec gourmandise l'odeur du varech qui me chatouillait les narines et j'ai senti la moiteur des embruns sur ma peau en même temps que ces trois jeunes femmes. Puis, à vol d'oiseau, j'ai rejoint James à Montréal, une métropole bien différente de celle que l'on connaît aujourd'hui.

J'ai pris le tramway « hippomobile » avec lui, — quelle drôle de chose ! —, et j'ai admiré les maisons de style victorien dans des quartiers trop chics pour qu'on puisse ne serait-ce qu'espérer s'y installer un jour. James et moi en avons ri ensemble. Un peu plus tard, il m'a présenté ses amis, sa logeuse et plus tard, sa douce amie Lysbeth.

Et petit à petit, tous les autres personnages se sont greffés à eux.

J'ai respiré bruyamment devant l'entêtement de Matthieu et j'ai souri devant le gros bon sens de Mamie. J'ai eu peur avec Clovis et j'ai pleuré avec Alexandrine. Je me suis réchauffée au feu de la forge d'Albert et je peux vous assurer que les gâteaux de Victoire sentent vraiment très bon. Malheureusement, elle ne m'a pas encore invitée à y goûter. J'espère qu'elle le fera un jour.

Voilà de quoi a été fait le cours de mes journées, depuis l'été dernier, un pied ancré dans le terroir du dix-neuvième siècle avec mes personnages et l'autre pataugeant dans l'eau de la rivière qui s'est invitée sans permission à faire un détour par notre sous-sol en plein mois de février !

Comme on dit : c'est la vie !

Il y a la mienne, bien sûr, qui doit sûrement teinter mes écrits d'une certaine façon. Il y a aussi celle de tous ces nouveaux personnages que j'ai appris à aimer. J'ai remis le manuscrit du premier tome vendredi dernier et sans délai, je me remets à l'écriture du deuxième dès ce matin. Vous l'ai-je dit ? Il y aura quatre tomes dans cette série et je vous assure que c'est avec le plus grand des plaisirs que j'ai retrouvé tout ce beau monde dans mon bureau, dès l'aube de ce petit lundi de printemps encore frisquet.

James m'y attendait, un large sourire illuminant son regard d'azur. J'ai l'impression qu'il a une bonne nouvelle à m'annoncer et je crois savoir ce que c'est. Pourtant, malgré la curiosité de voir si j'ai bien deviné, je vais lui demander de patienter encore un peu. Avant de faire un saut dans le temps qui nous projettera en 1898, j'aimerais m'attarder à l'automne de 1893, pour retrouver Emma. Son inquiétude m'a bouleversée et j'ai envie de l'accompagner jusqu'au bout de cette grossesse dont elle se serait bien passée.

En ce moment, je me tiens donc dans le corridor de sa maison. Les plus jeunes se préparent à partir pour l'école, on les entend à la cuisine, et les plus vieux sont déjà aux champs avec leur père. Le temps des récoltes est commencé. Quant à Lionel, il a regagné le collège pour une dernière année. Gilberte est à la cuisine avec Mamie, et moi je m'apprête à frapper à la porte d'Emma. C'est que le temps doit lui sembler fort long, maintenant qu'elle n'a plus le droit de descendre à la cuisine. En effet, même ce petit plaisir quotidien lui a été retiré depuis la fin du mois d'août. Alors j'ai décidé de lui tenir compagnie et si le cœur vous en dit, il ne vous reste plus qu'à vous joindre à moi.

*Je partage mon plaisir
de la lecture !*

QUÉBEC
LOISIRS
Le club

Ce livre appartient à : _____

CE LIVRE A ÉTÉ PARTAGÉ AVEC :   DATE   APPRÉCIATION

			/5
			/5
			/5
			/5
			/5
			/5
			/5